ELLIS PETERS

Hexenflug

Buch

Annet Beck ist eine atemberaubende Schönheit. Auch der junge Lehrer Tom Kenyon, der im Haus ihrer Eltern zur Untermiete wohnt, hat sofort sein Herz an sie verloren. Und als Annet plötzlich vermißt wird, ist Tom der erste, der sich auf die Suche macht. Daß Annet zuletzt auf dem Berg Hallowmount gesehen wurde, einer historischen Stätte, die von einer Aura des Unheimlichen umgeben ist, findet nicht nur Tom beunruhigend. Doch dann taucht das Mädchen unvermittelt wieder auf und behauptet steif und fest, nur zwei Tage fort gewesen zu sein, nachdem sie tatsächlich fünf Tage verschwunden war. Lügt Annet? Liegt hier ein Fall von Amnesie vor – oder von Hexerei? Doch dann entdeckt Detective Inspector Felse eine Verbindung zwischen der verlorenen Zeit und seinen Untersuchungen in einem komplizierten Fall. Zusammen gehen die beiden Männer den Vorfällen nach und stoßen auf eine Spur von Verrat, Raub und Mord, die schließlich zu einer tödlichen Konfrontation bei den alten Steinen von Hallowmount führt...

Autorin

Ellis Peters ist das Pseudonym der englischen Autorin Edith Pargeter. 1913 in Wales geboren, arbeitete sie nach ihrer Schulzeit als Apothekenhelferin, verlor aber ihr Ziel, Schriftstellerin zu werden, nie aus den Augen. Nach dem Zweiten Weltkrieg begann sie Romane zu schreiben. 1959 begann ihre Karriere als Krimiautorin, und bereits zwei Jahre später, 1961, wurde *Der Tod und die lachende Jungfrau* mit dem Edgar-Allan-Poe-Preis ausgezeichnet. Ellis Peters, von der auch die historischen Kriminalromane um den Benediktinermönch Bruder Cadfael stammen, starb 1995.

Ellis Peters im Goldmann Verlag

Das Rätsel der Treverra-Gruft (4208)
Der Tod und die lachende Jungfrau (4236)
Die Primadonna lachte (5912)
Der Raga vom gewaltsamen Tod (4021)
Mord zur Gitarre (3219)

ELLIS PETERS

Hexenflug

Kriminalroman

Aus dem Englischen
von Edda Petri

GOLDMANN

Die Originalausgabe erschien unter dem Titel »Flight of a Witch«

Umwelthinweis:
Alle bedruckten Materialien dieses Taschenbuches
sind chlorfrei und umweltschonend.
Das Papier enthält Recycling-Anteile.

Der Goldmann Verlag
ist ein Unternehmen der Verlagsgruppe Bertelsmann

Deutsche Erstveröffentlichung 3/97

Umschlaggestaltung: Design Team München
Satz: DTP-Service Apel, Hannover
Druck: Elsnerdruck, Berlin
Krimi 5950
AB · Herstellung: Heidrun Nawrot
Made in Germany
ISBN 3-442-05950-X

3 5 7 9 10 8 6 4 2

1

Es war im Oktober, Halbjahresmitte, an einem Donnerstag um vier Uhr nachmittags, als Tom Kenyon sah, wie Annet Beck den Hallowmount hinaufstieg und über dem Kamm verschwand.

Plötzlich brach nach Westen hin ein gespenstischer Lichtstrahl durch die Regenwolken, fiel auf den dunklen Hügel und ließ das Oktobergras noch einmal aufleuchten. Der Wolkenspalt wurde breiter, so daß sich das grelle Licht auf den ganzen Hang ergoß und ein saphirblau leuchtender Fleck sichtbar wurde, der langsam durch das ausgebleichte Grün bergauf stieg. Das Blau ihres Mantels war ihm dunkel und unauffällig vorgekommen, als sie am Tor gestanden und ihn mit Augen, so undurchdringlich wie Felsengestein, zurückgewiesen hatte. Doch jetzt leuchtete der Mantel wie herrlichster Enzian.

Was tat sie dort? In der kurzen Pause zwischen den Regenschauern wirkte sie im Lichtstrahl wie eine Erscheinung, wie ein Omen.

Er fuhr auf die Kurve vor dem Wastfieldtor, wo im Gras tiefe Spuren zu sehen waren, und hielt an. Er sah ihr zu, wie sie hinaufstieg, und hütete den kleinen Funken Trauer um sie, der ihm angesichts der riesigen, alles verdeckenden bedrohlichen Dunkelheit besonders kostbar und tröstlich vorkam.

Nach Westen hin verschwanden die Berge von Wales in einer bleifarbenen Wolke, doch auf dieser Seite des Hallowmount leuchtete ein Ring uralter altersschwacher Bäume wie orangerotes Feuer. Der enzianblaue Fleck hatte den Kamm erreicht. Für einen Moment zeichnete sich ihre Silhouette vor dem Himmel ab. Dann war sie verschwunden. Im selben Augenblick schloß sich der Spalt in den Wolken. Das Licht verlosch.

Der Berg war dunkel. Der sanfte Oktoberregen rieselte wieder hernieder. Er drehte den Zündschlüssel um und ließ den Mini über das glänzende blaßgrüne Gras zurück zur Straße rollen. Es blieben noch fast drei Stunden Tageslicht – wenn man das Tageslicht nennen wollte. Mit etwas Glück würde er kurz nach Einbruch der Dunkelheit zu Hause in Hampstead sein. Seine Mutter hätte gewiß ein besonderes Abendessen für ihn vorbereitet. Sein Vater würde vielleicht sogar zur Ehre seines Sohnes das jeden Donnerstag stattfindende Bridgespiel ausfallen lassen, und wahrscheinlich würde Sybil – angeblich rein zufällig – gegen neun Uhr vorbeikommen, mit entliehenen Illustrierten bewaffnet, um sie zurückzubringen, oder mit Strickmustern für seine Mutter. Selbstverständlich hatte sie sich bereits vor Wochen genau informiert, wann die Herbstferien der Comerbourne Grammar School begannen und ob er mit dem Auto oder mit der Bahn kommen würde. Bestimmt wollte sie alles bis zur völligen Erschöpfung über seine neue Schule hören, über seine sechste Klasse und deren Leistungen, seine Bude und alle Menschen, die er kennengelernt hatte, alle neuen Freunde. Wenn er ihr jedoch die wirklich wichtigen Dinge erzählte, würde sie völlig verwirrt sein.

Wie konnte man eine halbfeudale Grafschaft an der walisischen Grenze einer Frau aus der Stadt erklären? Besonders wenn man selbst in der Stadt geboren und aufgewachsen war, eine schnelle, doch ungenaue Auffassungsgabe hatte und sich forsch, aber unsicher zwischen diesen unbeweglichen Familien und mittelalterlichen Wohnsitzen fühlte, verwirrt von diesen eleganten Damen im Grenzgebiet, die einerseits so aktiv und emanzipiert waren, andererseits an ihren dunklen rassischen Erinnerungen hingen, die so viel von dem bestimmten, was sie taten und sagten. Sybil hatte keine Vergleichspunkte. Sie würde ebenso verwirrt und verloren sein, wie er sich während jener ersten Woche des Halbjahres gefühlt hatte.

Gottlob war die Mathematik überall gleich, und er war ein äußerst kompetenter Lehrer. Er mußte sich nur ein paar Wochen auf seine Arbeit konzentrieren, dann würde alles übrige schon gut werden. Er wußte, daß er unterrichten konnte, das mußte ihm kein Schulleiter sagen. Und wenn er alles in allem betrachtete, war die erste Hälfte seines ersten Schulhalbjahres nicht übel verlaufen.

Die Schulgebäude waren alt, aber gut. Nach hinten waren neue Räume angebaut worden. Der Parkplatz war klein, aber mit dem Mini brauchte er sich deshalb nicht den Kopf zu zerbrechen. Er war nicht darauf vorbereitet, daß so viele Söhne reicher pendelnder Geschäftsleute aus dem Black Country in diese Schule ins Grenzgebiet gingen. Ihr etwas übertriebener Lebensstandard hatte ihn anfangs eingeschüchtert, bis er unerwartet mit der Nase auf die für den Schulleiter charakteristische Notiz am Schwarzen Brett im Korridor gestoßen war:

»Die Schüler der sechsten Klasse der Oberstufe werden gebeten, den Parkplatz des Lehrkörpers nicht mehr zu benutzen, da ihre Jaguars und Bentleys den hiesigen 1955er-Fords Komplexe machen.«

Das hatte ihm sein Selbstwertgefühl wiedergegeben. Und die langbeinigen Siebzehn- und Achtzehnjährigen, die trotz ihrer eigenen Luxuskarossen aus den Autos ihrer Eltern stiegen, waren ansonsten nicht ganz hoffnungslos verzogen. Sie konnten genau einschätzen, wieviel Arbeit sie vor Schwierigkeiten schützte, und genausoviel Mühe gaben sie sich auch – allerdings den Faktor Glück mit eingerechnet. Diese Schüler waren Tom Kenyon gleich viel reifer, entwickelter, dennoch spontaner und jünger vorgekommen als die Produkte des Südens, die ihm vertraut waren. Wenn die Schüler durch etwas völlig Unerwartetes aus dem Gleichgewicht geraten waren, verhielten sie sich zwar beunruhigend freimütig und abrupt, aber sie waren flexibel und gewannen ihr Gleichgewicht mit bewundernswertem Selbstbewußtsein bald wieder. Für gewöhnlich nahmen sie ihn bereits auf den Arm, ehe ihm selbst klargeworden war, daß sie nicht mehr getröstet werden mußten. Nein, diese Schüler waren kein übler Haufen.

Mit dem Lehrerkollegium kam er auch gut aus. Sogar mit den drei Frauen, auf die er nicht vorbereitet gewesen war. Jane Darrill, Referendarin für Geographie, konnte manchmal ein bißchen kurz angebunden oder feindselig sein, aber sie war sehr jung, nicht über fünfundzwanzig. Und Tom war sechsundzwanzig.

Jane hatte ihm vorgeschlagen, sich im Dorf Comerford eine Wohnung zu suchen, und ihn mit den Becks bekannt gemacht, die ein für sie zu großes Haus und ein ziemlich kleines Einkommen hatten.

»Sie wollen doch ein Landmann hier werden«, hatte Jane mit ihrem verdächtig intimen Lächeln gesagt, bei dem sich ihm immer die Nackenhaare aufstellten, weil er sich von ihr verspottet fühlte. »Dann sollten Sie das hundertprozentig tun und ein richtiger werden. Werden Sie ein Grenzbewohner – wie ich. Comerford ist das einzig Wahre. Dieses Kaff hier wird rapide schnell zu einer Vorstadt von Birmingham.«

Das war eine Übertreibung, vielleicht auch eine Prophezeiung. Jane war mit einem äußerst kompetent wirkenden Auftreten gesegnet – oder verflucht. Sie war fröhlich, hatte ein rundes Gesicht, einen hellen Teint, war kräftig und hübsch, wenn sie nicht gerade ihre schroffe oder aggressive Phase hatte, um die untere Sechste im Zustand gesunder Angst vor sich zu halten. Manchmal verstärkte sie diesen Eindruck, indem sie zusätzlich noch in Zynismus und Weltuntergangsstimmung machte.

Tom schaute aus dem Fenster des Aufenthaltsraums auf Comerbourne hinab, das ihm als Städter klein, begrenzt, uralt und bezaubernd vorkam. Er sah die Wipfel der Linden in den Gärten am Fluß, einem dünnen Silberband, und das Geländer der Brücke über den Comer. Eine Provinzhauptstadt, deren wöchentlicher Bauernmarkt immer noch die Hälfte aller Hausfrauen und Bäuerinnen aus einem Viertel von Wales und sogar aus Midshire anzog, um zu kaufen oder zu verkaufen. Schmale Straßen direkt aus dem Mittelalter, mehrere hervorragende Tudor-Pubs, ein schwindender Landadel, der so exklusiv und auf Herkunft bedacht war, wie er das in der Mitte des Zwanzigsten Jahrhunderts nie für möglich gehalten hätte. Immer noch wiesen sie Eindringlinge eisig zurück. Es war irgendwie rührend, wie sie gar nicht bemerkt hatten, daß ihre Privilegieninsel längst eine Insel des Stillstands in einem toten Flußarm der Rückständigkeit geworden war, die Stück für Stück unter ihren großen, in vernünftigem Schuhwerk stekkenden Füßen abbröckelte. Sie merkten gar nicht, daß neue Menschen – geschäftig, forsch und selbstbewußt – überall vordrangen und daß diese neuen Kräfte mit Geschäften, Banken, Industrien und Verwaltung eine expandierende Zukunft anstrebten und mit leichter Ungeduld und ohne viel Aufhebens an den versteinerten Überbleibseln einer feudalen Vergangenheit vorbeimarschierten.

Das alles sah Tom in Comerbourne. Und um die Wahrheit zu sagen, hielt er das Vordringen der industrialisierten Midlands in das vorsintflutliche Leben dieser abgelegenen Hauptstadt eher für gut als für abstoßend. Aber er hatte nie in einem Dorf gelebt, und daher schien ihm die Vorstellung davon (wahrscheinlich zu Unrecht) ganz reizvoll. Vage dachte er an ländliche Vergnügen und sah sich ganz in die Dorfgesellschaft eingebunden. Bestimmt hatten diese Leute nichts dagegen, einem jungen und vorzeigbaren Mann einen Platz unter sich zu gewähren – ohne Rücksicht auf seine Herkunft. So könnte er das Beste aus beiden Welten haben: Comerbourne nur wenige Meilen entfernt, nahe genug, um mühelos hinzufahren, wenn nötig, und weit genug entfernt, um ihm aus dem Weg zu gehen, wenn er die Schule nicht brauchte. Es war eigentlich immer gut, abends wenigstens ein paar Meilen zwischen sich und dem Arbeitsplatz zu haben.

»Wie sind diese Becks denn so?« hatte er gefragt. Obwohl ihm der Gedanke durchaus zusagte, war er vorsichtig gewesen.

»Oh, Durchschnitt. Nicht jung, nicht alt, zurückgezogen, vielleicht ein bißchen spießig. Schrecklich gewissenhaft. Wahrscheinlich würden sie dauernd Angst haben, nicht genug für Sie zu tun. Nicht sehr amüsant, aber Sie brauchen die beiden ja nicht, um sich zu amüsieren, oder? Mr. Beck hat bis vor einigen Jahren an der Modern School unterrichtet. Er ist nie Schulleiter geworden, hatte nicht das Zeug dazu«, fügte sie trocken hinzu. Tom Kenyon, zuversichtlich, klug und ehrgeizig, hatte offenbar das Zeug dazu – und das wußte er sehr genau.

»Er hat doch keinen Sohn hier, oder?« hatte Tom ziemlich scharf gefragt. Plötzlich hatte er die Vorstellung, er könnte den kleinen Liebling seiner Vermieterin dann ständig um sich haben, während die liebende Mama hinten kräftig anschob. – Unsinn, alberne Frage! Jane war nicht so töricht, ihn in eine derartige Situation zu bringen. Das wäre gegen alle Instinkte als Lehrerin – und die waren bei ihr scharf und ausgeprägt. Er hatte sich eine Blöße gegeben, als er mit diesem schrecklichen Gedanken laut herausgeplatzt war. Doch Jane gewährte ihm nur ein mitleidiges Lächeln und legte ein halbes Dutzend Gesteinsproben zurück in die Schreibtischschublade.

»Keine Sorge, er hat überhaupt keine Söhne, nur eine Tochter – ein ungewöhnliches und schönes Mädchen.«

»Reden Sie weiter!« Er war nicht besonders interessiert gewesen, aber er schaffte es, das von ihm erwartete Funkeln im Auge aufleuchten zu lassen. Übertrieben sorgfältig rückte er die Krawatte zurecht. »Wie alt?«

»Achtzehn, glaube ich. Im vorigen Frühling war sie siebzehn, als der Ärger ...« Sie verschluckte das letzte Wort und schob einige Papiere zusammen. Aber Tom hatte nicht genau genug zugehört, um das zu merken oder ihr eine diesbezügliche Frage zu stellen.

»Achtzehn und ungewöhnlich hübsch! Das reicht! Die werden mich nicht mal ansehen, sondern suchen bestimmt einen alten Drachen, eine alte Jungfer, als Mieterin.«

Jane schüttelte ihren modischen braunen Haarschopf und lächelte ihn herablassend an. »Ach, hören Sie doch auf! So gefährlich sind Sie auch wieder nicht.« Es war nur ein Scherz gewesen, aber sie hätte nicht so erschütternd selbstsicher reagieren müssen. Tom hatte mit Mädchen nie große Probleme gehabt – abgesehen davon, daß sie zu lange und zu eng geklammert hatten – und immer zum falschen Zeitpunkt.

»Wie heißt sie?« hatte er gefragt.

»Annet.«

»Nicht Annette?«

»Nein, nur Annet. Schlicht und einfach Annet.«

»Was ist daran so schlicht? Annet Beck. Das ist der Name einer Hexe.«

»Annet – eine Hexe? Wundern würde es mich nicht.« Jane dachte wieder an die Vergangenheit, sagte jedoch nichts. Hexe oder nicht – keiner der beiden war besonders an Annet interessiert – noch nicht. »Schauen Sie sich das Haus trotzdem mal an«, sagte sie mit ihrer üblichen knappen Art. »Wenn Ihnen die ländliche Einsamkeit an der Grenze nicht zusagt, ist die Sache erledigt.«

Er war ihrem Vorschlag gefolgt und hatte sich Comerford angeschaut. Er war der Straße am Fluß gefolgt, durch niedrige Wäldchen mit scharlachrotem und goldenem Laub. Einige Bäume waren kahl wie feines Filigran. Die Stadt war nicht mehr zu sehen, auch nicht mehr in der Erinnerung vorhanden. Die Straße führte zwischen Bauernhöfen entlang, die feuchten

Wiesen stiegen zu den höher gelegenen Weiden an. Purpurfarbene Heide bedeckte die offenen Flächen bis hin zum Fluß.

Das Dorf lag zu beiden Seiten der Furt. Die alten Häuser standen eng beisammen. Comerford war größer, als er erwartet hatte, und viel gepflegter. Am Rand lagen ausgebaute Landhäuser in wunderschönen Gärten, offensichtlich im Besitz von Pendlern mit Pioniergeist oder reichen Geschäftsleuten im Ruhestand. Die Stadt hatte Comerford in der Tat eingeholt, so daß es beinahe selbst eine Kleinstadt geworden war. Als Tom das gesehen hatte, war er enttäuscht gewesen. Doch als er die Bergrücken betrachtet hatte, war die Zeit über seinem Kopf rückwärts gelaufen und hatte sich abgespult wie ein Seidenfaden.

Ein Berg reihte sich an den nächsten, die Gipfel verschwanden im blassen Nebel. Zwischen den kupferfarbenen Wolken drangen schwache Sonnenstrahlen hindurch und tauchten die Welt in ein unheimliches Licht. Wales hüllte sich in feinen Regen, wohingegen England im kalten Sonnenlicht lag. Wiesen und dunkle niedrige Hecken zogen sich an den Abhängen hinauf. In der Ferne sah man auf dem Bergrücken im Nordwesten deutlich die horizontalen Spuren uralter Minenarbeiten. Wahrscheinlich Blei, längst abgebaut – zumindest lange verlassen. Um den Kamm desselben Berges zog sich der mit grünem Rasen bedeckte Erdwall einer Befestigungsanlage aus der Eisenzeit. Er wirkte so frisch, als hätte man ihn erst gestern erbaut. Die langen grünen Wälle, die tiefen Gräben, einige zerstörte schwarze Minenschächte, die stahlgrauen Abbauhalden fügten sich problemlos aneinander. Auch das einstige Dorf mit den kunstvollen neuen Fassaden und Einkaufsstraßen schmiegte sich in den Windschatten der Ruinen aus der Römerzeit, ohne sich etwas dabei zu denken. Zeit war hier relativ – oder vielleicht war die gesamte Zeit hier gleichzeitig. Nichts hier war fremd oder unheimlich, selbst wenn es aus grauer Vorzeit stammte, ehe der Mensch den aufrechten Gang gelernt hatte.

Tom fuhr durch Comerford. Ihm war es gleichgültig, ob man es für ein Dorf oder eine Stadt hielt. Die Berge tauchten auf und verschwanden wieder, änderten ständig ihre Gestalt hinter einem grünen Schleier, der die dahinterliegenden zahlreichen Höhen verbarg.

Arthur Becks Haus lag eine viertel Meile hinter dem Dorf an einer engen, aber asphaltierten Straße, die die Höfe an der Grenze miteinander verband. Rechts von ihm war der Fluß nur noch ein schmaler Forellenbach, der sich durch die Wiesen auf dem Talgrund dahinschlängelte. Die Berge waren braun mit weißen Flecken, wo das Gras ausgebleicht war. Riedgras und Heide schlossen sich an. Links drängte ein kahler Hügel die Straße immer näher an Wales heran. Ein Ring halbnackter knorriger Bäume – offensichtlich von Menschenhand gepflanzt – krönte den Kamm. Auf halber Höhe ragten Felsen aus dem gebleichten Gras hervor, ebenso auf dem Kamm, nahe den Bäumen. Schafe hatten sich seit Jahrhunderten sorgfältig ihre Pfade getrampelt. Es waren die Vorfahren dieser niedlichen furchtlosen Bergschafe, von denen er jetzt lernte, daß sie Cluns und Kerrys hießen. Sie hatten gleichsam Halsbänder um die Hänge angelegt, so daß diese den Stufenpyramiden glichen.

Zum ersten Mal fuhr Tom am Hallowmount vorbei. Die Nachmittagssonne schien auf das dürre hellbraune Gras. Trotzdem hatte er das Gefühl, als trenne ihn irgendein Schatten und das Alter sowie die Stille der Gegend von der Sonne. Er fühlte sich keineswegs bedroht. Eigentlich kam es ihm ganz natürlich vor, daß er von dem ausgeschlossen war, was alle übrigen Geschöpfe hier umfing. Er war ein Fremder. Man wies ihn nicht zurück und drohte ihm auch nicht. Er gehörte nur nicht hierher. Plötzlich wurden ihm die Stille und die Dauerhaftigkeit dieses überaus einsamen Landstrichs bewußt, in dem niemand zu wohnen schien, obgleich hier Menschen gelebt hatten, seit sie angefangen hatten, wilde Tiere zu zähmen, noch ehe man probeweise die ersten Grassamen ausgesät hatte, ehe der erste Stein die Erde aufkratzte und ehe die ersten Handwerker kunstvoll die Steine behauten und glätteten.

Ehe der Weg in einer Schonung von Nadelhölzern verschwand, führte eine Abzweigung nach rechts zum Fluß, vorbei am Tor der Wastfieldfarm, an der niedrigen Steinmauer entlang, durch ein Wäldchen zu Arthur Becks Tor.

Da stand es: Fairford. Ein altes Haus. Nein, eigentlich ein neues, das aus zwei alten steinernen Häusern bestand. Die bernsteingelben Steine stammten aus dem oberen Talabschnitt. In dem von einem Mäuerchen geschützten Garten herrschte das übliche herbstliche Chaos. Dahinter sah man einen ziemlich ungepflegten Rasen und Bäume, die für einen normalen Garten zu groß, aber wunderschön waren. Warum sollte er sich wegen des Laubs Gedanken machen, das überall herumlag und verrottete? Er mußte den Garten ja nicht instand halten. Er wollte hier nur wohnen und ihn genießen. Er stellte sich den Sommer vor und war bezaubert. Sogar der Name Fairford war zutreffend: In knapp fünfzig Metern Entfernung war eine Furt, wo der Fluß seine silbrigen Wellen über die hellen Kiesel und Halbedelsteine ergoß, die in der Sonne wie Edelsteine glänzten. Das Mauerwerk der ursprünglichen Cottages war bestimmt dreihundert Jahre alt. Wahrscheinlich gab es Fairford schon, seit die Vorhut der Dänen sich hier auf dem walisischen Ufer für kurze Zeit festgekrallt hatte, ehe sie fünfzig Meilen zurück nach England gejagt wurde, und nie wieder so weit vorgestoßen war.

Tom war sich eigentlich sicher, daß er hier wohnen wollte, aber irgendein wunderlicher Instinkt riet ihm zur Vorsicht. Er öffnete das Tor nicht, sondern parkte das Auto auf dem Grasstreifen neben dem Fluß. Dabei machte er einen langen

Spaziergang auf den Berg, bis es Zeit war, zurück nach Comerbourne zu fahren.

»Nicht übel«, sagte er zu Jane während der Freistunde im Aufenthaltsraum. »Aber ich weiß nicht. Im Sommer ist es prima, aber in einem harten Winter doch recht abgelegen. Dort könnte man wochenlang eingeschneit sein, glaube ich.«

»Für diese zusätzliche Annehmlichkeit sollten die Becks mehr Miete verlangen«, meinte Jane und betrachtete mit saurer Miene das »Glanzstück« einer Hausaufgabe aus ihrer 4 B, nicht gerade die gescheiteste Klasse.

»Stellen Sie sich vor: ein hieb- und stichfestes Alibi, um mehrere Wochen diesem Irrenhaus fernbleiben zu dürfen! Aber keine übertriebenen Hoffnungen, alter Junge! Sogar 1947 war die Straße offen. Dafür sorgen die Wastfield-Traktoren. Schnee oder nicht Schnee – hier kann sich keiner drücken.«

Sie fragte ihn nicht, wie er sich entscheiden würde; denn dann hätte er vielleicht genau die Gegenrichtung gewählt, weil er keinem Menschen nur lautere Motive zutraute und sie ja wohl nicht völlig desinteressiert an ihm sein könnte. Sie wohnte selbst in Comerford, das wußte er. Allerdings hatte sie bis jetzt kein Interesse an ihm bekundet. Falls sie allerdings weiterhin auf eine günstige Gelegenheit wartete, würde es ihr schwerfallen, ihn im Auge zu behalten, da das Haus ihrer Familie eine viertel Meile auf dieser Seite des Dorfes stand und Fairford ein ganzes Stück jenseits war. Er hatte ziemlich viel Übung, weiblichen Wesen aus dem Weg zu gehen, die er nicht sehen wollte – aber ebensoviel, diejenigen zu stellen, die er sehen wollte. Nein, wegen Jane brauchte er sich keine Sorgen zu machen.

Am Samstagnachmittag fuhr er wieder nach Fairford. Von Westen her lächelte ihm auf der gesamten Fahrt in diese prähistorischen Zeiten die Sonne zu und bestärkte seine Absicht, dort zu bleiben. Als er am Abend zurückfuhr, hatten sich dunkle Wolken über dem Hallowmount und den walisischen Bergen zusammengeballt. Ein eisiger Wind pfiff durchs Tal und zauste die jungen Schößlinge. Noch hätte er seine Meinung ändern können, wäre er nicht von dem Augenblick an verloren gewesen, in dem er in Fairford den Türklopfer betätigt und die leichten Schritte der Person gehört hatte, die ihm die Tür geöffnet hatte.

Ja, von diesem Augenblick an war er auf ewig verloren; denn es war Annet, die ihm die Tür aufgemacht hatte.

Es gibt eine Art Schönheit, der die Männer instinktiv hinterherpfeifen, und eine andere Schönheit, bei der alle verstummen und ihnen die Kehlen trocken werden. Vor Annet hatte es Tom Kenyon bei keinem Menschen je die Sprache verschlagen. Jetzt wohnte er bereits ein Vierteljahr lang mit ihr im selben Haus und begegnete ihr täglich. Trotzdem erstarrte er immer noch in Ehrfurcht, wenn er sie sah. Mit jungen Frauen oder Mädchen, die ihm nichts bedeuteten, plauderte er fröhlich und unbefangen, aber bei Annets Anblick war sein Kopf wie leergefegt. Kein Wort fiel ihm ein. Aber warum? Sie war aus Fleisch und Blut – wie jeder andere Mensch. Oder etwa nicht?

Aber warum kletterte sie an diesem düsteren Oktobernachmittag im Regen den Hallowmount hinauf? Sie war zwar seltsam und immer distanziert, aber was zog sie an solch einem Tag dort hinauf?

Für ihre achtzehn Jahre war sie normal groß, aber so schlank, daß sie größer wirkte, und das um so mehr, als sie den Kopf immer ein wenig nach hinten gelegt trug, damit die dunkle weiche Haarflut ihr nicht ins Gesicht fiel. Wollte sie sich verstecken, saß sie vornübergebeugt da. Dann verhüllten zwei glänzende blauschwarze Gardinen ihr Gesicht. Ihr Haar wirkte wie eine Art Helm: Links ein Scheitel, dann fiel es in einer Innenrolle zu beiden Seiten glatt bis knapp über die

Schultern herab. Nie sah Tom, daß sie mit dem Haar spielte. Nur manchmal strich sie es nach hinten. Jedes einzelne Haar wirkte wie ein Seidenfaden, voller Kraft und Leben. Selbst nach einem Windstoß legte sich die Mähne wieder ordentlich um ihren Kopf, ruhig, wie eine Woge, die zurückflutet.

Unter diesem prächtigen dunklen Helm sah man das cremefarbene Oval ihres zarten Gesichts mit seinen feinen Knochen. Es waren leidenschaftliche, beredte Züge, hätte die elfenbeinerne Haut die Knochen nicht wie eine feste, stumme Hülle umschlossen. Obwohl kaum ein Hauch von Rot in ihrem Gesicht war, wirkte sie nicht blaß. Als er Annet zum ersten Mal gesehen hatte, leuchtete ihre Haut nach dem Sommer wie Honig. Ihr Mund war ernst und voll, oft schmollend oder traurig, trotzdem stets bereit zu lächeln – aber nie über einen Scherz von ihm oder eine Freude, die er ihr hätte machen können. Ihre Augen leuchteten zwischen den schwarzen dichten Wimpern so tiefblau wie die Enziane, die der Sonnenstrahl soeben auf dem Hallowmount beschien.

Annet hatte ihm damals sein Zimmer gezeigt, das er sofort genommen hatte, ohne die hübschen Möbel zu beachten. Er hatte nur ihre Hand gesehen, als sie die Tür aufgemacht hatte, und in die tiefblauen Augen geschaut, die ihn höflich, aber distanziert gemustert hatten, während sie darauf wartete, daß er etwas sagte. Sie hatte eine tiefe ruhige Stimme. Doch jetzt wurde ihm bewußt, wie wenig sie je zu ihm – oder zu anderen – sprach. Sie bewegte sich wie eine typische Achtzehnjährige: schnell, einem jungen Füllen gleich. Ihre Hausarbeit verrichtete sie flink und ohne Murren, aber stets irgendwie ungeduldig und resignierend, als müßte sie rituelle Handlungen vornehmen, die nun mal nötig wären, an deren Bedeutung sie jedoch nicht glaubte. Auch Tom behandelte sie so. Das tat ihm weh, aber er konnte diese Tatsache leider nicht leugnen.

Sein Leben in Fairford war allmählich zu einem Rahmen um Annet geworden. Das Kaleidoskop aller anderen Gesichter, die seine neue Welt bevölkerten, war nur wie eine Galaxis zu ihrer Ehre. Arthur Beck war auf seine pedantische Art durchaus sympathisch. Er hatte das dünne Haar sorgfältig nach hinten verteilt. Mit der Brille auf der kräftigen Nase wirkte er meist leicht verwirrt und aus irgendeinem Grund enttäuscht, aber gelegentlich auch aufgeblasen, um würdig zu erscheinen. Ältere Menschen sollten keine Kinder mehr bekommen, weil sie den Altersunterschied niemals überbrücken konnten. Annets Mutter mußte bei der Geburt schon vierzig gewesen sein. Wer kann vierzig Jahre überspringen?

Mrs. Beck war entscheidungsfreudiger als ihr Mann und stand mit beiden Beinen auf der Erde, aber auch eine der reizlosesten Frauen, die Tom je gesehen hatte. Ganz selten überraschte sie ihn jedoch, wenn sich in einer ihrer Bewegungen oder in einem Blick Annets Schönheit offenbarte. Die dunklen Haare waren gekräuselt und stumpf. Ihre blauen Augen wirkten wie verwaschen. Meist machte sie ein freundliches, aber besorgtes Gesicht. Ihre Stimme war kontrastlos, nüchtern.

Das Ehepaar wirkte auf einen Neuankömmling, der mehr Selbstsicherheit als Geduld besaß, langweilig und undurchsichtig. Und die unglaublich schöne Blüte, die sie – schon ziemlich alt – hervorgebracht hatten, wandte das Gesicht von ihnen ab, als sei ihre Sonne stets woanders aufgegangen.

Tom hatte gehört, daß die Kinder relativ alter Eltern oft seltsam und schwierig seien – so wie Kinder in ärmlichen Verhältnissen. In gewissem Sinn litten sie auch Mangel. Eine verlorene Generation schnitt sie von ihren Wurzeln ab. Sie hatten Großeltern als Eltern. Und die Becks waren keine Großeltern mit junggebliebenen Herzen, sondern langweilig, enttäuscht und alt. Manchmal leuchtete in Arthur Becks Gesicht eine Spur früherer Begeisterung für die Wissenschaft auf. Mrs. Beck behauptete ihren gesellschaftlichen Platz im Dorf. Sie kleidete sich wie eine Dame des Landadels, aber du lieber

Gott, was hieß das schon, da diese Damen – selbst hier, wo die Vergangenheit noch so real und bestimmend wie das Morgen war – lebende Anachronismen waren, Museumsstücke?

Anfangs hatte Tom – mit seinem gewohnten gesunden Vertrauen auf seine charmante Art – geglaubt, einen frischen Wind in Annets zurückgezogenes Leben bringen zu können, indem er ihr die junge Gesellschaft bot, die sie brauchte. Doch nach zwei Wochen mußte er feststellen, daß sie fast nie zu Hause war und ihn leider überhaupt nicht zu brauchen schien. Sie arbeitete tagsüber als Sekretärin für Mrs. Blacklock auf Cwm Hall. Dieses Privileg erfüllte ihre Mutter mit großer Genugtuung. Annet schien weniger beeindruckt davon zu sein. Die Lady brauchte eine Sekretärin, da sie offenbar überall mitmischte: bei jedem Club, bei jedem Komitee und jedem gesellschaftlichen Ereignis und bei jeder Wohltätigkeitsveranstaltung. Ohne Regina Blacklocks Segen fand in und um Comerford nichts statt. Deshalb war ihre schützende Hand über Annet und Mrs. Beck ein wahres Labsal fürs Herz. Aus anderer Quelle – niemals von Annet selbst! – hörte Tom, daß Annet gern diese tiefste Provinz verlassen und sich eine Stelle in London gesucht hätte, aber ihre Eltern waren über diese Idee entsetzt gewesen und verweigerten stur ihre Einwilligung dazu. Vielleicht, weil es ihnen bewußt war, daß sie dann hoffnungslos weit von ihrer Tochter entfernt wären, und sie Angst hatten, sie aus den Augen zu lassen. Vielleicht, weil sie die Trennung von ihrem Augapfel nicht ertragen konnten. Bei Mrs. Blacklock war Annet sicher. Regina war übermäßig besorgt. Niemals durfte Annet allein nach Hause gehen, wenn es spät geworden war; sie ließ sie immer im Bentley vom Chauffeur heimfahren. Mrs. Blacklock paßte auch genau auf, daß Annet keine unerwünschten Bekanntschaften schloß, sondern sorgte dafür, daß sie nur Menschen mit untadeligem Ruf kennenlernte.

Um Himmels willen, dachte Tom in ohnmächtiger Wut.

Annet war achtzehn! Und intelligent und tüchtig, denn sonst hätten die Blacklocks sie nicht behalten. Und benahm sie sich denn so, als brauchte sie eine Anstandsdame?

Sie war halt sehr beschäftigt: Chorprobe am Freitagabend, Tanzen oder Kinobesuche im Comerbourne am Samstag. Fast immer ging Myra Gibbons von der Wastfield-Farm mit ihr. Die jungen Männer, die sie zum Tanz begleiten durften, waren handverlesen. Mrs. Beck hatte altmodische Ansichten. Leider blieb die traurige Tatsache bestehen, daß Annet Tom Kenyon nicht brauchte. Es gab in Comerford keinen jungen Mann, der ihr nicht irgendwann mal den Hof gemacht hätte. Es gab aber auch in Comerford keinen jungen Mann, der bei ihr weiter gekommen wäre als Tom Kenyon.

Distanziert, fremdartig und wunderschön schwebte Annet über allem. Ohne Protest fügte sie sich der elterlichen Kontrolle und behielt ihre Geheimnisse für sich. Tom kannte sie überhaupt nicht – und würde es nie tun.

Alles drehte sich um Annet. Man hatte ihn freundlich aufgenommen und ihn bereitwillig in das Leben einbezogen. Man hatte ihm eine Rolle zugeteilt. Das war mehr, als sie je einem Menschen zugestanden hatte. Trotzdem sah er alle, die ihr nahestanden, nur in ihrem Licht: die Blacklocks, den Pfarrer mit der kräftigen Stimme und den unsteten, alles herabsetzenden Augen, die Gibbons-Familie und alle Bewohner von Fairfords.

Zum Glück wohnten einige seiner Schützlinge aus der sechsten Klasse in Comerford, und ihre Eltern öffneten ihm gern die Türen: Miles Mallindines junge und moderne Eltern, Dominic Felses Vater, der Polizist, und seine hübsche, clevere, amüsante Mutter. »Polizist« stimmte genaugenommen nicht. George Felse war ein Detective-Inspector bei der Kriminalpolizei von Midshire und vor kurzem zum Detective-Sergeant befördert worden. Die Sprößlinge dieser netten Menschen tolerierten Tom Kenyon, hielten aber vornehm

Abstand und benahmen sich bei Einladungen übertrieben untadelig, wenn sie mal allein mit ihm waren. Die Eltern dagegen hießen ihn ungezwungen willkommen und bereiteten ihm nie Kopfzerbrechen. Sie lachten sogar insgeheim über das Getue ihrer Söhne. Tom fühlte sich bei allen wohl. Sie nahmen ihm das Gefühl, auf Annets Almosen angewiesen zu sein, obwohl er davon träumte, sie mit seiner Großzügigkeit zu beglücken.

Tom fuhr durch den Regen. Vor seinen Augen tauchten alle die neuen Gesichter auf – und immer wieder Annet. Und immer hatte sie die enzianblauen Augen nach vorn gerichtet, weg von ihm.

Eve Mallindine hatte ihn einmal von der Comerford-Bushaltestelle in die Stadt mitgenommen, als sein Mini zum Kundendienst in der Werkstatt war. Rein zufällig hatte er Annet erwähnt – falls irgend etwas in Zusammenhang mit Annet überhaupt zufällig geschah. Es war doch eher richtig, daß er so von ihr erfüllt war, daß er ihren Namen nicht lange auf der Zunge behalten konnte. Hatte er etwa verraten, daß er auf die jungen Männer eifersüchtig war, die samstags mit ihr tanzten, und auf die Fürsorge ihrer Mutter? Er hatte schreckliche Angst, daß ihm das passiert wäre. Zum Glück war es Mrs. Mallindine; sie war die Bilderbuchmutter eines Sechstkläßlers: jung, gebildet und hübsch, mit einem Zwinkern in den kunstvoll mit blauem Lidschatten betonten Augen und mit Beinen wie die der Frauen in den zwanziger Jahren, ehe diese klobigen Schuhe ihren Gang ruinierten. Eve Mallindine trug übrigens Schuhe mit Bleistiftabsätzen. Wie konnte sie damit nur so stolz wie ein junges Fohlen gehen? Und wie schaffte sie es, so fabelhaft Auto zu fahren?

Eve Mallindine blickte ihn prüfend an. Dann wendete sie die goldbraunen Augen wieder auf die Straße. Sie dachte kurz nach und sagte: »Ich erzähle es Ihnen lieber, Tom. Haben Sie etwas dagegen, wenn ich Sie Tom nenne? Schließlich vertreten Sie sozusagen die Elternstelle bei meinem Schlingel.«

Er hatte nichts dagegen gehabt. Er konnte sich nicht erinnern, wann er so wenig gegen etwas gehabt hatte. Allein neben dieser Frau zu sitzen gab ihm das Gefühl, zehn Zentimeter größer zu sein. Und er konnte jede Rückenstärkung gebrauchen, wenn er an Annet dachte.

»Barbara Beck ist nicht so verrückt, wie sie Ihnen vorkommt«, hatte Eve Mallindine mit leicht zynischem Lächeln gesagt. »Im vorigen Frühjahr wäre Annet beinahe abgehauen – mit meinem hoffnungsvollen Sprößling. Wenn Sie ihm aber sagen, daß ich Ihnen das erzählt habe, drehe ich Ihnen den Hals um. Aber das würden Sie ja nicht tun. So sind Sie nicht. Entschuldigen Sie die Voreingenommenheit einer Mutter. Ich möchte nicht, daß man ihm weh tut. Und wenn ich siebzehn wäre und ein Junge, hätte ich diese Chance auch nicht ausgelassen. Die beiden sind aber nur bis zum Bahnhof in Comerford gelangt. Bill hatte Wind davon bekommen – keine Ahnung, wie. Ich habe ihn auch nie gefragt. Ich habe einfach so getan, als sei alles normal und daß ich von dem Streit nichts mitgekriegt hätte. Bill hat Annet heimgefahren und dann den Burschen zurückgebracht. Danach hat er sich im Schlafzimmer mit ihm eingeschlossen. Ich bin sicher, beide haben sich äußerst würdig benommen – keiner hat die Stimme erhoben! Miles war über siebzehn und ein Meter achtzig groß. So verdammt erwachsen. Aber Sie kennen ihn ja. Der arme Bill muß sich hoffnungslos unterlegen vorgekommen sein – wäre er nicht so wütend gewesen. Ich weiß nicht, welcher von beiden mir mehr leid getan hat. Ich habe mich rausgehalten und ein Käsesoufflé gemacht. Das erschien mir am vernünftigsten. Beide sind verrückt nach meinem Käsesoufflé, und auch ein Liebender mit gebrochenem Herzen muß essen.« Wieder streifte sie Tom mit einem Blick und lächelte. »Eine Stunde lang haben sie sich gestritten. Keiner wollte nachgeben. Meine armen Lieblinge, sie sind sich so ähnlich. Finden Sie das nicht auch?«

Tom hatte das nicht gefunden. Wenn er sie anschaute, sah er Miles Mallindine. Der Junge war der bei weitem bestaussehende Bursche seiner Klasse sechs der Oberstufe. Er fragte nur zurückhaltend: »Wohin wollten die beiden?«

»Sie hatten Fahrkarten nach London, einfach. Die armen Lämmer. Sie waren zwanzig Minuten zu früh auf dem Bahnhof. Ein Fehler! Ich hatte furchtbare Mühe, Miles nach dieser Katastrophe wieder aufzutauen. Für einen Siebzehnjährigen ist es sehr schlimm, zu glauben, daß jemand ihm etwas nicht übelnimmt, Tom. Aber ich war ihm nicht böse. Wären Sie ihm böse gewesen? Sie haben Annet gesehen.«

»Nein«, sagte Tom gequält. »Nein, ich könnte es ihm nicht übelnehmen.«

»Sehen Sie, Tom, ich habe gewußt, daß Sie human denken. Aber der arme Bill hat ein soziales Gewissen, verstehen Sie. Ich habe nur ein humanes. Die beiden Männer waren ziemlich wütend aufeinander. Bill fand, Miles sollte ihm offen alles beichten, und Miles wollte nicht. Aber beide haben mein Käsesoufflé gegessen«, fügte sie zufrieden hinzu, als wäre das eine Bestätigung dafür, daß ihre Männer weder körperlich noch gefühlsmäßig verkrüppelt waren. »Und – ehrlich gesagt – habe ich einen kräftigen Schuß in den Kaffee getan. Das schien mir richtig zu sein.«

Durfte er Fragen stellen? Und wenn ja, wie weit konnte er gehen? Bestimmt gab es eine Grenze, und die meisten interessanten Fragen würden diese wohl überschreiten. Zum Beispiel: Warum? Warum hielt Miles es für nötig, mit Annet durchzubrennen? Viele junge Männer, die weit weniger präsentabel waren, durften mit ihr ausgehen, vorausgesetzt, sie holten sie in allen Ehren zu Hause ab, und ihre Eltern hatten sie auf Herz und Nieren geprüft und für gut befunden. Die Becks hätten keinen gutaussehenden jungen Mann mit reichen Eltern und ausgezeichneten Zukunftschancen abgewiesen, zumal Miles – wenn er wollte – charmant genug sein konnte, um einen Vogel vom Ast zu locken. Wenn er Annet haben wollte, hätte er sie nur überzeugen müssen. Ihre Eltern hätten mit Sicherheit zustimmend gelächelt. Also warum? Warum durchbrennen? Offensichtlich war es keine Frage eines Fehltritts, weshalb die beiden durchbrennen und möglichst schnell hätten heiraten müssen.

»Jetzt ist natürlich längst Gras über die Sache gewachsen«, hatte Eve gesagt und vor der ersten Ampel am Rand von Comerbourne gebremst. »Niemand hat mehr als ein romantisches Abenteuer darin gesehen. Aber Mrs. Beck denkt immer noch, Miles wollte ihr armes Mädchen ruinieren. Ich hielt es für besser, Ihnen das zu erzählen, damit Sie nicht völlig überrascht sind, falls Sie es mal aus heiterem Himmel erfahren.«

Jetzt war es für die Warumfragen zu spät. Alles, was Tom noch sagen konnte, war: »Und ist er immer noch – ich meine, ist er inzwischen über sie hinweg?«

»Keine Ahnung. Ich frage ihn nicht. Wenn er mir etwas erzählen will, tut er es freiwillig. Niemand kann ihn zwingen, etwas zu sagen, wenn er nicht will. Ich versuche das auch nicht. Aber über Annet hinwegzukommen, dürfte ein ziemlich schmerzlicher Heilungsprozeß sein, meinen Sie das nicht auch?«

»Schon möglich«, sagte Tom vorsichtig. Eve war eine gefährliche Frau. Sie war imstande und erkannte, daß Miles nicht der einzige chronisch Kranke war.

»Ach, was soll's«, meinte sie fröhlich und trat aufs Gaspedal, als die Ampel grün wurde. »Nächstes Jahr geht er aufs Queen's College und ist mehr als genug beschäftigt. Ich habe gehört, er wird nächstes Wochenende mit Ihnen zelten. Dreißig aus der Unterstufe müssen gehütet werden, wie er sagte. Der Himmel steh euch allen bei!«

»Wir werden es überleben«, sagte Tom. Wenn man das jüngste Mitglied des Lehrkörpers war und einen Anorak und kräftige Stiefel besaß, fiel einem die Aufsicht bei allen Aktivitäten im Freien zu, und man mußte stöhnen und das Gesicht eines Märtyrers machen, ganz gleich, wieviel Spaß es machte, einen Haufen Jungen einen Berg hochzujagen und im Zelt mit ihnen zu schlafen. Das durfte man niemals zugeben. »Lassen Sie mich bitte hier bei Cooks raus. Ich habe ein paar Landkarten bestellt.«

Nach dem Aussteigen hatte er sich zu ihr ins Auto gebeugt, um sich zu bedanken. Er genoß es, daß die Leute ihn mit ihr sahen und sie grüßten. Da lächelte diese faszinierende Frau ihn an und sagte ruhig: »Aber Sie werden mit denen doch nicht auf den Hallowmount steigen, oder?«

Danach wartete sie nicht auf seine Antwort. So sicher war sie, daß er sie verstanden hatte. Sie winkte kurz, damit er den Kopf zurückzöge. Doch das tat er nicht. Überrascht schaute sie ihn lächelnd an. Zweifellos hielt sie ihn für einen typisch männlichen Trottel – ebenso wie die beiden sturen Köpfe zu Hause.

»Ich soll mit denen nicht auf den Hallowmount steigen?« fragte Tom vorsichtig, um sicherzugehen, daß er sich nicht verhört hatte.

»Nein – aber das würden Sie natürlich nicht tun. Wie blöd von mir!«

»Aber warum nicht? Oder ist das eine idiotische Frage? Und warum, ›natürlich nicht‹?« Er hatte sich ihr so nahe gefühlt, aber jetzt kam er sich plötzlich so fern vor wie ein Nichtschwimmer in tiefem Wasser. Da saß diese Frau in ihrem bernsteinfarbenen Herbstkostüm, dessen sie sich auch auf der Bond Street nicht schämen müßte, mit dem braunen hochgesteckten Haar, den langen eleganten Beinen und unglaublich dünnen unpraktischen Schuhen – so modern wie die Zukunft, so selbstsicher, wie Geld, Erziehung, Reisen und Temperament einen nur machen können – und warnte ihn, übers Wochenende ja nicht mit den Schülern auf dem Hallowmount zu zelten. Sie hatte das ohne jegliche Geheimnistuerei gesagt, als erinnere sie ihren Mann daran, die Garagentür abzuschließen.

»Oh, wir würden das einfach nicht tun«, sagte sie lächelnd, aber erstaunt. Freilich, er war ja neu in dieser Gegend. »Ich würde mir keine allzu großen Sorgen machen, aber die anderen Mütter vielleicht. Sie hatten doch nicht wirklich vor, dort raufzugehen, oder?«

»Nein, hatte ich nicht. Da ist es im Oktober auch zu kalt. Ich wollte mit ihnen zwischen den Westlyns hochgehen.«

»Gut! Prima!« hatte Eve Mallindine zufrieden gesagt. Er hatte den Kopf zurückgezogen und die Tür zugemacht. Sie hatte durchs offene Fenster zu ihm hinauf gelächelt. »Man muß doch nicht unnötig Schwierigkeiten heraufbeschwören, oder?« hatte sie heiter gesagt und war davongeschossen, ehe die Ampel wieder umsprang.

Er hatte die Schüler nicht auf den Hallowmount hinaufgeführt. Früher hätte er es schon aus Prinzip getan, weil man ihn davor gewarnt hatte. Aber jetzt nicht mehr. Und eigentlich hatte Eve Mallindine ihn ja nicht direkt gewarnt, sondern ihn nur freundlich darauf hingewiesen, daß sozusagen die Herdplatte heiß sei und er sich nicht die Finger verbrennen sollte. Sie hatte es als selbstverständlich angesehen, daß mehr bei einem vernünftigen Erwachsenen mit normaler Intelligenz nicht nötig wäre. Und er war mit den Schülern nicht auf dem Hallowmount zelten gegangen – vielleicht ein Beweis für seinen gesunden Menschenverstand oder seine Reife.

Als er abends zwischen den schützenden Bergrücken der Westlyns am verglühenden Zeltfeuer saß und mit einem Ohr lauschte, ob in den Zelten der 3B noch Unfug getrieben wurde, blickte er nachdenklich zum Hallowmount in der

Ferne hin. Die Felsen und die Bäume hoben sich schwarz gegen den milchigen Himmel zwischen den Sternen ab. Er hatte den Sohn das gefragt, wozu er bei der Mutter keine Zeit mehr gehabt hatte:

»Woher stammt der Name Hallowmount? Und warum sind sich alle so sicher, daß niemand dort mit seinen Schülern zeltet?«

»Ist das so?« fragte Miles, der neben ihm auf einer Decke auf dem Rücken lag. Der schwache Feuerschein fiel schräg auf seine glatten Wangen mit den hohen Backenknochen und die breite Stirn. Er schien sich zu wundern. »Na ja, das ist schon möglich, wenn ich es mir recht überlege. Tagsüber hätte bestimmt keiner was dagegen, aber nachts würde es wohl keiner machen. Nach dem Prinzip: Man kann ja nie wissen.«

»Ich weiß es nicht«, sagte Tom. »Sagen Sie es mir. Was ist mit dem Namen?«

»Ehrlich gesagt, glaube ich nicht, daß jemand viel über den Namen weiß. Aber viele behaupten es. Er stammt aus prähistorischer Zeit ...«

»So ungefähr«, meinte Dominic Felse, um die genaue Zeitangabe seines Freundes zu verbessern.

»Über ein paar hundert Jahre wollen wir uns doch nicht streiten. Wann auch immer – wir wissen nicht genau, wie der Name entstanden ist. Irgendwie soll es nicht mit rechten Dingen zugegangen sein. Aber ich nehme an, alles hier in der Gegend und alle Bewohner sind ein bißchen unheimlich.« Er blickte zum Himmel hinauf und setzte sich auf. Vielleicht fand er es nicht würdevoll genug, im Liegen zu diskutieren. »Nehmen Sie die alten Bleiminen«, fuhr er fort. »Es gibt doch kaum etwas Realeres, aber gleichzeitig spukt es auch nirgendwo mehr als dort. Wir haben Poltergeister – wie in den Zinnminen in Cornwall. Wild Eldric wohnt dort unten – mit seiner Feenfrau Godda. Und noch ein halbes Dutzend mehr, soweit wir wissen. Beim Hallowmount ist es genauso. Manche behaupten, der Berg heiße ›hallow‹, weil er ein heiliger Ort sei, wo in vorchristlicher Zeit Opfermysterien stattgefunden hätten. Andere meinen, das ›hallow‹ bedeute nur ›hohl, leer‹, also gar nichts. Angeblich sind Menschen im Berg verschwunden und wurden nie wieder gesehen.«

»Oder sind nach vielen Jahren zurückgekommen«, half Dominic ihm weiter. »Wie Kilmeny, der sich an nichts erinnern konnte und so jung aussah wie an dem Tag, an dem er verschwunden war.«

»Das gibt es in jedem Land in Europa«, sagte Tom enttäuscht. »Beinahe zu jedem Hügel oder Berg, der eine auffällige Gestalt hat oder in grauer Vorzeit besiedelt war, gehört so eine Sage. Seid ihr sicher, daß nicht König Artus da unten ist und darauf wartet, daß jemand ins Horn stößt und ihn weckt?«

»Nein, Sir, wir haben hier Wild Eric, andere Erlöser brauchen wir nicht«, erklärte Milvers, der dritte Mann seines Freiwilligenkorps für dieses Wochenende. Milvers war ein kluges Kerlchen und bis oben hin mit Sagen und der Geschichte der Grenze vollgestopft – wahrscheinlich, weil er nicht aus dem Grenzland stammte. Vielleicht wußte er mehr über Hallowmount als Miles Mallindine? Aber nichts, was er sagen könnte, würde so enthüllend sein wie Miles' schlichte Aussage: »Ich nehme an, alles in dieser Gegend und auch alle Einwohner sind ein bißchen unheimlich.« Ohne falsche Scham und ohne zu zögern hatte er diese Behauptung auch auf sich bezogen, genau wie seine Mutter. Sie fanden nichts dabei, mit einem Bein im zwanzigsten Jahrhundert und mit dem anderen auf den Wurzeln der Zeit zu stehen.

»Manche behaupten auch, daß die Hexen sich dort versammelt hätten«, sagte Milvers, der sich für das Thema erwärmte. »Wissen Sie, daß der Felsbrocken in der Mitte hier ›Altar‹ genannt wird?«

Tom wußte das nicht, aber er war nicht überrascht davon. Ein verrufener Ort, an dem sich alle möglichen abergläubischen Vorstellungen angesammelt hatten.

»Also nichts als schlechte Zauberei«, sagte Tom.

»Nein, eigentlich nicht. Nicht *schlecht*. Ebensowenig, wie Blitze gut oder schlecht sind. Oder Feuer. Oder die Toten.« Miles richtete sich auf. Die Kühnheit seiner Gedanken hatte ihm offenbar einen Energiestoß versetzt. Er riß die leuchtenden Augen zwischen den dichten Wimpern weit auf. »Hat Ihnen jemand gesagt, es sei ein Unglücksort?«

Tom berichtete – allerdings sehr zensiert – über die Fahrt in die Stadt. »Offensichtlich glaubte Ihre Mutter, man sollte sich von diesem Ort fernhalten. Ich nehme an, das ist das Erbe der Hexen.«

»Ich glaube nicht, daß es je Hexen gegeben hat. Aber die Kette des Lebens geht so unglaublich weit zurück – und alle haben irgendeinen Abdruck hinterlassen und ...« Er konnte nicht die richtigen Worte finden und wollte nicht mit einem Ersatz vorliebnehmen. Hilflos schlang er die Arme um die Knie und wiegte sich mit finsterem Ausdruck hin und her, während sein Gehirn nach Erklärungen suchte. Wenn man ihn nicht aufrüttelte, war er gern faul. Es war nicht leicht, ihn auf Touren zu bringen.

»Aber warum haben dann alle vor dem Berg Angst?«

Dominic blickte zu Miles, dieser zu Dominic. Tom hatte diese Art Blickwechsel bereits früher beobachtet. Die beiden stummen Gesichter entspannten sich in absoluter Übereinstimmung. Danach sprach dann immer nur einer, aber für beide.

»*Wir* haben keine Angst«, erklärte Miles deutlich und bemühte sich, nicht zu grinsen. »Warum sollten wir? Wir wurden hier geboren. Wir sind *in* der Kette und müssen keine Angst haben. Wir gehören dazu.«

»Ihr habt aber Ehrfurcht, oder?«

Sie berieten sich mit einem blitzschnellen Blick und nahmen diese Möglichkeit einstimmig an.

»O ja, Ehrfurcht, ja. Aber das ist doch etwas ganz anderes, oder?«

»Ist Ehrfurcht so weit von Angst entfernt?« fragte Tom, nicht überzeugt.

Miles krabbelte auf die Knie und beugte sich über das nur schwach glimmende Feuer. Bald müßten sie die Glut auslöschen. »Mußte meine Mutter bei der Ampel am Technischen College anhalten, als sie Sie in die Stadt mitgenommen hat?«

»Ja. Die Ampel war rot.« Tom sah keinerlei Verbindung zu dem Thema, aber wieder reichten sich das zwanzigste Jahrhundert und das urzeitliche Dunkel einfach und problemlos die Hände. Er spürte, wie sich die Zeiten verschränkten. Seine Handflächen juckten und kündigten eine Enthüllung an, die ihn verstummen lassen würde.

»Und hatte meine Mutter Angst?«

Geduldig und willig zu lernen – was nichts Neues für ihn war –, antwortete Tom: »Selbstverständlich nicht.«

»Na, logisch, Sir. Selbstverständlich nicht. Vor einer roten Ampel hat keiner Angst. Das wäre doch albern. Aber man fährt auch nicht einfach weiter, oder?«

Jane Darrill hatte Tom an die Archäologische Gesellschaft verwiesen. Doch auch dort hatte er nichts Genaueres gefunden. Jane hatte das wohl aus purer Bosheit getan, weil sie genau wußte, daß man ihn dort nach einer Frage nicht mehr entkommen lassen würde, bis er jedes Wort über den Hallowmount in jedem existierenden Manuskript oder jedem Druckwerk gelesen hätte. Untereinander waren sie uneins, aber ihm ersparten sie nichts.

Aber er hatte es ja nicht anders gewollt! Der Pfarrer ging mit ihm die Kirchenbücher durch und schleppte ihn zu Miss Winslow, die das Heimatarchiv führte. Miss Winslow marschierte mit beiden Herren in die feuchte, dunkle, aber prächtige Cwm Hall, die ein Juwel aus der schwarzweißen mittleren Elisabethanischen Epoche war.

Regina Blacklock war unter anderem auch Präsidentin der Archäologischen Gesellschaft, und Peter Blacklock fungierte freundlich und resignierend – wie üblich – als ihr Sekretär und pflichtbewußtes Ego. Geld, Geburt und gesellschaftliche Stellung waren auf ihrer Seite. Es war beinahe zu viel, daß sie darüber hinaus noch einen so starken und entschiedenen Charakter hatte. Wer konnte es mit ihr aufnehmen? Sie war eine Autorität in allem, was mit Comerford und dem Umland zu tun hatte. Ihr Wort galt für alles, was die Folklore betraf. Erbarmungslos ließ sie einen Strom von Details über Toms Kopf rauschen und ertränkte ihn mit Berichten über das Treiben der Druiden, die einst zur Mittsommernacht und bei der Wintersonnenwende den Hallowmount belebt hätten. Der Pfarrer hatte vor Begeisterung ganz rote Ohren bekommen und spielte den Chor, wenn sie mal Luft schöpfen mußte. Beide waren tief überzeugt, und ihre Begeisterung war gewiß echt, aber irgendwie war Miles mit seiner vagen Aussage und seiner heiteren Gelassenheit weit überzeugender gewesen.

»Sie müssen die Borough-Bibliothek aufsuchen, Mr. Kenyon«, sagte Regina, beinahe berstend vor Hilfsbereitschaft und Enthusiasmus. »Das müssen Sie unbedingt. Ich rufe Mr. Carling gleich morgen früh an und avisiere Sie. Dann hat er die Walisische Chronik für Sie bereit, wann immer Sie kommen können. Er hat auch die Luftaufnahmen der Feste aus der Eisenzeit am Cleave: Maelduns Ring. Die sollten Sie sich unbedingt ansehen. Sie sind eine Offenbarung. Peter hat ein paar hier, aber nicht alle. Peter, Liebling, wo sind die Vergrößerungen?«

Peter-Liebling brachte sie. Zum Glück brachte er auch Whisky und Soda. Auf seinem langen, ziemlich müden Gesicht lag ein mildes, mitleidiges Lächeln. Er war ein großer, schlanker Mann mit knappen Bewegungen und einem nachdenklichen Gesicht. Auf seine traurige Art sah er gut aus. Manchmal brach sogar ein Fünkchen Humor durch. Er betrachtete seine furchteinflößende Gattin stets liebevoll, aber auch belustigt. Die beiden schienen sich hervorragend zu verstehen, aber es war unverkennbar, daß sie das Regiment führte. Schließlich war sie die letzte der Wayne-Morgans und Besitzerin des halben Tals und einer Seite des Hallowmount. Peter Blacklock war Anwalt gewesen, praktizierte jedoch nicht mehr, da er voll damit beschäftigt war, den Besitz seiner Frau zu leiten, was er – da waren sich alle einig – sehr gewissenhaft tat.

Wie alt mochten die beiden sein? Vielleicht fünfundvierzig. Der Altersunterschied konnte kaum mehr als ein oder zwei Jahre betragen – so oder so. Sie war eine sehr bemerkenswerte Frau, wenn sie das nur nicht so furchtbar hervorkehren würde. Doch ihre unerschöpfliche Energie mußte sich irgendwie Bahn brechen. Und wenn es nur schmale Kanäle gab, mußten diese eben über die Ufer treten. Regina Blacklock erklärte die Geschichte der Grenze, als hänge die Zukunft der Menschheit davon ab. Eve Mallindine hielt ihre Vorfahren für nicht so außergewöhnlich, daß sie darüber sprechen müßte.

Wie gut erinnerte sich Tom an jenen Abend. Regina hatte leidenschaftlich gesprochen und sich über den hellen Schaffellteppich zu ihm gebeugt. In ihrem kurzen rötlichen Haar waren interessante Silberfäden. Sie hatte ein breites, meist vor Aufregung gerötetes Gesicht, weiche blaue Augen, hohe Brauen, die etwas zu dünn gezupft waren. Ihr kräftiger, etwas plumper Körper steckte in gutem einheimischem Tweedstoff. Auch Peter Blacklock trug ein älteres bequemes Sportjackett mit Lederflecken an den Ellbogen und eine weite Cordhose, als sei er darin geboren worden.

Der Pfarrer war ungefähr gleich alt, mit athletischem, hartem Körper und einem jugendlichen, begeisterungsfähigen

Verstand – das perfekte Echo für Mrs. Blacklocks Loblied. Hier machte keiner dem anderen etwas vor. Es waren echte Menschen. Tom hatte so etwas noch nie kennengelernt und war von ihnen schlichtweg fasziniert.

Und im Hintergrund hatte Annet gestanden, wie immer gleichgültig und doch aufmerksam, als sei ihre Seele ganz weit weg. Sie hatte an diesem Abend länger gearbeitet und wartete – wahrscheinlich gelangweilt – darauf, daß alle nach Hause gingen. Mit großen Augen und regungslosem Gesicht betrachtete sie alle, dachte dabei an irgend etwas und hatte sich so in sich zurückgezogen, daß sie ebensogut in einer anderen Welt hätte sein können. Der schwere, weiche Bogen ihres Haars, das ihr Gesicht beschattete, glich einem dieser Seile, die die Welt im Gleichgewicht hielten. Der Whisky war so wunderbar groß gewesen, daß er Toms Blick trübte und Annet eine kosmische Bedeutung verlieh oder diese enthüllte.

»Im siebzehnten Jahrhundert«, hatte der Pfarrer gesagt, vor Begeisterung glühend, »soll es in dieser Gegend einen Hexenbund gegeben haben, der sich oben auf dem Berg zu versammeln pflegte.« Seine Stimme klang irgendwie leicht und atemlos, seltsam bei diesem kräftigen Körper.

Ich wette, er war ein prima Rugbyspieler, dachte Tom. Dann versetzte ihm die Unsicherheit und Seichtheit des Gesichts wieder einen Schock. Dank dieser ebenmäßigen Züge sah der Pfarrer eher so aus, wie ein Schüler der sechsten Klasse früher aussah – nicht wie Toms jetzige Schüler. Und warum begeisterte er sich so für Schwarze Messen, Hexen und den Teufel? Natürlich mußte er sich für diese gotteslästerlichen Dinge interessieren. Was wäre sein Beruf ohne sie?

»Aber wie können Sie Harleys Tagebuch so einfach ablehnen? Einer meiner Amtsvorgänger in der Mitte des siebzehnten Jahrhunderts hinterließ mir sehr aussagekräftige Aufzeichnungen, Mr. Kenyon . . .«

»Ihr Amtsvorgänger war ein geisteskranker Hexenjäger«, unterbrach Regina ihn. »Er hat nicht nur sein Tagebuch hinterlassen, sondern auch einen schlechten Ruf. Also, mir wäre es lieber, wenn man mich eine Hexe nennen würde als so manches, was seine Zeitgenossen ihn nannten. Wäre es nach ihm gegangen, hätte er das halbe Dorf durchsucht und aufgehängt, aber zum Glück kannte ihn die Obrigkeit zu gut und nahm seine Anklagen leicht. Deshalb konnte er nicht viel Schaden anrichten. Aber zitieren Sie *den* nicht als Zeugen! Nein, Mr. Kenyon«, sagte sie und sah Tom mit einem lächelnden, aber auch strengen Blick ihrer blauen Augen an. »Ich verbürge mich für die Berichte, daß sich gelegentlich Menschen ins Feenland oder ins Fegefeuer – oder was auch immer in solchen Zauberbergen ist – verirrt haben. Ich meine nicht, daß diese genau wie Rip van Winkle verschwunden sind, aber ich akzeptiere, daß die Menschen, die hier gelebt haben, *überzeugt davon waren*, daß es sich so ereignet hat. Aber Hexen – nein! Auf dem Hallowmount hat es nie Hexen gegeben und wird es auch in Zukunft niemals geben.«

Das war die Summe dessen, was Tom an jenem Abend erfahren hatte. Das und fünfzehn Minuten unglaublicher Qual und des Glücks auf dem Heimweg, als Annet stumm neben ihm auf dem Beifahrersitz gesessen hatte. Das war der Abend, als ihm bewußt geworden war, daß es diesmal anders war, daß es zu nichts führte, er sich jedoch nicht mehr zu befreien vermochte, daß er nie über sie hinwegkommen würde und daß er nie wieder so sein würde, wie er war, ehe er sie kennengelernt hatte. Anfangs hatte er es nur für eine harmlose Schwärmerei gehalten, vielleicht ein bißchen ernster als das halbe Dutzend Liebeleien, die er genossen und beendet hatte, doch jetzt waren seine Gefühle stärker geworden und tiefer, bis sie seine gesamte Welt der Empfindungen erfüllten, ihn schmerzten und quälten. So war Annet. Er hätte es auf den ersten Blick sehen müssen. Aber beim ersten Blick war es bereits zu spät gewesen, die Flucht zu ergreifen . . .

Und jetzt dieser Donnerstag zur Halbjahresmitte. Er hatte die letzte Stunde frei gehabt und war gleich nach Fairford gefahren, um zu packen und dann nach Hause zu fahren. Als er am Tor aus dem Auto stieg, war Annet in ihrem dunkelblauen Mantel herausgekommen. Als Regenschutz hatte sie eine Nylonhaube um den Kopf gebunden. Sie hatte drei Briefe in der Hand gehalten. Als sie ihn sah, war sie stehengeblieben. Sofort legte sich der spürbare Schleier des Sichabkapselns über ihr schönes Gesicht. Sie kannte seine Sehnsüchte, und es tat ihr leid. Sie begehrte ihn nicht, auch das tat ihr ein bißchen leid. Jedenfalls kam es ihm so vor. Wenn sie ihn nicht gemocht hätte, würde sie sich nicht die Mühe machen, ihm aus dem Weg zu gehen, oder wäre nicht bei einer unverhofften Begegnung zurückgewichen. Sie mochte ihn, aber es war ihr lieber, ihn nicht mit jeder Berührung daran zu erinnern, daß sie ihm nichts zu geben hätte, seine Sehnsucht niemals würde stillen können.

»Sie werden naß«, hatte Tom dümmlich gesagt. »Es wird regnen. Lassen Sie mich die Briefe aufgeben.«

»Mir macht der Regen nichts aus«, sagte sie. »Ich möchte etwas Luft schöpfen.«

»Dann fahren Sie wenigstens mit mir zum Briefkasten.«

»Danke, aber nein. Ich möchte ein paar Schritte gehen.« Sie sah, daß ihm die nächste Bitte schon auf den zitternden Lippen lag. »Allein«, fügte sie mit ihrer tiefen Stimme hinzu. Es klang wie eine Entschuldigung und gleichzeitig wie eine Bitte. Ihre Augen hielten ihn in Schach. Sie leuchteten wie die Augen aus Lapislazuli in einer ägyptischen Totenmaske.

»Tut mir leid«, sagte sie. »Seien Sie mir nicht böse. Ich wäre nur schrecklich ungesellig, wenn Sie mitkämen. Und das möchte ich nicht sein.«

Sie, die niemals einfach plauderte, machte sich die Mühe,

ihm noch etwas Freundliches zu sagen, um ihre Ablehnung zu mildern. Warum hatte er sie gezwungen, abzulehnen? Sie sprach davon, daß seine Familie ja auf ihn wartete, und über den weiten Weg und gab ihm den Rat, möglichst früh aufzubrechen, um bei Tageslicht wenigstens die M1 zu erreichen. Er war dankbar auf sie eingegangen und war auch froh, wieder festen Boden unter den Füßen zu haben.

»Ihre Familie freut sich bestimmt schon sehr, daß Sie wieder nach Hause kommen.«

Er hatte ihr zugestimmt. Was konnte er sonst sagen?

»Gute Fahrt! Und ein schönes Wochenende.«

»Danke, Ihnen auch. Ich sehe Sie dann am Dienstagabend wieder. Auf Wiedersehen, Annet.«

»Auf Wiedersehen.«

Sie ging den Weg entlang zum Briefkasten, der vor dem Tor der Wastfields hing. Tom ging ins Haus, trank schnell eine Tasse Tee, packte seinen Koffer und fuhr mit dem Mini wieder in Richtung Comerford.

Rein zufällig blickte er hinauf zum Hallowmount, als die Wolken sich teilten und ein Lichtstrahl auf den saphirblauen Punkt fiel, auf Annet, wie sie den Berg hinaufstieg und hinter dem Kamm verschwand . . .

2

Es war Dienstag, nach acht Uhr abends, als Tom Kenyon den Türklopfer von Fairford betätigte. Mit gespitzten Ohren lauschte er auf die schnellen Schritte, die sich vom Wohnzimmer näherten, um ihm aufzumachen. Er hatte seinen Schlüssel nicht mit in den Süden genommen. Es gab nur zwei, und am Dienstagabend war immer die gesamte Familie zu Hause. Er würde nicht ausgeschlossen sein.

Später erklärte er, daß er in dem Augenblick, als er den Türklopfer fallen ließ, wußte, daß hier etwas nicht stimmte. In Wahrheit war er verstört, als er hörte, daß es Mrs. Becks Schritte waren. Es gab keinen Grund in der Welt, warum das ein Omen wäre. Aber wir schaffen uns unseren eigenen Aberglauben und die Vorzeichen.

Damals hatte Annet ihm die Tür aufgemacht, und sie müßte es jetzt wieder tun. Hätte sie ihm geöffnet, hätte er darin ein Zeichen gesehen, daß ihm noch eine zweite Chance gewährt würde, wenn er diesmal mehr Verstand zeigte, sie zu nutzen. Aber die Schritte waren schwerer und kürzer als ihre. Die Hand, die den Riegel zurückschob, war ungeschickter. Er wußte, daß es Mrs. Beck war, noch ehe sie ihn einließ.

»Ah, da sind Sie ja, Mr. Kenyon!« Sie hielt ihm die Tür auf. Die Eingangshalle lag im Halbdunkel. Ihre spröde helle Stimme sollte wohl das mangelnde Licht wettmachen. »Hatten Sie ein schönes Wochenende?«

War es schön gewesen? Er kehrte zurück, nachdem er ein paar Tage zu Hause einen leeren Platz eingenommen hatte, der ihm nicht mehr groß genug erschienen war, zurück zu einem begehrten, doch vagen Wohnrecht in einem Haus, das ihn noch nicht ganz aufgenommen hatte. Eigentlich fühlte er sich nirgends daheim. Aber trotz der bohrenden Zweifel erklärte er, ja, es sei schön gewesen. Was konnte man sonst sagen? Zu Hause waren alle beinahe überglücklich gewesen, ihn zu sehen, und hatten so viel Mühe um ihn gemacht, wie er es sich nur hätte wünschen können. Nach seinen alten Maßstäben wäre es ein großartiges Wochenende gewesen.

»Wir haben Sie vermißt«, sagte Mrs. Beck und hängte umständlich seinen Mantel auf. Bei diesen Worten erstarrte er. Mrs. Beck pflegte so etwas nicht zu sagen. Sie war viel zu realistisch, und bis jetzt war das Verhältnis zwischen ihnen nicht so innig gewesen. Jetzt hatte er das Gefühl, daß der Boden unter seinen Füßen bebte. Etwas stimmte hier nicht ...

Im Wohnzimmer war keine Annet. Sie hob nicht widerwillig den Kopf mit dem glänzenden Haarhelm, um ihm ein paar freundliche Worte über seine Rückkehr zu sagen. Nur Beck saß neben der Stehlampe. Sein Gesicht wirkte aschfahl. Auch er begrüßte Tom ebenso überschwenglich wie seine Frau. Aber er verhaspelte sich mehrmals. Hinter der Brille huschten seine Augen verängstigt hin und her.

»Arbeitet Annet noch?« fragte Tom, den diese unerklärliche Unruhe auch aus der Bahn geworfen hatte.

Die Pause war höchstens eine halbe Sekunde lang. Wenn die Becks einen Blick ausgetauscht hatten, wäre es blitzartig geschehen.

»Nein«, antwortete Mrs. Beck. »Sie ist mit Myra nach Comerbourne ins Kino gegangen. Sie wollten einen dieser Schinken sehen, der drei Stunden dauert. Wenn sie den letzten Bus erwischen wollten, müßten sie den Schluß verpassen. Deshalb übernachten sie bei Myras Tante in Mill Fields.«

Wäre sie nicht so krampfhaft bemüht gewesen, Haltung zu bewahren, hätte sie sehen müssen, wie enttäuscht Tom dreinschaute. Aber er schluckte die Erklärung und gab die Hoffnung auf, Annet an diesem Abend noch zu sehen. Ein öder kalter Abend lag vor ihm. Hätte er nicht seiner tiefen Enttäuschung nachgegeben und wäre feige vor der Aussicht geflohen, in den nächsten Stunden vor den Eltern das Gesicht wahren zu müssen, hätte sich der Ablauf der Ereignisse vielleicht radikal verändert. Aber er überließ sich seiner Enttäuschung und ergriff die Flucht. Lieber fuhr er in den Club nach Comerford, als daß er hier säße und gute Miene zum bösen Spiel machte. Er entschuldigte sich wortreich. Plötzlich hatte er das Gefühl, offene Türen einzurennen; denn Annets Eltern äußerten kein Wort darüber, daß es ihnen leid täte, ohne seine Gesellschaft auskommen zu müssen.

Sofort nach dem Abendessen zog er sich zurück. Er hätte die Mahlzeit auch ausfallen lassen, wenn er nicht so hungrig gewesen wäre oder wenn er in Comerford um diese Zeit noch etwas zu essen bekommen hätte. Als er sich in der Eingangshalle den Schal umband, sah er, daß er noch die alten Schuhe trug, die er nur zum Autofahren benutzte. Er öffnete den großen Wandschrank, um ein besseres Paar herauszunehmen.

Plötzlich überfiel ihn eine Erinnerung, ein Zweifel, eine böse Vorahnung. Er suchte nach dem enzianblauen Mantel mit dem großen Kragen. Annets bester bernsteingelber Mantel hing da. Sie hatte ihn erst vor wenigen Wochen gekauft. Auch ihr zweitbester Regenmantel war vorhanden. Aber nicht der blaue Mantel. Wann war Annet je in ihrem Alltagsmantel ins Kino gegangen? Er suchte nach der blauen Regenhaube, die sie für gewöhnlich einfach über die Stange hängte, da sie nicht knitterte. Er konnte sie nicht finden. Und wo waren ihre festen Schuhe, die sie am Donnerstag für den Spaziergang im Regen angezogen hatte? Ihre guten Schuhe standen alle in ihrem Zimmer. Hier unten bewahrte sie nur die Wanderschuhe auf. Wo waren die?

Langsam ging er zurück ins Wohnzimmer. Stumm und verzweifelt blickten die Becks ihn an.

»Es ist ein schöner Abend«, sagte er. Sofort war er sich dessen bewußt, wie grauenhaft falsch das klang. »Die Sterne scheinen. Kein Regen in Sicht. Ist sie mit ihren festen Schuhen und der Regenhaube losgegangen – an solch einem Abend?«

Die beiden nahmen ihm anscheinend nicht übel, daß er sie über Annets Tun und Lassen so unhöflich verhörte, als hätte er ein Recht auf Antwort. Die Becks tauschten einen langen traurigen Blick miteinander – und brachen zusammen.

»Sie ist nicht mit Myra weggegangen, stimmt's?«

»Nein«, antwortete Mrs. Beck und blickte ihn voller Verzweiflung an. Sie schien ihm nicht böse, sondern dankbar zu sein. Allein hatten die beiden sich gegenseitig verrückt gemacht und griffen jetzt nach einem Dritten wie Ertrinkende nach einem rettenden Baumstamm. »Nein, ist sie nicht.« Sie ließ die Hände in den Schoß sinken und seufzte tief.

Tom benetzte seine trockenen Lippen. »Sie ist am Donnerstag weggegangen, gerade als ich herkam«, sagte er. »Sie hat den blauen Mantel getragen und die Regenhaube. Das war sinnvoll, weil es geregnet hat. Bei uns hat es inzwischen nicht geregnet. Ich weiß natürlich nicht, wie es hier war. Aber die Straßen waren auf der gesamten Strecke knochentrocken.«

»Hier hat es auch nicht geregnet«, sagte Mrs. Beck mit ausdrucksloser Stimme. Beck räusperte sich, aber sie winkte ab und fuhr mit erhobenem Ton fort: »Was soll's? Er kann es ruhig erfahren. Über kurz oder lang werden ohnehin alle Bescheid wissen. Wir dürfen uns nicht einbilden, alles geheimhalten zu können. Ja, am Donnerstag ist sie nachmittags weggegangen. Sie sagte, sie wollte die Briefe einstecken und vor dem Tee noch einen kleinen Spaziergang machen. Sie käme bald wieder.«

»Mutter!« wies Beck sie zurecht. Mrs. Beck warf ihm einen überraschten, beinahe spöttischen Blick als Dank für dieses unpassende Wort zu. Doch dann heftete sie ihre Augen gleich wieder auf Toms Gesicht. Er hatte das Gefühl, als flehte diese Frau jeden um Hilfe an. Dann wurde er sich dessen bewußt, daß sie ihn anflehte.

»Und sie ist nie nach Hause gekommen«, sagte Mrs. Beck.

Sobald alles ausgesprochen war, konnten sie wieder atmen und sich normal unterhalten. Die Spannung hatte beträchtlich nachgelassen. Hat man ein Problem zugegeben, kann man sich ihm stellen. Und das mußten sie jetzt tun. Sie hatten keine Wahl. Alle drei zitterten. Die Beziehung zwischen ihnen, die bis jetzt so neutral und oberflächlich gewesen war, würde niemals wieder so werden.

Vorsichtig fragte Tom, um weder sich selbst noch die Eltern aus dem Gleichgewicht zu bringen: »Haben Sie schon die Polizei benachrichtigt, daß sie verschwunden ist?«

Das hatten sie nicht. Stumm schüttelten sie den Kopf und blickten sich beschwörend an. Das hätte er sich denken können. Jeder forderte den anderen auf, ihm die Gründe mitzuteilen, die für sie beide auf der Hand lagen, ihm jedoch unverständlich erscheinen mußten. Sie stellten sich vor, daß er die gefährlich-schöne Annet tot in einem Graben liegen sähe.

Sie konnten nicht wissen, daß er Annet ähnlich wie sie sah: lebendig, entschlossen, leidenschaftlich, in Gesellschaft eines Mannes – oder Jungen. Oder wie auch immer man Schüler der Klasse 6 der Oberstufe heutzutage nennen sollte, deren Körper so erstaunlich weit entwickelt waren, deren Köpfe sich mit dem Erwachsenwerden herumschlugen, die sich gegenseitig so tief verletzten und die sich nie wieder ganz versöhnten. Tom verstand die Eltern, die alles vertuschen wollten. Am liebsten hätte auch er sein Wissen vertuscht. Aber dann schüttelte er diese Versuchung ab und schlug eine Bresche für die Wahrheit. Schließlich ging es nicht darum, die Gefühle der Eltern zu schonen, sondern um Annets Sicherheit.

»Ich weiß vom letzten Mal«, sagte er. »Ich weiß, warum Sie das vertuscht haben. Aber spielt das jetzt noch eine Rolle, wenn sie vielleicht in größeren Schwierigkeiten als damals steckt? Jemand muß sie finden! Und die Polizei hat die besten Möglichkeiten. Sie müssen sie benachrichtigen.«

»Ja«, meinte Beck, grau wie Spinnweben. »Das sollten wir tun. Aber sie ist schon einmal weggelaufen – jedenfalls hat sie es versucht. Und jetzt wieder. Die Leute werden sagen . . . sie werden sie . . . nennen. Das wollten wir vermeiden. Nicht noch einen Skandal. Wie wird ihr Leben sein, wenn . . . Es ist doch nur zu ihrem eigenen Wohl!«

»Und auch zu unserem«, erklärte seine Frau kalt. »Denn wir wissen, daß wir auch Schuld haben. Wir sind uns fremd. Wir wissen nicht, warum. Wir haben keinen Einfluß auf sie.

Was haben wir falsch gemacht? Wo und wann haben wir den Kontakt zu ihr verloren?« Sie drehte den Kopf mit der krausen Dauerwelle und blickte Tom mit wütenden, hilflosen Augen an. »Wer hat es Ihnen erzählt? Reden die Leute immer noch darüber?«

»Nein, nicht so, wie Sie glauben. Jemand hat es mir erzählt, um dem Klatsch die Spitze zu nehmen. Aber ich verstehe, daß Sie gehofft haben, Annet würde irgendwann wieder heimkommen oder schreiben. Und daß es niemanden etwas angehe. Haben Sie sie *gesucht*?«

Eine blöde Frage. Oder vielleicht die eines Liebenden, der keinem anderen Menschen zutraute, seine Göttliche richtig einzuschätzen oder sich genügend für sie einzusetzen. Selbstverständlich hatten die Becks ihre Tochter gesucht. Beck hatte den ganzen Abend und die halbe Nacht die Landstraßen abgesucht und Comerford durchkämmt. Dann war er mit dem Bus zu seiner Schwester nach Ledbury und zu seinem Vetter nach Teme gefahren, in der Hoffnung, Annet sei dort aufgetaucht. Mrs. Beck war am Telefon geblieben und hatte sich vorsichtig bei allen Leuten erkundigt, die vielleicht etwas wissen könnten. Bei Leuten, die den Bahnhof sehen konnten oder einen Teenagersohn hatten, den sie irgendwie unverfänglich erwähnen und von der Liste streichen konnte. Aber es gab noch viele Mütter, mit denen sie nicht zu telefonieren pflegte, viele Tanzpartner, die sich nicht in ihren Kreisen bewegten. Und sie hatte nichts, gar nichts erreicht.

»Und Mrs. Blacklock? Hat die nicht angerufen und sich nach dem Verbleib ihrer Sekretärin erkundigt?«

»Regina ist übers Wochenende zu einer Konferenz nach Gloucestershire gefahren – irgend etwas über Kinderpsychologie. Sie hat Annet die ganze Woche freigegeben. Wenn Annet jetzt zurückkäme, würde niemand etwas wissen – niemand, außer uns dreien. Mrs. Blacklock kommt erst morgen abend wieder.«

Sie klammerte sich an diese Hoffnung wie an einen Rettungsring. Denn wenn Annet pünktlich zur Arbeit erscheinen wollte, würde sie vielleicht heute schon zurückkommen – oder morgen. Aber nur, wenn ihr Schritt nicht endgültig wäre, wenn sie nur einmal ausbrechen wollte, um zu beweisen, daß sie fähig wäre, ihren eigenen Weg zu gehen. Darauf hoffte die Mutter. Das erkannte Tom. Der Schaden wäre zwar angerichtet – und zwar irreparabel –, aber der größte Schaden wäre, wenn er bekannt würde. Abgesehen vom schlimmsten Fall, würde eine kurze Eskapade nicht bekannt werden. Würde Tom nicht so intensiv alles fühlen, was Annet betraf, hätte nicht einmal er etwas erfahren.

»Sie ist klug und hat einen starken Willen«, sagte Mrs. Beck gequält. »Und sie kommt im praktischen Leben zurecht. Sie kann auf sich selbst achtgeben; sie ist nicht dumm. Wir haben gedacht, sie käme rechtzeitig nach Hause. Wir haben getan, was wir konnten, um sie zu finden, aber wir wollten kein großes Geschrei, denn dann wäre sie ruiniert.«

»Sie müssen das verstehen«, sagte Beck flehend, als sei er ein seniler Mann, der seinen Sohn bittet, etwas für ihn aus den Scherben zu retten, die er aus seinem Leben gemacht hat.

»Ich verstehe es, aber es sind jetzt fünf Tage! Und kein Anruf, kein Brief, nichts.«

»Nichts.«

»Und was ist, wenn es nicht so ist, wie Sie glauben? Haben Sie davor keine Angst? Was ist, wenn ihr etwas zugestoßen ist, während wir hier sitzen und ihr die Schuld geben? Wir müssen zur Polizei gehen. Wichtig ist jetzt nur, daß wir sie finden.«

Die Eltern verstanden. Vor seinen Augen zerbrach ihr Widerstand. Hilfesuchend lehnten sie sich an ihn. Wenn er ihnen die Tochter heil und gesund zurückbrächte und dafür sorgte, daß sie nicht das Gesicht verlören, würden sie ihm Annet mit Freuden geben.

Aber Tom wollte Annet nicht geschenkt bekommen, er wollte, daß sie aus eigenen Stücken zu ihm käme – so wie sie ihm aus eigenen Stücken den Rücken zugekehrt hatte. Er sah in ihren Handlungen alle nur erdenklichen Wunderlichkeiten, aber er hätte sich die rechte Hand abhacken lassen, wenn sie gesund zurückkäme – ob zu ihm oder nicht.

»Ich habe sie gesehen«, sagte er. »Am vorigen Donnerstag, als ich wegfuhr. Hinter der Farm kam die Sonne heraus und schien auf den Hallowmount. Da habe ich Annet gesehen. Sie ist den Berg raufgestiegen. Dann sah ich, wie sie über dem Kamm verschwunden ist. Haben Sie eine Ahnung, was sie dort oben wollte?«

Verständnislos, beinahe ungläubig, blickten die beiden ihn an und schüttelten den Kopf. Aber dann griffen sie sofort nach diesem Strohhalm.

»Sind Sie sicher? Dann kann sie nicht zum Bahnhof oder zur Bushaltestelle gegangen sein. Und sie hatte kein Gepäck?« sagte Mrs. Beck. Hoffnung belebte ihr Gesicht.

»Nein, aber vielleicht hatte sie irgendwo einen Koffer versteckt und hat ihn später abgeholt.« Wie konnten sie – wie konnte er – jetzt nur so über Annet sprechen? Es ging nicht um irgendeine gewöhnliche Verbrecherin, sondern um Annet, deren aufrechte, flammende Reinheit er jetzt zum ersten Mal erkannte. Aber sie war weggegangen – und gewiß nicht allein. Warum sollte sie fortgehen, wenn sie allein war? Sie verstand es doch so vorzüglich, sich vor allen in ihre Einsamkeit zurückzuziehen. Sie brauchte keine räumliche Distanz zwischen sich und den Männern. Aber was konnte er tun, außer auf diese prosaische, häßliche Art für sie zu kämpfen? Sie lebte in dieser Welt. Und wenn sie mit der Schlechtigkeit dieser Welt nicht rechnete, mußten andere es für sie tun.

»Beim letzten Mal war es Miles Mallindine«, sagte er. »Ich kann zumindest nachsehen, ob er jetzt zu Hause ist. Bill hat bestimmt nichts dagegen, wenn ich vorbeischaue. Ich werde irgendeine Entschuldigung vorbringen.« Bill und er sprachen sich mit Vornamen an. Er war jederzeit im Haus der Mallindines willkommen. Sie würden nicht merken, daß er nur käme, um zu sehen, wo ihr Sohn steckte. Dafür würde er sorgen. Eve hatte ihrem Sohn keine Vorwürfe gemacht und würde dem Mädchen auch keine machen. Sie war fair und sehr nett. Er wünschte, Annet hätte Eve zur Mutter und Miles zum Bruder. Dann gäbe es jetzt vielleicht kein Problem.

»Wir sollten auf den Hallowmount gehen«, schlug Beck vor. Als sie ihn verblüfft anschauten, fuhr er fort: »Sie ist aufgestiegen. Das ist das letzte, was wir mit Bestimmtheit wissen. Vielleicht wird uns dort etwas über sie verraten. Wie können wir sicher sein, daß es nicht so ist? Wir sollten raufgehen. Zumindest nachsehen, wohin sie gegangen sein könnte.«

»Wir können uns mal umsehen«, meinte Tom ohne große Begeisterung, da für ihn feststand, daß sie Annet dort nicht finden würden. Was auch immer sie auf dem einsamen Berg gewollt hätte, war längst vorbei. Ihren Koffer? Aber warum dort oben?

»Bitte! Es würde nicht lange dauern. Der Mond scheint. Hinterher könnten wir immer noch zu den Mallindines fahren«, sagte Beck.

Die beiden Männer machten sich im Schein des Vollmonds auf den Weg. Es war beinahe taghell.

»Bei den Mallindines bleiben Sie lieber im Auto«, sagte Tom, als er mit dem Mini auf der hellen Straße dahinfuhr.

»Ja, selbstverständlich. Ein Besuch wäre zu auffällig.« Beck hätte ihm alles versprochen. Er bebte wie ein Greis. Er liebte seine Tochter trotz allem – oder quälte ihn eine geheime Schuld? Hatte er deshalb so große Angst?

»Hier war sie, als ich sie gesehen habe«, erklärte Tom keuchend. Er stand knöcheltief im dürren Herbstgras. »Ungefähr hier. Dann ist sie in dieser Richtung weitergegangen. Schnell.«

Sie stiegen weiter hinauf. Über ihnen wölbte sich der Bergkamm im Mondlicht. Ab und zu sahen sie dürre Heidestauden im welken, dürren, sterbenden Gras, das hellem verfilztem Haar ähnelte. Die sternenklare Nacht war still. Plötzlich raschelte das trockene Gras. Einige Büschel lösten sich und wirbelten vor Toms Füßen bergauf. War es irgendeine verirrte Brise, ein Trick der Natur gegen diese fremdartigen menschlichen Wesen, die in die geschlossenen Räume der Nacht eindrangen? Oder eine Bodenbrise, die nicht bis zu seinen Knien reichte? Oder ein Schemen, der unsichtbar vor ihm wandelte, ihm winkte und ihm den Weg wies? Den rechten Weg – oder den falschen?

Beck kam keuchend hinterher. Aber Tom konnte nicht auf ihn warten. Das Gras zog ihn gleichsam hypnotisch weiter empor. Die untere Felsgruppe, die wie abgebrochene schwarze Zähne dort aufragte, lag rechts hinter ihnen. Auf dem Kamm sah Tom die bläulichen Immergrünpflanzen, darüber die Spitzen der Altarfelsen und dahinter die riesige Mondscheibe. Die Felsen, die man den Altar nannte, waren über zehn Meter hoch und ähnelten einem Hufeisen. Das Oval zwischen den Armen war hervorragend für Picknicks geeignet. Das Gras war hier niedergetrampelt. Von der Höhe aus konnte man den Ring der niedrigen Bäume – krumme Fichten, deren Rinde teilweise abgelöst war – nicht sehen.

Tom blickte hinaus auf das schüsselförmige Tal zwischen den Bergen. Ohne Farbe wirkte es im fahlen Mondlicht so einsam und fremdartig wie ein Krater auf dem Mond. Mit Gewalt löste er die Augen davon und stieg so schnell weiter, als hinge sein Leben – oder ein Leben, das ihm noch teurer als sein eigenes geworden war – davon ab, daß er den Gipfel möglichst schnell erreichte. Dabei würden sie dort oben nichts finden. Wenn Annet im Gras Fußspuren hinterlassen hätte, hatte das scharfe Licht des Mondes sie längst ausgebleicht.

Hier oben wehte ein richtiger Wind, kein geheimnisvoller Lufthauch, der ihm den Weg wies. Nein, hier wehte eine stete Brise, die von hinten, von den Bergen im Westen, kam. Deshalb hörte er nichts, als er keuchend das letzte Stück zum Altar hinaufstürmte.

Plötzlich sah er schmale Fesseln vor sich, die friedlich und zuversichtlich durchs Gras schritten. Weder die Schuhe noch die Strümpfe waren farbig. Alles grau in grau. Auch der Mantel war jetzt nicht mehr enzianblau, sondern dunkelgrau. Vor dem hochgeschlagenen Kragen tiefschwarzes Haar, das ein blasses ovales Gesicht umrahmte.

Als Toms Augen das Gesicht erreicht hatten, blieb er stehen. Vor Erleichterung und Dankbarkeit wurden ihm die Knie weich. In wenigen Minuten würden die Vorwürfe und Fragen die Verbindung zwischen ihnen zerreißen. Aber was zählte das? Er hatte Annet vor sich. Annet – lebendig, unversehrt und allein.

Mit leichten Schritten kam sie den Berg herab. Sie beeilte sich keineswegs. Eine Hand hatte sie in die Manteltasche gesteckt, mit der anderen hielt sie den Kragen hoch. Ihr Gesicht war blaß, ihre Augen riesig geweitet. Sie sah Tom. Sie sah die beiden Männer. Sie kannte beide sehr gut. Trotzdem schien sie durch sie hindurchzusehen. Ihre Gedanken und ihr Herz schienen an einem unendlich fernen, unerreichbaren Ort zu sein.

Tom konnte sich die Unruhe, die sich bei ihrem Anblick plötzlich seiner bemächtigte, nicht genau erklären, auch nicht die seltsame Helligkeit, die sie bei jeder Bewegung ausstrahlte. Er wußte nur, daß er Angst hatte und sich vor den Antworten auf die Fragen fürchtete, die unweigerlich folgen würden. Sie kam immer näher. Es gab kein Entkommen vor dem Augenblick der Begegnung und vor dem Funkenschlag.

Doch als der Funken sprühte, war Beck außer Atem und Tom wie gelähmt. Annet blickte erstaunt von einem Mann zum anderen und fragte: »Was macht *ihr* denn hier? Was ist passiert?« Ihre Stimme klang beleidigt, aber auch besorgt.

Was war passiert! Als ob sie sie beleidigt hätten, weil sie sie vom letzten Bus abholten, als trauten sie ihr nicht, allein nach Hause zu kommen. Sie hielt den Kopf hoch und machte ein ausgesprochen feindseliges Gesicht, als sei sie sich überhaupt nicht dessen bewußt, daß sie allen mehr Sorgen gemacht hatte als durch ihr übliches hochmütiges Benehmen. Vielleicht war sie sich ihrer Schuld tatsächlich nicht bewußt? Ihre Augen waren so groß und verschleiert, als sei sie soeben erst aus dem Schlaf aufgewacht. Tief in dieser Leere sah Tom ein kleines Flämmchen, das Besorgnis verriet. Nicht Furcht, nur Besorgnis, als hätten die Männer ihr Kummer bereitet.

»Wir haben Sie gesucht«, sagte Tom. Was hätte er sonst sagen sollen.

Immer noch atemlos stieß ihr Vater wütend hervor: »Wo bist du gewesen? Beim Weggehen hast du gesagt, du wärst zum Tee wieder zurück.« Phantastisch, welche Gemeinplätze einem auf der Zunge lagen. Vielleicht war es gut so; was konnten Worte jetzt noch ändern?

»Ich weiß«, sagte Annet, beinahe versöhnlich. Sie schien über die Absurdität der Situation zu lächeln. »Das hatte ich auch vor. Ich weiß, daß ich furchtbar viel zu spät komme. Ich habe einen langen Spaziergang gemacht und gar nicht gemerkt, wie weit ich gegangen war. Ich konnte es nicht glauben, daß es schon so spät war, als es plötzlich dunkel wurde. Aber ihr mußtet ja nicht gleich mit einem Suchtrupp ausrücken. Ich dachte, Sie seien inzwischen zu Hause bei Ihrer Familie, Mr. Kenyon. Sie sind doch nicht etwa meinetwegen geblieben, oder?«

Dann lächelte sie reumütig und sanft. In der Stille der Nacht und im Schein des Mondes wirkte sie immer noch wie eine Träumende. Dann verschwand das Lächeln von ihren Lippen, als sie die verstörten Gesichter der Männer sah. Deren

Verständnislosigkeit und Angst spiegelte sich in Annets großen Augen wider.

»Was ist denn los? Es tut mir leid, daß ich mich verspätet habe, aber warum regt ihr euch wegen ein paar Stunden so auf? Das verstehe ich nicht. Ich bin nicht einmal naß. Es hat aufgehört zu regnen. Was ist denn bloß los?«

»Und was ist mit den fünf Tagen, die du fort warst?« fragte Beck mit heiserer Stimme.

Sie blickte beide an. Ihr Lächeln war so tot wie die Felsen, die im Mondlicht lagen. Sie benetzte sich die Lippen und zog den Kragen fester ums Kinn. Jetzt brannten die Flämmchen in ihren dunklen Augen lichterloh. Es waren Flämmchen nackter Angst.

»Ich weiß nicht, was du meinst«, sagte Annet leise. »*Welche fünf Tage?*«

3

Tom stand auf, sobald es hell war, zog sich an und ging hinaus. Warum sollte er im Bett bleiben? Er hatte die ganze Nacht immer nur zehn Minuten am Stück geschlafen. Ständig hörte er ihre Stimme: Geduldig, verzweifelt, müde hatte sie immer wieder dasselbe erzählt. Unbeirrt war sie verstockt geblieben.

»Ich wollte die Briefe einwerfen. Am Tor habe ich Mr. Kenyon getroffen. Er hat mir angeboten, die Briefe für mich zum Briefkasten zu bringen, aber ich wollte ein bißchen Luft schnappen. Deshalb habe ich einen Spaziergang gemacht. Mehr kann ich euch nicht sagen. Ich habe einen langen Spaziergang gemacht, über den Hallowmount und am Bach entlang. Ich wollte durchs Moor zurückgehen, aber es ist so schnell dunkel geworden. Da habe ich meine Meinung geändert und bin wieder über den Hallowmount zurückgegangen. Und da habe ich Vater und Mr. Kenyon getroffen. Das ist alles.

Es ist Donnerstag. Ganz gleich, was ihr behauptet – es muß Donnerstag sein. Ich bin am Donnerstag mit den Briefen weggegangen. Was ist denn bloß mit euch los?«

Die Eltern hatte sie in die Mitte genommen. Sie hatten Angst und waren wütend, fürchteten sich jedoch, zu wütend zu werden und sie noch weiter von sich wegzutreiben. Mitfühlend, zornig und verbittert stellten sie ihr immer wieder die gleichen Fragen:

»Wo bist du gewesen? Wo hast du die Nächte verbracht? Wer war bei dir? Was ist dir nur eingefallen? Erwartest du etwa, daß wir solch ein Märchen glauben?«

Tom hatte die beiden nach Hause gefahren und sich dann so unauffällig wie möglich zurückgezogen. Aber den Anfang des Verhörs hatte er mit anhören müssen. Welches Recht hatte er, bei dieser Familienszene dabei zu sein? Annet brauchte ihn nicht, wollte ihn nicht. Und er wollte nicht hören, wie man sie eine Lügnerin nannte.

Er verließ das Haus und fuhr nach Comerford. Während er die Viertelmeile auf der einsamen Straße im Mondschein an der Flanke des kahlen Bergs dahinfuhr, sagte er sich immer wieder, daß Annet lebte und gesund war. Wo auch immer sie gewesen wäre und was auch immer die Wahrheit über diese fünf Tage wäre – es zählte nur, daß sie lebte und wieder gesund und munter zu Hause war. Aber die schrecklichen Schmerzen in seiner Brust sagten ihm, daß das nicht stimmte. Er wußte, daß Annet am Schluß siegen würde, ganz gleich, ob sie die Wahrheit sagte oder nicht. Alle waren verurteilt zu schweigen, auch wenn sie sich dabei keineswegs wohl fühlten.

Aber etwas konnte er tun. Und er tat es. Er parkte den Mini in der Einfahrt vor Bill Mallindines modernem Haus am Fluß. Als Vorwand für den unerwarteten Besuch gab er an, ein geborgtes Buch zurückbringen zu wollen. Eve war auf irgendeiner Frauenversammlung, aber Bill bot ihm einen Sessel am Kamin und einen Drink an. Er freute sich ehrlich über

Toms Besuch. Miles Mallindine und Dominic Felse saßen am Tisch in einer Ecke des Wohnbereichs. Wie sie den Raum bei dieser verrückten Form so erfolgreich heizten, war Tom ein Rätsel. Die Jungen nahmen Filme aus den Kameras und steckten sie in gelbe Tüten, um sie zum Entwickeln zu versenden. Sie steckten die Köpfe zusammen und behandelten Tom nur mit einem Minimum an Höflichkeit. Bill forderte Miles auf, einige seiner besten Fotos zu zeigen. Unaufgefordert erzählte er Tom, daß die Jungen übers Wochenende beim Tryfan gezeltet hätten und geklettert wären. Die zwei Paar dreckigen Stiefel auf dem Korridor sprachen für sich selbst.

Damit war dieser Punkt auch geklärt. Miles war zu Hause und hatte ausreichende Requisiten für ein Alibi, außerdem einen verläßlichen Verbündeten, der jederzeit für ihn bürgen würde. Wenn Miles tatsächlich etwas mit Annet geplant hatte, hätte sie dann nicht ihre Spuren ebenso verwischt wie seine?

Außerdem gab es immer noch die unglaublich überzeugende Art bei ihrer Rückkehr. Dutzende von Details, die man nicht einfach abtun konnte: ihre Überraschung, als sie ihn gesehen hatte, weil sie geglaubt hatte, er sei längst auf dem Weg zu seiner Familie; ihre Versicherung, sie sei nicht mal naß, weil es aufgehört hätte zu regnen. Dabei hatte es seit fünf Tagen nicht mehr geregnet. Er sah wieder ihr entrücktes Gesicht vor sich. Dann ihre plötzliche Angst. Konnte jemand das alles vorspielen? Es fiel ihm schwer, das zu glauben.

Ebenso schwer fiel es ihm zu glauben, daß sich die Erde aufgetan und ihr Zugang zu ihren schrecklichen Geheimnissen gestattet hatte, um sie nach fünf Tagen wieder freizugeben, ohne daß sie sich an die Zwischenzeit erinnerte und ohne eine Minute älter geworden zu sein. Auch Kilmeny war sehr, sehr spät in der Abenddämmerung zurückgekommen, doch wußte niemand, ob der gute Bonny Kilmeny aus einem unterirdischen Feenreich käme oder aus einem billigen Hotel in Irgendwo. Und Kilmeny war angeblich so lauter wie Gold, sagte Tom sich auf der Heimfahrt. Wer bist du, Tom, daß du zu behaupten wagst, Annet sei das nicht?

Als er nach Fairford kam, war es noch nicht vorbei. Er hatte gebetet, daß sie im Bett sein möge und daß ihre Eltern zu erschöpft wären, um mit ihr noch einmal alles durchzugehen. Aber Annet war noch da. Die einzige Veränderung war, daß sie ihre Geschichte nicht mehr leidenschaftlich vortrug, sondern nur immer wieder die dürren Fakten aufzählte – oder das, was sie für Fakten hielt. Gleichgültig leierte sie alles herunter. Glaubten sie ihr – gut. Glaubten sie ihr nicht, konnte sie das auch nicht ändern. Sie war müde, aber gelassen. Auf ihrem Gesicht lag immer noch ein Hauch seltsamer Verzükkung und Zufriedenheit. Das sprach am meisten für sie. Mochten ihre Eltern auch noch so sehr flehen, klagen und drohen, Annet brauchte sich nur in ihr Herz zurückzuziehen, und schon war sie vor allem Ärger in Sicherheit. Das war die Wahrheit. Etwas davon spürte er jetzt: In ihr war eine Quelle von Wärme, Freude und Sicherheit, als wenn sie sich an etwas vollkommen Beglückendes erinnerte. Vielleicht war es nicht nur eine Erinnerung, sondern sie fühlte es auch jetzt noch. Mein Gott, aber das konnte nicht *wahr* sein! *Oder doch?*

Als sich alle wie relativ zivilisierte Menschen eine gute Nacht wünschten, war plötzlich klar, daß sie nie wieder darüber sprechen würden. Annet konnte erst durch einen Brief überzeugt werden, der eine Antwort auf einen Brief war, den sie am Donnerstag abgeschickt hatte, und durch die abgerissenen Kalenderblätter – und weil sich alle drei absolut sicher waren.

Mit diesen Beweisen konfrontiert, sank sie verwirrt und erschrocken zusammen. Jetzt mußten sie sie trösten. Glaubte ihr auch nur ein einziger Mensch? War es überhaupt möglich, ihr zu glauben? Woanders hätte man keinen Gedanken an ihre phantastische Geschichte verschwendet, aber hier an der walisischen Grenze waren auch die Grenzen der Erfahrungen ungewöhnlich weit gezogen und ließen der Phantasie viel Spielraum. Die Eltern scheuten sich, Annet zu sehr unter Druck zu setzen. Wahrscheinlich waren sie dankbar, daß sie sie nicht tatsächlich bei irgend etwas Verbotenem erwischt hatten. War es nicht besser, die Vergangenheit ruhen zu lassen und ein bißchen zu beten? Dennoch hatten alle panische Angst, daß irgendeine Enthüllung alles wieder zunichte machen würde.

Keiner wußte etwas! Nur sie vier wußten Bescheid, sonst niemand. Das war ihre Zuflucht. Und gebe Gott, daß auch niemand etwas erfahren würde! Er – Tom – gehörte jetzt zur Familie und würde sich nie von ihr lösen können. Vielleicht waren seine Bande zu Annet jetzt – abgesehen vom Blut – so fest, daß alle ihn gleichsam als ihren Bruder betrachten mußten.

Vielleicht konnte er deshalb nicht schlafen und war so früh aufgestanden und wie ein halbwegs vernünftiger Mensch losgegangen, um sich alles bei Tageslicht noch mal genau anzusehen, was der Mond mit silbrigem Licht verklärt hatte. Sie mußte doch lügen! *(Mußte sie?)* Und wenn sie log – wo war sie gewesen? Weiter weg als auf der anderen Seite des Hallowmount. Und was hatte sie gemacht? (*Und mit wem?* Diesen Gedanken schob er schleunigst wieder beiseite.) Selbst wenn man die einfache Lösung eines Gedächtnisschwunds annahm, mußte sie irgendwo gewesen sein. Und von dort war sie wieder zum Hallowmount zurückgekehrt, als könnte sie nur mittels dieses geheimnisvollen Ortes ihr Zuhause wieder erreichen. Das war ebenso ein Beweis für ihren Aufenthalt im Feenreich, als hätte sich die Erde wirklich geöffnet und sie nach fünf Tagen wieder ausgespuckt.

Wieder stieg Tom den Berg hinauf, diesmal im Licht eines wolkenverhangenen Morgens. Auf der anderen Seite blickte er auf die sanfteren Wellen eines anderen Moortals mit einem Bach, an dessen Ufern Heidekraut wuchs. Es war menschenleer, kahl und wunderschön in dem Farbenspiel aus zartem

Lila, Braun und Ginstergelb. Kein Haus in Sicht. Außer den Schafen sah ihm niemand zu, als er in weiten Sprüngen den Hang hinablief. An einem regnerischen Donnerstag machte hier bestimmt niemand ein Picknick oder einen Spaziergang, der hätte sehen können, wie Annet Beck in der Unterwelt verschwand.

Es war nicht so wie damals, als sie mitten am Tag mit dem Koffer auf dem Bahnhof erschienen war, wo Hunderte von Menschen sie kannten. Wenn man davon ausging, daß sie sich von hier aus nicht ins Feenreich, sondern woandershin begeben hatte, mußte es eine Möglichkeit geben, dieses menschenleere Moorgebiet mit irgendeinem Fahrzeug zu verlassen. Tom sah ein wahres Labyrinth von Fußwegen, die wohl um die gefährlichen Stellen im Moor herumführten, wo zerfleddertes Wollgras stand.

Mit einem Pony käme man ziemlich schnell vorwärts, aber Annet war nicht Mitglied in einem Reitclub. Außerdem hätte sie hoch zu Roß mit Sicherheit Aufmerksamkeit erregt, falls sie einem Menschen begegnet wäre. Konnte man mit einem Auto durchs Moor fahren? Tom war lange genug in der Gegend, um zu wissen, daß es im Grenzland nur wenige Orte gab, zu denen die Einheimischen nicht hinfuhren. Sie mußten das auch, denn manche wohnten in den abgelegensten Winkeln.

Im Norden führte Weideland wie ein Schüsselrand aus dem langen ovalen Tal nach Comerford. Im Süden wurde es flach. Von dort aus gelangte man nach Abbot's Bale. Beide Orte konnte man nicht sehen. Obwohl das Moor wenig Deckung bot, konnte man sich mit entsprechender Kleidung beinahe unsichtbar machen. Man brauchte nur neutrale Farben.

Der Weg nach Abbot's Bale schien am einfachsten zu sein, um diese Schüssel zu verlassen. Auf der anderen Seite des Bachs gab es einen offensichtlich häufig benutzten Pfad; der folgte dem Wasserlauf und wurde breiter. In der Ferne sah

Tom einige Steine. Dort konnte sogar ein Bauernwagen fahren, wie die beiden tiefen Rillen verrieten. Ab und zu verschwand der Weg im hohen Gras, tauchte jedoch immer wieder auf. In der Ferne grenzte er an smaragdgrüne Wiesen. Dort sah Tom auch ein Tor. Wahrscheinlich gab es mehrere. Tore kann man öffnen. Man könnte also mit einem Motorrad mühelos hierherfahren, wenn einem die Stöße nichts ausmachten. Und wer auch immer Annet hier abgeholt hätte, würde sich bestimmt nicht an ein paar Schlaglöchern oder Kratzern im Lack stören.

Von Abbot's Bale aus konnte man überall hinfahren. Und weder in Comerford noch in Comerbourne würde es ein Mensch erfahren, da man beide Orte umgehen konnte. Der Alltagsmantel, eine Regenhaube, keinen Koffer – diesmal war Annet kein Risiko eingegangen. Niemand sollte Verdacht schöpfen. Keinerlei Warnung. Und hinterher? Ach was, nach uns die Sintflut. Was spielte es schon für eine Rolle, was hinterher geschehen würde . . .

Tom sprang über den Bach und marschierte den Weg mit den Wagenspuren entlang. Oft stand in den tiefen Rillen dunkles Moorwasser, das wohl niemals ganz austrocknete. Seltene Vögel huschten umher oder sangen irgendwo unheimlich in der Ferne. In die Mitte des Weges hatte man Steine gelegt, so daß man das Gefühl hatte, auf einer Art Damm zu gehen. Tom konnte keine Spuren dafür entdecken, daß in letzter Zeit ein Auto hier gefahren wäre. Er hatte auch in der vergangenen Nacht keinen Motor gehört. Aber der mächtige Bergkamm könnte jedes Geräusch abgeschirmt haben.

Fünf trockene Tage mit anständigem Wind hatten den Boden hart werden lassen. Spuren würde er nur an den weichen Stellen sehen, wo das Moor den Weg fast berührte.

Dann kam er zu einer Stelle, wo die Steine verrutscht waren und das Gras seine grüne Zunge vorgeschoben hatte. Um seine Stiefelspitzen quoll Wasser herauf. Er blieb sofort stehen und verlagerte sein Gewicht nach hinten. Die Wagenrillen waren auf beiden Seiten glatt und unversehrt. Kein Gewicht hatte sie eingedrückt – weder gestern nacht noch in den letzten Tagen. Aber in der Wegmitte waren die grünen Halme niedergedrückt. Der Boden war zu elastisch, um einen Reifenabdruck zu bewahren, aber Tom erkannte deutlich, daß hier ein Motorrad gefahren war.

Ja, das bildete er sich nicht ein, denn er fand die Spur noch dreimal. Er folgte ihr zum ersten Tor. Nirgends war ein deutlicher Reifenabdruck, aber er wußte, daß er recht hatte. Jemand war aus Richtung Abbot's Bale mit dem Motorrad heraufgefahren – und zwar gestern. Ein Motorrad oder ein Motorroller. Das konnte er nicht sicher bestimmen.

Die Sonne stand jetzt bereits hoch am Himmel. Er würde zu spät zum Frühstück kommen. Hoffentlich machten sie sich keine Sorgen, daß auch ihm etwas zugestoßen sein könnte. Er drehte um und stieg zu dem Baumring hinauf.

Miles Mallindine besaß eine Vespa. Und ganz gleich, wie viele junge Männer mit Annet getanzt und geflirtet hatten, blieb die Tatsache bestehen, daß Miles schon einmal mit ihr hatte durchbrennen wollen. Andere kamen auch in Betracht, aber er war Nummer eins auf der Liste der Verdächtigen.

Aber er hatte mit Dominic Felse in der Nähe von Llyn Ogwen gezeltet und war im Tryfan herumgeklettert. Wirklich? Das ganze lange Wochenende? Mit einer Vespa konnte er die Strecke von dort leicht in ein paar Stunden zurücklegen. Würde Freund Felse für ihn lügen? Eigentlich hielt Tom keinen der beiden für einen Lügner, aber er war sich ziemlich sicher, daß sie, wenn es nötig wäre, ohne mit der Wimper zu zucken, füreinander lügen würden.

Um das herauszufinden, kann ich nur eins tun: fragen, sagte er sich, während er den westlichen Hang des Hallowmount hinabstürmte. Nicht irgendwelche neugierigen Leute befragen, ob sie *vielleicht* etwas gesehen hätten, auch nicht den Freund, der sich verpflichtet fühlen würde, Miles zu decken. Nein, er mußte Miles direkt fragen. Zumindest mußte er dem Jungen eine Chance geben, den Verdacht auszuräumen.

Als ob das so leicht wäre!

Tom brauchte den gesamten Vormittag, um sich dazu durchzuringen. Schließlich ließ er in seiner Freistunde Miles Mallindine zu sich rufen.

»Sie wollten mich sprechen, Sir?«

Der Junge war fröhlich und unbefangen eingetreten. Jetzt zog er die Brauen leicht in die Höhe. Er schien keine Ahnung zu haben, warum Tom mit ihm reden wollte. Er war auch aus dem Alter raus, in dem die Aufforderung, ins Lehrerzimmer zu kommen, mit Sicherheit Ärger bedeutete.

»Ja, machen Sie die Tür zu. Es wird nicht lange dauern.« Sie hatten das Lehrerzimmer für sich, solange sie wollten, aber Tom wollte es kurz und schmerzlos machen und Miles nichts erzählen, was nicht unbedingt nötig wäre. »Sie besitzen doch eine Vespa, richtig?«

»Jawohl, Sir«, sagte Miles.

»Sind Sie am Wochenende zum Capel Curig raufgefahren?«

»Ja, mit zwei Mann und Zelt und Ausrüstung war es nicht so einfach, aber wir haben es geschafft.« Freundlich streute er noch einige Details ein, um das »Ja« nicht so in der Luft hängenzulassen. Aber Tom sah, daß er krampfhaft alle Möglichkeiten durchging, was diese Frage bedeuten sollte.

»Und Sie sind die ganze Zeit über da oben geblieben? Wann sind Sie abgefahren, und wann sind Sie gestern zu Hause angekommen?«

»Na ja, ich bin so gegen halb fünf am Donnerstag losgefahren, Sir. Dann habe ich Dom abgeholt. Gepackt hatten wir bei mir. Und wir waren ungefähr seit einer halben Stunde wieder da, ehe Sie gestern bei uns reingeschaut haben – gerade lange genug, um uns zu waschen und etwas zu essen.«

Er fragte nicht direkt: »Warum?«, aber die leichte Neigung des Kopfes und sein Blick stellten diese Frage auf diplomatische Art und Weise. Ein kleiner Funken in den Augen fügte hinzu: »Was zum Teufel geht Sie das eigentlich an?« Und dann – mit dem herausfordernden Lächeln, das er von seiner Mutter geerbt hatte – kam das abschließende *»Sir?«*

Tom war versucht, sein offenbar sinnloses und nicht zu rechtfertigendes Verhör durch Erklärungen oder eine Entschuldigung zu mildern, aber der Junge war viel zu gescheit, als daß er mit Worten zu beschwichtigen war. »Tut mir leid, wenn das für dich keinen Sinn ergibt, aber *wenn* es keinen Sinn ergibt, hast du nichts zu befürchten.« Nein, das reichte nicht! Ebensowenig konnte er einfach großspurig erklären: »Ich habe meine Gründe für diese Fragen.« Miles war es klar, daß er seine Gründe hatte, tappte nur noch im dunkeln. Beim ersten Hinweis würde er die Spur aufnehmen. Je weniger Worte, desto besser. Je unmittelbarer, desto besser. Es war nicht leicht, die Jungen heutzutage zu bluffen, aber er mußte es versuchen.

»Sind Sie am Donnerstagnachmittag mit Ihrer Vespa gefahren, vielleicht einen Probelauf, nachdem Sie daran gearbeitet hatten? Sagen wir – nach Abbot's Bale und durchs Moor hinter dem Hallowmount?«

Wenn Miles keine Ahnung hatte, was das Ganze sollte, wußte er zumindest, welche Rolle er zu spielen hatte. Er hatte sofort die höfliche, steife, geduldige Maske eines Oberstufenschülers übergestreift. Die saß ziemlich knapp, aber er konnte sie noch tragen. Motto: Wir dürfen nicht nach den Gründen fragen. Aber die spinnen sowieso alle. Wir dürfen nichts sagen – außer: »Jawohl, Sir« oder »Nein, Sir!« Je nachdem. Die Maske hatte noch einen weiteren Vorzug – beziehungsweise einen Nachteil für Tom: Aus den schmalen Augenschlitzen konnte man alles mit unschuldigen Augen beobachten, ohne selbst etwas preiszugeben.

»Nein, Sir, bin ich nicht. Ich hatte sie am Vorabend fertig gemacht. Da war es nicht nötig, sie noch einmal auszuprobieren.«

»Und Sie waren gestern auch nicht auf dem Heimweg in dieser Gegend?«

»Nein, Sir.« Miles wartete. Er war ruhig, aber nicht beruhigt. Dafür war er zu intelligent. Die Maske hatte sich unmerklich verändert: Ein junger Mann – noch kein Mann von Welt, aber ein junger Mann – blickte aufmerksam durch die Augenschlitze. Tom stand auf und drehte sich zur Seite, um dem durchdringenden Blick zu entgehen, aber der folgte ihm.

»Ich vermute, Sir, daß ich nicht fragen darf, warum Sie mich haben holen lassen?« Auch die Stimme hatte sich verändert. Das war nicht mehr der Ton eines Schuljungen. Miles war zu interessiert, um die intellektuellen Spielchen zu machen, die ihm so lagen.

»Sagen wir, ich ermutige Sie nicht, mich zu fragen. Aber wenn Sie die Wahrheit gesagt haben, spielt das doch sowieso keine Rolle, oder? Danke, Mallindine, das wäre alles. Danke.«

Tom blickte weiter zum Fenster hinaus und beobachtete, wie sich das mittägliche Sonnenlicht im Fluß unter der Brücke spiegelte. Er wartete darauf, daß die Tür geöffnet und wieder geschlossen würde und Miles den Raum verließ. Aber nichts geschah.

Gleich darauf sagte eine veränderte Stimme entschlossen: »Darf ich Sie etwas fragen, das eine Rolle spielt?« Kein »Sir« diesmal, wie Tom feststellte. Plötzlich fand das Gespräch auf ganz anderer Ebene statt.

»Wenn es sein muß.«

»Ist Annet etwas zugestoßen?«

Die Frage traf Tom so stark, daß man ihm den Schock auch von hinten anmerkte. Er spürte, wie ihm das Blut in die

Wangen stieg. Aber er wollte unter keinen Umständen, daß Miles die falschen Schlüsse zöge. Dieser Junge war gefährlich und benutzte Worte wie Dynamit, ohne sich wirklich dessen bewußt zu sein, was für eine ungeheure Sprengkraft er auslöste. Ist Annet etwas zugestoßen? Mein Gott, wenn wir das nur wüßten! Aber der Junge verdiente eine Antwort, auch wenn er bei ihrer letzten Flucht ihr Komplize gewesen war und beharrlich wie gedruckt gelogen hatte. Jetzt mußte er ihm eine Antwort geben, um ihn zu beruhigen.

»Ich hoffe – nicht«, sagte Tom möglichst freundlich. »Jedenfalls war sie frisch und munter, als ich heute morgen abgefahren bin.«

Jetzt hatte er sein Gesicht wieder einigermaßen unter Kontrolle. Die Röte war verschwunden. Er drehte sich um und blickte Miles gütig an, um ihm zu zeigen, daß er für das Interesse des Jungen an Annet Verständnis aufbrachte, weil er die Vorgeschichte kannte, daß es jetzt aber unangebracht, ja naiv, sei. Doch als er dem Blick aus den goldbraunen Augen begegnete, die denen von Eve so ähnelten, wurde ihm bewußt, daß es nicht Miles sein würde, wenn jemand bei diesem Gespräch unfreiwillig etwas verriete. Alles, was er hatte sagen wollen, blieb ihm in der Kehle stecken. Aber er konnte den Jungen nicht mit einem nachsichtigen Lächeln abspeisen. Jetzt konnte er die Tür, die er geöffnet hatte, nicht einfach wieder zuschlagen.

Tom ging wieder zum Tisch und setzte sich mit ernster Miene auf dessen Kante. »Reden Sie ruhig weiter. Warum haben Sie diese Frage gestellt?« Eigentlich wollte er nur fragen: Wieso weißt du das? Wenn Miles ihr Geliebter war, wußte er ohnehin Bescheid. Allerdings gab es keinen zwingenden Grund, zu zeigen, daß er es wußte. Und wenn er es nicht war – ja, hier waren eben alle ein bißchen unheimlich, er auch. Vielleicht war Eve eine Hexe und hatte ihm ihre magischen Kräfte vererbt, da sie keine Tochter hatte.

»Meine Mutter hat am Donnerstagabend einen merkwürdigen Telefonanruf bekommen«, erklärte Miles mit bewundernswerter Direktheit. »Von Mrs. Beck.«

Zwischen den beiden Frauen hatte in den letzten Monaten bestimmt nicht viel Kommunikation stattgefunden. Kein Wunder, daß Eves Daumen gejuckt hatten.

»Sie hat sich erkundigt, wann der Grammophonclub mit dem Winterprogramm anfinge. Aber das war ein Vorwand, um sich nach mir zu erkundigen. Sie wollte hintenrum rauskriegen, wo ich das Wochenende verbracht habe. Meine Mutter hat mir von dem Anruf erzählt, als ich gestern abend zurückgekommen bin. Eigentlich habe ich mir nichts dabei gedacht – bis Sie mir heute so ähnliche Fragen gestellt haben. Sie haben nichts verraten«, sagte er schnell. Er hob ziemlich arrogant den Kopf und blickte Tom jetzt herausfordernd an. »Meine Mutter kann eins und eins zusammenzählen, wissen Sie. Aber andere auch. Und ich vermute, daß Mrs. Beck nicht nur uns angerufen hat.«

Wir hätten es wissen müssen, dachte Tom. In einem kleinen Nest, wo jeder jeden kennt, wo die Hälfte aller Frauen regelmäßig ihre Beobachtungen austauschen, hätten wir wissen müssen, daß etwas durchsickern würde. Wie konnte sie nur annehmen, daß niemand Verdacht schöpfen würde, wenn sie das ganze Dorf und halb Comerbourne anrief?

»Nein, leider nicht.«

»Sie war sich über die Konsequenzen nicht im klaren«, sagte Miles großzügig. Vielleicht verfügte er nicht gerade über okkulte Kräfte, aber er hatte Augen, die durch Tom Kenyon wie durch eine Glasscheibe hindurchblickten. »Meine Mutter hat gute Gründe, unter die Fußmatte zu schauen – wenn Sie wissen, was ich meine. Meine Mutter klatscht nicht. Aber viele genießen es richtig, sich das Maul zu zerreißen.«

Wie war es zu dieser Rollenumkehrung gekommen? Der Junge warnte ihn – freundlich, von oben herab, als sei er der

Ältere – vor möglichem Ärger. Er warnte ihn, obgleich er wußte, wie tief er in der Sache drinsteckte und wie groß die Gefahr war, daß er verletzt würde. Ohne ein Wort zu sagen, waren sie zu Rivalen geworden, die auf derselben Ebene kämpften. Jeder hatte Mitleid mit dem anderen.

Es wurde höchste Zeit, dieses Gespräch abzubrechen, ehe einer etwas sagte, das beide später bitter bereuen würden. Schließlich mußten sie den Rest des Jahres gemeinsam im Klassenzimmer verbringen und konnten sich keine nicht wiedergutzumachenden Taktlosigkeiten leisten.

»Zu viele«, pflichtete Tom ihm bei. »Aber unbegründeter Klatsch bringt nichts. Und ich bin sicher, daß Sie und ich nicht zu den Klatschmäulern gehören, nicht wahr, Mallindine?«

»Jawohl, selbstverständlich, Sir.«

Das »Sir« war prompt gekommen. Auf diesen Jungen mußte man wirklich verdammt gut aufpassen. Er kapierte alles viel zu schnell.

»Falls Sie mich noch etwas fragen wollen, tun Sie es bitte jetzt. Aber ich kann Ihnen nicht versprechen, daß ich antworte.«

»Da gibt es nichts mehr, Sir. Wenn ...« Er war einen Moment lang unsicher und drehte den Kopf beiseite. Dann blickte er Tom zweifelnd, aber hoffnungsvoll an. »... wenn mit Annet alles in Ordnung ist.«

»Ja, alles ist bestens.« Beinahe hätte er »selbstverständlich« gesagt. Aber bei diesem außergewöhnlich intelligenten Schüler wäre das beleidigend und unklug gewesen. Zum Glück hatte er die hochmütige Haltung noch rechtzeitig aufgegeben. Allerdings zuckte um Miles' Lippen ein leises Lächeln, als hätte er Toms Seelenkampf durchschaut. Der junge Mann hatte sich bewundernswert im Griff.

»Danke, Sir. Das wär's dann.« Jedenfalls für mich, sagten diese herausfordernden Augen mitleidig. Wie steht's mit dir?

»Stimmt. Sie können gehen. Und machen Sie sich keine Sorgen.«

Und du? fragte das kurze Lächeln, diesmal weniger von oben herab. Entweder hörte Tom allmählich überall verborgene Stimmen, die überhaupt nicht existierten, oder Miles wollte mit seinem letzten nachdenklichen Blick doch sagen: Gib auf! Du weißt so gut wie ich, daß da ein anderer Kerl im Spiel war – sie ist weder für mich noch für dich bestimmt. Und jetzt sage mir, daß das nicht weh tut.

Tom wußte ganz sicher – ebenso sicher, wie er seinen eigenen Namen kannte –, daß Miles sofort zu Dominic Felse laufen und ihm Wort für Wort berichten würde, was er ihn soeben gefragt hatte. Aber es blieb ihm keine Wahl. Da er mit dieser wahrscheinlich ergebnislosen Befragung begonnen hatte, konnte er einen wichtigen Zeugen nicht auslassen. Vielleicht hatte sein Freund ihn bereits darüber instruiert, was er sagen sollte. Dieses Risiko bestand wohl bei allen Zeugen. Aber aus irgendeinem Grund war Tom überzeugt, daß Miles mit niemandem über ihr Gespräch geredet hatte. Wenn es möglich war, nahm er sich immer die Zeit, alles durchzudenken. Und er war ziemlich aufgewühlt weggegangen. Vielleicht würde er nicht für immer den Mund halten, aber er würde sich seinem Freund erst dann anvertrauen, wenn er genau wußte, was er sagen wollte.

Tom ließ also Dominic Felse rufen, obwohl er Gewissensbisse dabei hatte. Aber er hatte nun mal angefangen und konnte jetzt nicht einfach aufhören. Dominic bestätigte, daß er und Miles das gesamte Wochenende gemeinsam verbracht hätten. Ja, sie hätten gemeinsam gepackt und wären gegen halb fünf abgefahren. Nein, sie wären während der gesamten Zeit nicht getrennt gewesen – abgesehen von der halben Stunde, in der Miles mit dem Motorroller zum Einkaufen gefahren wäre und Dominic gekocht hätte. Miles war als Koch eine Katastrophe. Ja, sie wären direkt zu den Mallindines zum Abendessen gefahren.

Warum?

Dominic war fast ein Jahr jünger als Miles. Ihn hielten Würde und intellektuelle Blasiertheit nicht davon ab, direkte Fragen zu stellen. Außerdem war er der Sohn eines Detective-Inspectors und wußte daher genau, welche Rechte jemandem zustanden, der verhört wurde. Das machte ihn zu einem schwierigen Kunden. Mit sonniger Fröhlichkeit beantwortete er Fragen und stellte seinerseits Fragen mit ebenso großem Interesse. Tom wimmelte ihn schnell ab, weil er Angst hatte, er könnte mehr preisgeben, als er selbst erführe.

Nach Unterrichtsschluß sah er die beiden Freunde auf dem Korridor. Beide schenkten ihm ihr höfliches Zwillingslächeln und sagten wie aus einem Munde: »Guten Abend, Sir!«

Der Anblick der beiden – so Schulter an Schulter, beide Gesichter verschlossen, die Augen undurchdringlich – machte Tom klar, daß sie alles, was sie wußten, ausgetauscht hatten und jetzt darauf vorbereitet waren, sich gegenseitig den Rücken gegen eine feindliche Welt freizuhalten, falls sie angegriffen würden.

Das hatte er kommen sehen und beging daher nicht den Fehler, anzunehmen, daß einer der beiden sich leichtfertig einem Dritten anvertrauen würde. Trotzdem tat es ihm leid, daß er so viel Staub aufgewirbelt hatte. Wem wäre damit geholfen, wenn er herausfände, was geschehen war und wer dafür verantwortlich war? Wäre es nicht besser, sich in den nächsten Tagen mit angehaltenem Atem und Daumendrükken bedeckt zu halten, auf Zehenspitzen zu gehen und zu beteuern, nichts zu wissen – nichts wissen zu müssen – wie Mr. und Mrs. Beck? Sie waren für jeden Tag dankbar, der ohne Enthüllung zu Ende ging. Sie hatten vor jedem Kontakt auf der Straße Angst und schreckten jedesmal hoch, wenn das Telefon klingelte. Aber von Tag zu Tag nahm ihre Angst ab.

Annet kam und ging und sprach noch weniger als zuvor, aber ihr Gesicht war ruhig. Etwas von dem Wunder lag immer noch darauf, manchmal auch Spuren von Traurigkeit. Tom hatte aber auch gesehen, wie ihre Augen durch die Mauern des Hauses durch den Hang des Hallowmount tief in die Unterwelt blickten, die sie hinter sich gelassen hatte. Dann loderte in ihren Augen eine geheime Begeisterung auf, die jedoch nie zu wahrer Freude wurde. Morgens ging sie zur Cwm Hall. Abends fuhr Regina Blacklocks Chauffeur sie nach Hause. Niemand konnte an ihr oder ihrer Arbeit etwas aussetzen. Gott sei Dank, daß da alles so glattlief! Regina hatte von der Konferenz riesige Stapel mit Notizen mitgebracht, die abgetippt werden mußten. Annet brachte am Donnerstagabend den langen Bericht für das Komitee sogar mit nach Hause, um ihn dort ins reine zu schreiben. Das Thema lautete: Häufigkeit und Ursachen für die Kriminalität bei Kindern mit Liebesentzug!

Sie arbeitete daran, als Tom nach dem Abendessen hinausging, um den Mini in die Garage zu fahren. Er hörte die Schreibmaschine in dem schmuddligen kleinen Zimmer mit vielen Bücherregalen klappern, das Beck immer noch seine Bibliothek nannte, obwohl er dort nur endlose Zitate obskurer Autoren abschrieb, um eines Tages seinen eigenen Kommentar zu irgendeinem fragwürdigen Werk herauszugeben. Niemand glaubte, daß er das schaffen würde, nicht einmal Beck selbst. Aber niemand hielt das für einen großen Verlust für die Nachwelt.

Tom machte die Tür auf und blickte hinein. Sie saß allein am Schreibtisch. Es war das erste Mal, daß er seit ihrer Rückkehr auch nur eine Sekunde lang mit ihr allein war. Er trat schnell ein und schloß leise die Tür.

»Annet ...«

Sie hatte ihn kommen hören. Konzentriert beendete sie den Satz, ehe sie aufschaute. Ihr Gesicht verhärtete sich nicht. Er sah keine Spur von Mißtrauen. Überhaupt keine Veränderung. Nachdenklich blickte sie ihn an, sagte jedoch nichts.

»Annet, ich möchte Ihnen sagen, daß ich Ihnen jederzeit

gern helfe, falls ich etwas für Sie tun kann. Ich würde mich freuen, wenn Sie mich um etwas bitten würden.«

Sie blickte ihn an, dann auf ihre Hände, die immer noch auf den Tasten lagen, dann wieder ihn. Er glaubte den Anflug eines Lächelns und eine Spur von Wärme in ihren Augen zu entdecken.

»Es wäre besser, wenn Sie mich weiter für eine Lügnerin halten würden«, sagte sie ohne Vorwurf oder Bitterkeit. »Es ist nett von Ihnen, aber ich brauche wirklich keine Hilfe.«

»Das hoffe ich, Annet. Aber ich fürchte, Sie werden Hilfe brauchen. Ich weiß – nein, ich fühle es, daß es nicht vorbei ist. Und ich will nicht, daß man Ihnen weh tut.«

»Ach, *das* ist doch völlig unwichtig!« sagte sie. Sie war so überrascht, daß sie noch weitersprach.

»Wirklich, das spielt überhaupt keine Rolle! Sie brauchen sich um mich keine Sorgen zu machen.«

Und dann lächelte sie ihn zum ersten Mal offen an. Hätte sie ihn in diesem Moment aufgefordert, ans Feenreich zu glauben, hätte er es getan. Er hätte für sie jedes Wunder bewirkt. Doch der Augenblick war vorüber, ehe er richtig begonnen hatte; denn gleichzeitig ertönte der Türklopfer.

Bei dem Geräusch zuckte Tom zusammen und blieb wie gelähmt stehen. Annet lächelte spöttisch. »Das wird Myra sein, um mich abzuholen«, sagte sie. »Wovor haben Sie Angst?«

Doch es war nicht Myra. Sie hörten Mrs. Beck mit schnellen nervösen Schritten durch die Eingangshalle laufen, als gälte es, ein Unglück zu verhüten. Dann sagte sie etwas. Eine tiefe Männerstimme antwortete. Jetzt ging der Mann in die Halle, blieb jedoch nach wenigen Schritten stehen.

Die Tür öffnete sich. Mrs. Beck schaute mit aschfahlem, starrem Gesicht und angstvollen Augen herein.

»Annet, da ist jemand, der dich sprechen möchte.«

Da stand der große hagere Mann mit dem langen nachdenklichen Gesicht bereits hinter ihr. Seinen täuschend ruhigen Augen war nicht entgangen, wie Tom wieder zusammengezuckt war, auch nicht Annets Staunen.

»Tut mir leid, daß ich Sie bei der Arbeit störe, Miss Beck«, sagte Detective-Inspector George Felse freundlich. »Aber ich muß Ihnen ein paar Fragen stellen und würde das – in Anbetracht der Umstände – gern in Anwesenheit Ihrer Eltern tun.«

4

Annet wirkte anfangs erschrocken und verwirrt, aber sie schien keine Angst zu haben. Es war nur natürlich, daß sie einen Schreck bekommen hatte. Schließlich war George Felse Polizist und eindeutig dienstlich hier. Doch schien sie keine Spur eines schlechten Gewissens zu haben.

»Schon gut«, sagte sie und schob den Schlitten der Schreibmaschine in die Mitte. Dann stand sie auf. »Sollten wir nicht ins Wohnzimmer gehen? Da ist es gemütlicher.«

»Aber Mr. Kenyon ...«, begann Mrs. Beck hilflos. Wo sollte der Untermieter in diesem alten und kalten Haus abends sitzen, wenn sie das Wohnzimmer belegten?

»Das ist schon in Ordnung«, sagte Tom, allerdings widerwillig. »Ich verschwinde.«

Aber er wollte gar nicht gehen. Er mußte wissen, was er ihr angetan hatte. Denn er war sicher, daß der Besuch der Polizei sein Werk war. Er hätte sich nicht einmischen sollen. Warum hatte er Mallindine befragt? Und warum hatte er sich von Dominic Felse noch die Geschichte bestätigen lassen, obgleich es Lügen sein könnten? Die beiden Jungen hatten sofort miteinander gesprochen, und dann hatte Dominic zu Hause seinem Vater alles genau erzählt. Eine andere Erklärung gab es nicht.

Aber nein, das stimmte nicht. Das wurde ihm klar, als er die Sache noch einmal überdachte. Wenn Dominic Annet verraten hätte, dann, weil an diesem verlorenen Wochenende noch etwas passiert sein mußte, das mit einem weggelaufenen Mädchen und einer eher märchenhaften Geschichte zu tun hatte. Etwas, das die Polizei interessierte, deren einziges Interesse an einem Paar Achtzehnjähriger, die durchgebrannt waren, darin bestand, sie ihren besorgten Eltern zurückzubringen. Danach überließ sie es den beiden Familien, alles zu klären. Aber die Polizei griff selbst nur ein, wenn man sie um Hilfe gebeten hatte. Nein, da mußte noch etwas sein, etwas, das Dominic solche Angst eingejagt hatte, daß er sich entweder unabsichtlich verplappert hatte oder daß ihm die Verantwortung zu schwer erschienen war, um sie allein zu tragen.

»Es ist durchaus möglich, daß ich Sie auch kurz sprechen muß, Mr. Kenyon«, sagte George Felse freundlich, aber distanziert. Schließlich war er dienstlich hier und mußte ihre persönliche Freundschaft außer acht lassen. »Würden Sie sich irgendwo zur Verfügung halten?«

Tom nickte zögernd und ging in sein Zimmer hinauf. Dabei beeilte er sich nicht, weil er hoffte, man würde ihn zurückrufen und nicht ausschließen. Einerseits hätte er alles darum gegeben, weit weg zu sein. Doch da das unmöglich war, verstand er nicht, warum man ihn jetzt ausschloß, nachdem er bereits so weit in das Familiengeheimnis eingeweiht war. Er war noch auf der Treppe, als Beck auf der Schwelle des Wohnzimmers erschien. Mit gesträubten Haaren, kreidebleich und verängstigt suchte er verzweifelt nach einem Verbündeten.

»Was ist los, Mr. Felse? Habe ich recht gehört? Sie wollen mit Annet sprechen?« Seine Augen wanderten zu Tom, der stehengeblieben war. »Nein, nein, gehen Sie nicht, Kenyon. Es ist bestimmt nicht so ernst, daß Sie es nicht hören dürften. Bitte, ich wäre froh, wenn Sie bleiben würden. Sie gehören doch praktisch zur Familie, oder? Selbstverständlich nur, wenn Sie nichts dagegen haben.«

Panik schimmerte hinter seinen dicken Brillengläsern auf. Nicht für Geld und gute Worte wollte er mit Annet und seiner Frau allein bleiben – angesichts der Bedrohung durch George Felse. Seine Frau würde von ihm erwarten, daß er einen männlichen Schutzwall vor seinen Frauen aufbaute. Wenn sie das nicht erwartete, würde sie seine Hilflosigkeit mit bitterem, verächtlichem Lächeln beobachten – und das wäre noch schlimmer. Und Annet würde so tun, als wäre er gar nicht vorhanden, weil sie wußte, daß sie sich selbst verteidigen mußte. Nein, er brauchte Tom. Er legte ihm die zitternde Hand auf den Arm und hielt ihn krampfhaft fest.

»Ich weiß nicht, ob Felse irgendwelche Einwände dagegen hat«, sagte Tom und blickte den Kriminalbeamten fragend an.

»Nein, das ist ja kein amtliches Verhör – noch nicht. Später muß ich Sie vielleicht bitten, eine offizielle Aussage zu machen. Das hängt davon ab, was Sie mir zu sagen haben.«

Er blickte Annet in die Augen, ohne zu lächeln, doch mit der gezielten Freundlichkeit, mit der man einem Kind eine schlimme Nachricht beibringen will. Er hatte Annet schon als kleines Mädchen gekannt, als sie noch mit Rattenschwänzen herumgelaufen war, nicht sehr gut, aber so, wie ein aufmerksamer Beobachter die jungen Geschöpfe kennt, die so alt wie seine eigenen Söhne und Töchter sind, die im Dorf heranwachsen. Er hatte im Laufe der Zeit ähnliche Besuche in vielen Häusern abstatten müssen und kannte alle Fallstricke, über die die Leute stolperten, wenn sie verunsichert waren.

»Ich sage Ihnen alles, was ich weiß«, erklärte Annet. Dann runzelte sie die Stirn. »Aber ich kann mir nicht vorstellen, was Sie mich fragen wollen.«

»Um so besser«, meinte er und folgte ihr ins Wohnzimmer. Er stellte einen Stuhl so hin, daß Annet das Licht ins Gesicht schien. Sie verstand diesen eindeutigen Schachzug, lächelte, nahm aber ohne offensichtlichen Widerstand Platz. Die Eltern blieben stumm und zitternd stehen. Tom schloß die Tür und setzte sich etwas abseits.

»Nun, Annet, erzählen Sie mir bitte, wie Sie das vergangene Wochenende verbracht haben.«

George Felse saß dicht vor ihr und schaute sie aufmerksam, aber freundlich an. Wenn er die erdrückende Spannung im Raum spürte, ließ er sich das nicht anmerken. Sie legte den Kopf zurück und schüttelte die Haare nach hinten, als wollte sie ihm die Ruhe auf ihrem Gesicht noch deutlicher zeigen.

»Das kann ich Ihnen nicht sagen«, erklärte sie ruhig.

»Ich glaube, das können Sie, wenn Sie nur wollen.« Als sie schwieg und als nur ihre Mutter aufseufzte, fuhr er gleichmütig fort: »Waren Sie zum Beispiel zu Hause?«

»Sie sagen – nein«, antwortete Annet leise.

»Das sollen die mir selbst sagen. Ich frage Sie, was Sie sagen.«

»Ich kann Ihnen nur das sagen, was ich denen auch erzählt habe. Aber Sie werden mir nicht glauben.«

»Versuchen Sie es«, forderte er sie geduldig auf.

Sie schaute ihm in die Augen. Ohne mit der Wimper zu zucken, trug sie in knappen Worten ihre phantastische Geschichte vor:

»Mrs. Blacklock hat mir ab Donnerstag vormittag fast eine ganze Woche freigegeben, weil sie nach Gloucester gefahren ist – zu einer Konferenz über Kinderpsychologie. Sie bat mich, am Mittwoch – gestern – wiederzukommen und einige Korrespondenz zu erledigen. Sie kam erst abends zurück. Ich hatte also fünf freie Tage. Aber ich hatte keine besonderen Pläne gemacht. Am Freitagabend wollte ich, wie immer, zur Chorprobe gehen. Vielleicht zum Tanzen am Samstag. Aber ich hatte mich noch nicht entschieden. Weil Myra mit Freunden ins Theater nach Wolverhampton fahren wollte, hatte ich keine Begleitung. Bei der Chorprobe hat man mich wohl vermißt – auch am Sonntag in der Kirche. Hätte ich vorgehabt, nicht hinzugehen, hätte ich doch Bescheid gesagt, oder?«

»Mr. Blacklock hat Freitag abend angerufen«, sagte Mrs. Beck mit belegter Stimme. »Nach der Chorprobe. Er machte sich Sorgen, weil Annet nicht gekommen war, und erkundigte sich, ob sie krank sei. Ich habe ihm gesagt, sie sei leicht erkältet. Er war sehr beunruhigt und wollte gleich vorbeikommen. Ich habe ihm aber erklärt, es sei nicht schlimm und Annet schlafe schon. Selbstverständlich wollte er sie nicht stören. Dann hat er am Sonntag nach der Kirche noch mal angerufen und sich nach ihrem Befinden erkundigt.«

»Er hat nur vier Altstimmen«, warf Beck mit pathetischem Eifer ein. »Und Annet läßt die anderen nie im Stich. Mr. Blacklock weiß, daß er sich für seine Alt-Soli immer auf sie verlassen kann.«

Um Annets schmale Lippen zuckte ein kurzes verächtliches Lächeln. Das alles gehörte zu den vereinten Bemühungen ihrer Eltern, sie beschäftigt und bei Laune zu halten. Das wußten alle. Mrs. Beck hatte die Blacklocks nach der heimlichen Affäre mit Miles Mallindine widerwillig, aber notgedrungen ins Vertrauen gezogen. Mit der ihr eigenen Kompetenz hatte Regina auch noch die letzte Lücke in dem Schutzzaun um das Mädchen geschlossen und jede freie Minute mit irgendeiner Verpflichtung ausgefüllt. Vermutlich machte der Chor ihr am meisten Freude. Regina konnte keine Note singen. Es war Peter, der mit seiner geduldigen, gewissenhaften Freundlichkeit das ihm zur Verfügung stehende Sangesmaterial dazu brachte, in der ländlichen Kirche recht ordentliche Musik zu machen. Kein Wunder, daß er von Annets tiefer melodischer Knabenstimme begeistert war. Auf Anordnung seiner Gattin fuhr er Annet immer selbst – oder mit Chauffeur – nach Hause. Das gehörte zu seiner Verantwortung. Sollte Annet je wieder ausbüchsen, dürfte das nicht passieren, solange er für sie verantwortlich wäre.

»Sie hatten also von Donnerstag vormittag an frei«, sagte George, ohne sich ablenken zu lassen. »Was haben Sie mit Ihrer Freiheit angefangen?«

»Ich war den ganzen Donnerstag nachmittag zu Hause und habe ein paar Sachen gewaschen, Schallplatten gehört und einen Brief geschrieben. Meine Mutter hatte auch zwei Briefe. So um halb vier habe ich ihr gesagt, daß ich zum Briefkasten gehen wollte, um die Briefe einzuwerfen, und zum Tee wieder da wäre. Am Tor habe ich Mr. Kenyon getroffen. Er hat mir angeboten, die Briefe für mich wegzubringen, aber ich wollte etwas Luft schöpfen und einen Spaziergang machen. Es fing gerade an zu regnen, aber das hat mir nichts ausgemacht. Ich gehe gern im Regen spazieren. Dann habe ich die Briefe in den Kasten bei der Farm geworfen und bin auf den Hallowmount gestiegen. Auf der anderen Seite bin ich zum Bach runtergegangen, wo das Moor ist. Ich erinnere mich an den Weg neben dem Bach, aber ich weiß nicht, wie weit ich dann gegangen bin, auch nicht, in welche Richtung, oder ob es aufgehört hat zu regnen, aber plötzlich habe ich gemerkt, daß es dunkel war, und bin umgekehrt. Da hat es nicht mehr geregnet. Ich wollte den kürzesten Weg nach Hause nehmen. Deshalb bin ich wieder über den Hallowmount gegangen. Dort war das Gras trocken. Meine Stiefel waren auch trocken, und der Mond schien. Unter den Felsen habe ich Mr. Kenyon und meinen Vater getroffen, die mich gesucht hatten. Sie haben *gesagt*, daß sie nach mir suchten. Ich fand das albern, weil ich dachte, ich hätte mich nur um ein paar Stunden verspätet. Aber sie erklärten, es sei Dienstag.«

Sie sprach ernst, mit leicht verschleiertem Blick, doch ohne sich von George Felses durchdringenden Augen einschüchtern zu lassen. »Sie haben behauptet, ich sei fünf Tage weg gewesen. Ich habe ihnen erst geglaubt, als sie mir zu Hause einen Brief zeigten, der eine Antwort auf den war, den ich am Donnerstag eingeworfen hatte. Aber ich konnte ihnen nicht mehr sagen, als ich Ihnen jetzt gesagt habe. Ich weiß, daß sie mir nicht glauben. Sie hätten mich das ganze Wochenende lang gesucht, behaupten sie, und sie hätten vertuscht, daß ich nicht da war.«

George saß stumm da und betrachtete sie einen Moment lang gedankenverloren. Von seinem Gesicht konnte man nicht ablesen, ob er ihr glaubte oder nicht, auch nicht, ob er sie verdächtigte. Ebensogut hätte er sich Mrs. Dales Einkaufsliste anhören können. Annet schwieg jetzt auch. Sie schaute ihn an, fügte jedoch nichts hinzu. Sie wartete ruhig ab, die Hände im Schoß gefaltet.

»Ist Ihnen auf dem Berg jemand begegnet? Oder später am Bach?« An einem regnerischen Donnerstagnachmittag war das äußerst unwahrscheinlich, aber er mußte auch dieser Möglichkeit nachgehen.

»Nein, niemand.«

»Mr. Kenyon hat sie gesehen«, warf Mrs. Beck ein.

»Ich bin gegen vier Uhr losgefahren, um das Wochenende bei meiner Mutter zu verbringen«, bestätigte Tom. »Zufällig habe ich zum Hallowmount aufgeschaut, als die Sonne durchbrach, und da habe ich gesehen, wie sie hochgestiegen ist – so wie sie es erzählt hat.«

»Wie konnten Sie bei dieser Entfernung sicher sein, daß es Annet war?«

»Ich hatte sie beim Weggehen getroffen und wußte, welchen Mantel sie trug.« Sorgfältig verheimlichte er die schmerzende Wahrheit, daß er Annet überall erkannt hätte, ganz gleich, was sie anhätte. Ihr Gang, ihre Kopfhaltung, ihre Bewegungen waren für ihn einzigartig. »Ich war mir ganz sicher. Als ich am Dienstagabend hierher zurückkam und erfuhr, daß sie vermißt wurde, habe ich Mr. und Mrs. Beck erzählt, daß ich sie gesehen hätte. Dann sind wir losgegangen, um nach etwaigen Spuren zu suchen. Eigentlich hatten wir uns keinen Erfolg davon versprochen, aber dann fanden wir sie.«

»Sie war überrascht, uns zu sehen«, beteuerte Beck eifrig. »Sie hat gefragt, was wir dort täten und ob etwas passiert wäre. Sie sagte, sie wüßte, daß sie sich verspätet habe, aber deshalb hätten wir doch keinen Suchtrupp aufstellen müssen.«

»Sie war besonders überrascht, mich zu sehen«, fügte Tom hinzu. »Sie glaubte, ich sei inzwischen nach Hause gefahren. Sie meinte, hoffentlich sei ich nicht hiergeblieben, weil ihre Eltern sich Sorgen um sie gemacht hätten.«

Alle erwähnten jetzt noch Einzelheiten über die Suche, über ihre Rückkehr, über ihre veränderte Haltung seitdem. Mit unerschütterlicher Geduld hörte George Felse zu, ließ dabei aber Annet nie aus den Augen. Als er alles gehört hatte – abgesehen von den Reifenspuren, von denen ihre Eltern nichts wußten und von denen Tom ihm, wenn überhaupt, nur unter vier Augen erzählen wollte –, wandte er sich wieder an Annet:

»Sie sind also den Hallowmount raufgestiegen«, sagte er, »und dann wie Tabitha Blount im siebzehnten Jahrhundert aus Zeit und Ort verschwunden. Und – wie Tabby – sind Sie zurückgekommen mit dem sicheren Gefühl, daß Sie sich nur um ein paar Stunden verspätet, aber niemals diese Welt verlassen hätten. Sie konnte nie eine Beschreibung ihres Feenreichs liefern. Wie ist das bei Ihnen?«

»Ich weiß, daß ich glücklich war«, erklärte Annet. Sie schien nur das zu hören, was sie wollte. Plötzlich leuchteten ihre blauen Augen warm, leidenschaftlich und triumphierend, so daß George überrascht zurückwich.

»Glücklich« ist ein großes Wort, aber nicht zu groß, um das Leuchten zu beschreiben, das für einen Moment in ihren Augen stand.

»Sie wollen mir also wirklich nichts mehr erzählen? Und Sie wollen auch Ihre Aussage nicht ergänzen? Es liegt ganz bei Ihnen, Annet.«

»Ich kann Ihnen nicht mehr sagen«, beteuerte sie. »Das habe ich Ihnen gleich gesagt. Fragen Sie die anderen, ob ich mich verändert habe. Ich habe Ihnen gesagt, daß sie mir nicht glauben. Ich kann es nicht ändern, wenn auch Sie mir nicht glauben.«

»Stimmt, ich glaube Ihnen nicht«, erklärte George einfach. »Ebensowenig wie Ihre Eltern und Kenyon Ihnen diese Geschichte abkaufen. Irgendwo haben Sie diese fünf Tage verbracht. Und ich bin sicher, daß Sie genau wissen, wo. Ich rate Ihnen: Überlegen Sie noch mal ganz genau, und sagen Sie mir dann die Wahrheit. Letztendlich werden Sie das ohnehin tun.«

Ihr Vater war neben sie getreten und hielt ihre kalte Hand. Ihre Mutter stützte sich auf die Lehne des Stuhls.

»Mr. Felse, Sie müssen die Möglichkeit einräumen, daß . . ., daß . . ., daß es zwischen Himmel und Erde mehr gibt . . . Sie wissen schon. . . . Wie dürfen wir uns einbilden, alles zu wissen?« Beck stotterte vor Nervosität.

»Ihre Schilderung ist doch absolut folgerichtig«, unterbrach Tom das Gestammel. Einer mußte den Eindruck vermitteln, bei klarem Verstand zu sein, und andere Theorien ins Spiel zu bringen. »Ich fordere Sie nicht auf, an Feen zu glauben – aber das hat Annet auch nicht von Ihnen verlangt. Sie hat auch nicht behauptet, daß ihr irgend etwas Übernatürliches zugestoßen sei. Nur, daß sie sich an nichts mehr erinnere, was zwischen ihrem Spaziergang auf der anderen Seite des Hallowmount und dem Augenblick geschehen sei, in dem sie merkte, daß es dunkel war, und sie schnell nach Hause ging. Daran ist doch nichts Phantastisches. Es passiert nicht oft, aber es passiert. Sie kennen die Fälle so gut wie ich. Selbstverständlich hat sie die fünf Tage irgendwo verbracht. Das ist uns klar. Aber es könnte doch gut sein, daß Annet nicht weiß, wo.«

»Gedächtnisschwund«, sagte Mrs. Beck gequält. Dann erschrak sie über die theatralische Wirkung des Wortes und verstummte.

Warum regen sie sich so auf? Wovor wollen sie Annet

unbedingt schützen? Warum kümmerte sich die Polizei um ein verbummeltes Wochenende, wenn kein Gesetz gebrochen worden war?

»Es war ein schönes trockenes Wochenende«, erklärte George ruhig. »Bestimmt sind zehn Prozent der Bewohner des Black Country am Samstag und Sonntag durch die Berge an der Grenze gestreift, und es ist sehr wahrscheinlich, daß viele auch auf dem Hallowmount waren. Es ist unmöglich, daß keinem ein offenbar verwirrtes Mädchen aufgefallen ist. Leute aus der Gegend hätten Annet angesprochen. Alle kennen sie. Und ist sie etwa erschöpft, hungrig, verängstigt oder schmutzig zurückgekommen? Offenbar nicht. Sie kam völlig unbefangen, sauber und nicht halbverhungert daher und stellte vernünftige Fragen. Vielleicht kam sie aus dem Feenreich, möglich. Aus einer Amnesie – dem Gedächtnisschwund – würde man weniger klar denkend auftauchen.«

Er schob seinen Stuhl näher zu Annet hin und nahm ihre Hände, damit sie ihm ihre volle Aufmerksamkeit schenkte.

»Ich bezweifle nicht, daß Sie glücklich waren, Annet«, sagte er freundlich. »Ich glaube sogar, daß Sie mir in gewisser Weise die Wahrheit gesagt haben – eine Teilwahrheit. Aber nun erzählen Sie mir lieber den Rest. Sie waren nicht näher an der Unterwelt dran als bis – sagen wir – Birmingham. Nicht wahr?«

In das beklemmende Schweigen rief Beck mit hoher hysterischer Stimme: »Was soll das heißen? Und wenn sie tatsächlich in Birmingham war? Das ist noch lange kein Verbrechen, selbst wenn sie ihre Familie belogen hat. *Warum* stellen Sie all diese Fragen? Das sollten Sie uns mal erklären.«

»Ja, vielleicht sollte ich das. Es sei denn, Annet möchte zuvor noch ihre Geschichte ändern.«

»Ich kann nicht«, sagte Annet. Sie blickte ihn gespannt an. Er war nicht sicher, ob ihr Gesichtsausdruck Unverständnis bedeutete oder die feste Entschlossenheit, alles zu leugnen.

»Na schön. Sie wollen wissen, warum ich diese Fragen stelle«, sagte George. »Am vorigen Samstag haben zwei unabhängige Zeugen bei Geschäftsschluß eine junge Frau gesehen, die an der Ecke einer – zu dieser Zeit fast menschenleeren – Seitenstraße in Birmingham stand, ungefähr fünfunddreißig Meter von einem kleinen Juweliergeschäft entfernt. Es sah so aus, als wartete sie auf jemanden. Die erste Zeugin, eine alte Frau, die in der Straße wohnt, lieferte eine ziemlich gute Beschreibung, die durchaus auf Annet paßt. Der zweite Zeuge, ein junger Mann, konnte noch genauere Angaben machen. Er hat nämlich mit ihr ungefähr fünf Minuten lang gesprochen, weil er sie abschleppen wollte. Er hat sie haarklein beschrieben. Mädchen wie Annet ziehen nun mal die Aufmerksamkeit junger Männer magisch an.«

»Ganz gleich, wie gut Ihre Personenbeschreibung auch ist«, protestierte Tom, »wie kommen Sie ausgerechnet auf ein Mädchen aus Comerford, wenn sich das in Birmingham abgespielt hat?«

»Gute Frage. Darauf komme ich noch.«

»Ich nehme an, Ihr Sohn hat Ihnen erzählt, daß Annet an diesem Wochenende verschwunden war«, platzte Tom heraus.

George blickte ihn mit hochgezogenen Brauen lange und nachdenklich an.

»Nein, Dominic hat mir nichts erzählt – aber danke für den Tip. Nein, die Birminghamer Polizei hat sich an uns gewandt, weil diese junge Frau – laut Aussage des enttäuschten Kavaliers – sich die Wartezeit damit vertrieb, ihre Taschen auszuräumen. Jeder hat einen abgebrochenen Bleistift, einen Glückspenny, eine Haarnadel oder sonst etwas unten in den Manteltaschen. Diese junge Frau hatte eine Busfahrkarte. Sie spielte damit, als er sie belästigte. Sie war nervös, was er lustig fand. Dabei bemerkte er, daß sie diese Fahrkarte zu einem winzigen Fächer faltete – Sie wissen schon: enge Falten, hin und her, dann das Ganze in der Mitte geknickt. Als er sie zu sehr bedrängte – was er selbstverständlich nicht zugegeben hat –, trat sie schnell ein paar Schritte zurück. Dabei ließ sie den Fächer fallen. Der Zeuge behauptet, danach sei er weggegangen. Wenn sie ihn nicht wollte, dann eben nicht. Aber als die Polizei ihn am nächsten Tag dorthin zurückbrachte, beschrieb er genau, wo die Fahrkarte gelegen hatte: in einer Ritze zwischen den Pflastersteinen, unter einem Fenster. Dort hat man sie auch gefunden. Er hat sie eindeutig identifiziert.

Und es war eine Fahrkarte für ein Pfund und vier Penny der Egerton-Buslinie zwischen Comerbourne und Comerford. Damit und mit der Personenbeschreibung war es nicht schwierig, auf Annet zu kommen. Leider hat niemand die Person gesehen, auf die sie gewartet hat. Dem aufdringlichen Jüngling hat sie erzählt, sie warte auf ihren Freund und dieser sei Amateurboxer. Er blieb nicht lange genug, um rauszukriegen, ob das stimmte.«

»Na und? Was soll das Ganze?« fragte Beck immer noch erregt. »Warum sucht die Polizei nach diesem Mädchen – wer immer es sein mag?«

»Weil an jenem Abend ein Polizist auf seinem Kontrollgang bemerkte, daß das Stahlgitter vor dem Juweliergeschäft nicht ganz geschlossen war, obwohl kein Licht drinnen brannte. Er stellte fest, daß das Gitter nicht verschlossen war. Selbstverständlich ging er der Sache auf den Grund. Die Kasse stand offen und war leer, mehrere Vitrinen waren eingeschlagen und ausgeräumt. Der Verlust an Schmuck – hauptsächlich Ringe – dürfte sich auf etwa zweitausend Pfund belaufen.

Und der Besitzer – ein alter Einzelgänger, der über dem Geschäft wohnte – lag hinten in der Werkstatt. Man hatte ihm mit einem silbernen Kerzenleuchter den Schädel eingeschlagen.« Plötzlich klang Georges Stimme hart und kalt. »Er war tot.«

Alle waren vor Entsetzen wie gelähmt. Nur Annet war mit

verzerrtem Gesicht aufgesprungen und bewegte krampfhaft die Hände. Ihre Augen waren geweitet und vor Schock starr und leer. Dann schrie sie auf. »Nein! Nein! Neiiin!« Danach versagte ihr die Stimme. Sie rang nach Luft.

Tom sprang auf, um ihr zu helfen; aber George Felse hatte sie bereits aufgefangen, als sie bewußtlos umsank.

5

»Rufen Sie den Arzt«, sagte George und beugte sich über den schlaffen Körper. »Es wäre mir lieber, wenn er herkäme.«

Er schob Mrs. Beck mit der Schulter beiseite, die wie in Panik ihren Liebling betätschelte und dabei ungewohnte schmerzliche Tränen vergoß, und trug Annet zur Couch. »Tom, rufen Sie ihn an. Nennen Sie meinen Namen, dann kommt er schneller.«

Tom war bereits am Telefon, als ihm bewußt wurde, daß er keine Ahnung hatte, wie der Hausarzt hieß. Es gab auch keine Notrufnummer auf dem Notizblock, die ihm hätte weiterhelfen können. Er mußte Beck von der Couch wegzerren, um an die notwendige Information zu gelangen. Annet lag blaß und reglos da. Man hatte ihr ein Kissen unter den Kopf geschoben und den engen Rock ordentlich über die Knie gezogen. Mit Sicherheit hatte George Felse das getan. Tom wählte mit zitternden Fingern. Er haßte George mehr wegen seines tadellosen Verhaltens und seiner Menschlichkeit als wegen der Bedrohung als Polizist. Welches Recht hatte er? Mit welchem Recht durfte er Annet so fertigmachen und sie dann so liebevoll auf den Armen zur Couch tragen und ihr das zerzauste Haar aus den Augen streichen?

»Doktor Thorpe? Ich rufe Sie im Namen von Mr. Beck auf Fairford an. Können Sie sofort herkommen? Bitte, es ist dringend! Miss Beck – Annet – ist ohnmächtig geworden.

Detective Inspector Felse ist auch hier. Ich soll Ihnen von ihm ausrichten, Sie möchten sich bitte beeilen. Ich weiß auch nicht – eine Art Schock, nehme ich an – bitte, kommen Sie so schnell wie möglich. – Gut, danke.«

Er legte auf. Seine Hand zitterte so, daß der Hörer klapperte. Dann ging er zurück ins Wohnzimmer. Beck klammerte sich an seinen Arm.

Mrs. Beck hatte sich wieder unter Kontrolle. Auf den Wangen sah man noch die Spuren der wenigen Tränen. Ihr vom vielen Färben stumpfes Haar war etwas in Unordnung geraten. Doch war sie wieder Herr ihrer Sinne, ein zweites Mal würde sie nicht so aus dem Gleichgewicht geraten. George hatte Annet ihrer Mutter überlassen, aber nicht, weil es ihm peinlich gewesen oder er nicht in der Lage war, sich um sie zu kümmern. Er beobachtete auch genau jede ihrer Bewegungen.

»Fällt sie öfter in Ohnmacht?«

»Sie ist noch nie in Ohnmacht gefallen«, erklärte Mrs. Beck und funkelte ihn wütend an. »Sie haben ihr Angst eingejagt. Sie haben ihr einen Schock versetzt.«

»Sie hätte die meisten Einzelheiten morgen in der Abendzeitung lesen können«, sagte George. »Aber ich bezweifle, daß das dieselbe Wirkung gehabt hätte. Ihr wäre nicht klar gewesen, was sie jetzt weiß: daß der Mord fünfunddreißig Meter von ihr entfernt stattfand, während sie auf ihren ... Freund gewartet hat. Ich bin sicher, hätte er nur Zigaretten in einem Tabakladen um die Ecke gekauft, hätte Annet die Nachricht vom Tod eines unbekannten alten Mannes ohne Ohnmacht überstanden.«

»Aber, du lieber Gott«, protestierte Tom und wies den Gedanken weit von sich, »Sie tun ja gerade so, als hätte sie an der Ecke für ihn Schmiere gestanden!«

»Es ist eine Möglichkeit. Es gibt noch andere.«

Auf die ging er jedoch nicht ein. Er stand da und blickte

hinab auf das blasse reglose Gesicht auf dem Kissen, die zusammengepreßten bläulichen Lippen, die zusammengezogenen Brauen. Das blauschwarze Haar war wie Flügel ausgebreitet, als treibe sie ertrunken auf dem Wasser dahin.

So zart, so fern, so unberechenbar. Wäre es möglich, sie eines Tages so gut kennenzulernen, daß sie ihre Barrieren abbauen und entspannt und friedlich mit ihm würde umgehen können? Er hatte ja nie engen Kontakt mit ihr gehabt. Vielleicht war es nur ihre unglaubliche Schönheit, die ihm das Gefühl gab, sie sei anders als ihre Mitmenschen, und daß ihr diese Sonderstellung von außen auferlegt war, nicht, daß sie diese gewählt hatte. Die Schönheit und ihr Alter. Sie hätte Dominics um ein Jahr ältere Schwester sein können. Das hätte Dominic gefallen, auch Bunty. Blieb Annet wohl auch so abgekapselt, gleichsam in einem Elfenbeinkästchen mit einer geheimen Feder, wenn sie mit X zusammen war? Oder öffnete sie sich da wie eine Blume unter der Sonne? Dieser unausweichliche X. Man mußte X finden, weil er mit an Sicherheit grenzender Wahrscheinlichkeit einen einsamen, schrulligen alten Mann getötet hatte, um die Kasse und drei Vitrinen auszurauben.

»Bis jetzt haben Sie nicht bewiesen, daß Annet dort war«, sagte Beck mit dem Mut des schwachen, aber verzweifelten Vaters. »Es muß viele Mädchen geben, auf die diese Beschreibung auch paßt. Wie Sie sehen, ist Annet krank. Sie ist noch nie ohnmächtig geworden. Sie ist am Wochenende irgendwo umhergelaufen. Sie ist krank und verängstigt. Warum haben Sie sie so brutal behandelt?«

»Es tut mir leid, wenn Sie mein Vorgehen für brutal halten. Ich glaube nicht, daß ich ganz allein Annet den Boden unter den Füßen weggezogen habe. Das hat jemand anders getan, als er den alten Mann über den Schädel geschlagen hat. Nein«, sagte George Felse und blickte traurig auf die sich hebende und senkende Brust von Annet, »ich habe nicht bewiesen, daß sie dort war. Ich habe nicht bewiesen, daß sie die junge Frau war, die an der Ecke gewartet hat. Aber das brauchte ich auch nicht. Annet hat uns das ziemlich deutlich selbst gesagt. Das ist das einzige, was sie uns bis jetzt erzählt hat.«

Nein, das stimmte nicht ganz. Annet hatte ihm – wenn auch unfreiwillig – erzählt, wie tief und hoffnungslos die Liebe sei, die sie bei lebendigem Leib verzehrte. Wenn die anderen das nicht gesehen hatten, wenn sie es nicht spüren konnten, war das deren Schuld. Und es sah so aus, als ob die Unfähigkeit der anderen Annet den Tod bringen könnte. Ein bißchen ehrliche Brutalität hätte sie vielleicht aufgeheitert und gewärmt und sie dazu gebracht, sich jemandem anzuvertrauen.

Er schaute hoch und fing Tom Kenyons Blick auf. Ja, da war noch einer, der seine Auffassung nicht bestreiten würde, daß Annet sich selbst verraten hatte. Er hatte von ihr eine Reaktion haben wollen, und die hatte er letztendlich bekommen – und damit hatte sie sich leider eindeutig zu erkennen gegeben.

»Aber Ihnen ist doch auch klar, daß sie sich selbst wieder freigesprochen hat?« sagte Tom. »Ja, ich weiß! Wenn es nicht Annet war, die Ihre Zeugen gesehen haben, warum sollte es dann solch ein Schock für sie gewesen sein. Aber da es solch ein Schock war, kann sie es nicht gewußt haben, oder? Sie kann unmöglich etwas über den Mörder gewußt haben, vielleicht nicht einmal etwas von dem Raub. Sie war dort, gut, aber sie hat völlig unschuldig auf ihn gewartet. Vielleicht hat er ihr erzählt, er wollte gerade etwas kaufen, vielleicht ein Geschenk für sie. Nur weil sie gemeinsam durchgebrannt waren, hat sie sich nicht getraut, zuzugeben, wo sie gewesen ist. Um ihm Ärger zu ersparen, ja, aber nicht *diesen* Ärger – weil sie davon erst erfahren hat, als Sie es ihr vorhin gesagt hatten. Warum wäre sie sonst wie vom Blitz getroffen zusammengebrochen?«

»Sie verteidigen sie ziemlich gut. Wenn das die Wahrheit wäre«, sagte George.

»*Wenn?* Mein Gott, Mann, sehen Sie sich das arme Kind doch an!«

George hielt es für überflüssig, Tom darauf hinzuweisen, daß er Annet kaum aus den Augen gelassen hatte. Aber er wollte über ihren Zusammenbruch keine weiteren Erklärungen abgeben. Er war lange genug Kriminalbeamter, um zu wissen, daß die Täuschung viele Schichten hatte und daß Frauen auch die tiefsten kannten. Annets Ohnmacht war unbestreitbar, ebenso ihre Qual. Aber er hatte schon öfter erlebt, daß Menschen ohnmächtig werden konnten, wenn es für sie günstig war. Und diese Ohnmachten waren ebenso entwaffnend wie die von Annet gewesen und hatten alle Anwesenden getäuscht. Wenn man die Fragerei nicht mehr ertragen konnte, wenn man Zeit zum Denken brauchte, verschloß man die Quellen der Vernunft und der Kraft und fiel wie ein toter Vogel in einer kalten Winternacht von der Stange. Solange man stumm im Dunkeln verharrte, konnte einen niemand quälen.

Annet blieb beunruhigend lange stumm im Dunkeln. Eine kalte Kompresse auf der Stirn rief keinerlei Bewegung ihres verkniffenen Gesichts hervor.

»Wir bringen sie lieber ins Bett«, sagte ihre Mutter. »Arthur, hilf mir.«

»Ich trage sie nach oben.«

George schob seinen Arm unter die Schultern des Mädchens und zog sie behutsam an seine Brust. Ihr Kopf fiel schlaff über seine Schulter. Die schwarze Mähne verdeckte ihr Gesicht. Man sah das schmale schwarze Samtband, das sie unter dem gelben Pullover um den Hals trug.

George hielt sie fest und löste behutsam den Knoten des Bandes hinten im Nacken. Sie bewegte sich nicht. Auch nicht, als er den Schatz herauszog, den sie zwischen den Brüsten verborgen hatte.

Er hielt den Gegenstand hoch, damit alle sehen konnten,

was dort am Band hing: ein schmaler Goldring, ein nagelneuer Ehering.

Der Arzt und die Mutter blieben lange mit Annet oben. Endlich kamen sie wieder nach unten. George hatte den Ring am Band die ganze Zeit über mit finsterem Gesicht betrachtet. Jetzt stand er auf und ging ihnen entgegen. Noch nie im Leben hatte er sich so geschämt wie vorhin, als er der Ohnmächtigen den Ring abgenommen hatte, der für sie das Kostbarste und Privateste war, das sie besaß. Aber er konnte ihr dieses Symbol all dessen, was sie sich wünschte, nicht lassen. Er wog den Ring in der Hand und hatte das Gefühl, er sei schwer wie Blei. Der Geselle des alten Juweliers, der kurz vor Ladenschluß nach Hause gegangen war, hatte ja aus dem Gedächtnis eine Inventarliste aller gestohlenen Stücke angefertigt. Es bestand kein Zweifel, daß die Polizei diesen würde identifizieren können; denn neben dem Goldstempel hatte der Goldschmied sein Zeichen eingeritzt.

»Ist sie wieder bei Bewußtsein?«

»Wie geht es ihr?«

Tom und George hatten es gleichzeitig gefragt. Arthur Beck wirkte plötzlich um Jahre gealtert. Zitternd und stumm saß er da.

»Ja, sie ist wieder bei Bewußtsein«, antwortete Dr. Thorpe. Dann machte er seine Arzttasche zu und musterte alle Anwesenden mit seinen forschenden grauen Augen. »Aber Sie können ihr heute abend keine weiteren Fragen stellen.«

Unter den Umständen war es verständlich, daß sein Ton leicht feindselig war. Aber Georges Ohren nahmen jede Nuance wahr, wenn jemand über Annet sprach. Der Arzt war fünfunddreißig, sah nicht übel aus und kümmerte sich seit fünf Jahren beruflich um Annet – soweit sie überhaupt einen Arzt gebraucht hatte. Ja, Doktor Thorpe könnte durchaus ein weiteres ihrer vielen stummen unbekannten Opfer sein.

»Das hatte ich auch nicht vor. Sie wird doch sicher wieder ganz gesund?«

»Körperlich fehlt ihr nicht viel. Es war zwar eine ziemlich lange Ohnmacht, aber sie hat sich recht gut davon erholt. Sie scheint jedoch unter einem echten und tiefen Schock zu stehen. Da sie so gesund wie ein Pferd ist, dürfte es keine Nachwirkungen geben. Lassen Sie sie heute abend in Ruhe, das wäre alles.«

»Können Sie morgen früh noch mal nach ihr sehen? Ich hätte gern Ihre Unbedenklichkeitserklärung, ehe ich wieder mit ihr spreche. Ich werde auch ganz behutsam vorgehen. Aber es ist dringend. Ich muß so bald wie möglich mit ihr reden.«

»Na gut«, sagte der Arzt mit schmalen Lippen. »Ich komme morgen früh vorbei, ehe ich operiere. Rufen Sie mich gegen neun Uhr an, dann kann ich Ihnen Bescheid sagen.«

»Vielleicht ist sie bereit, offener mit mir zu sprechen, nachdem sie alles überschlafen hat. Verstehen Sie, das ist das einzige, womit sie ihre Lage verbessern kann. Falls Sie Einfluß auf sie haben, sollten Sie ihr das klarmachen.« George schloß alle in diese Bitte ein. Er sah, wie sich das Gesicht des Arztes etwas entspannte. »Ich muß meine Arbeit erledigen, aber dazu gehört nicht, Annet weh zu tun. Im Gegenteil, ich möchte retten, was für sie zu retten ist.«

»Das werde ich mir merken«, sagte der Arzt.

»Ich möchte Sie noch um einen Gefallen bitten. Mit Ihrer Erlaubnis, Mrs. Beck, werde ich einen Constable herschicken, um das Haus zu bewachen. Ich wäre Ihnen sehr verbunden, Doktor Thorpe, wenn Sie bei Annet blieben, bis der Mann eintrifft.«

Die beiden Männer blickten sich eine Sekunde lang stumm an. Dann sagte der Arzt: »Gut, ich gehe wieder zu ihr.«

Beck schlurfte hinter Doktor Thorpe zur Treppe. Er war eine armselige, schlaffe Figur, die täglich Platitüden plapperte und vergeblich so tat, als gäbe es noch ein Fünkchen Normalität in seinem Leben. Dabei war es ein einziger Schrottplatz.

»Ich gehe jetzt«, sagte George. Anscheinend war er froh, nur noch mit Mrs. Beck verhandeln zu müssen. »Ich muß den Ring mitnehmen, das verstehen Sie doch, oder?«

»Ja, das verstehe ich.« Sie betrachtete den glänzenden Reif mit scheelen Augen. »Halten Sie es denn für möglich . . ., daß die beiden . . .?«

»Das halte ich für höchst unwahrscheinlich. Dieser Ring ist ein Symbol, nichts weiter. Und ein Versprechen. Es ist nicht so leicht, schnell zu heiraten, wenn man nicht viel Geld hat. Und die beiden können nicht viel gehabt haben.«

Sie zuckte zusammen. Georges Gründe für diese Annahme waren nur allzu klar.

»Unter den gegebenen Umständen sollten Sie hoffen und beten, daß sie es nicht geschafft haben«, fügte er freundlich hinzu.

Kaum hörbar flüsterte sie: »Ja.«

»Lassen Sie Annet morgen nicht zur Arbeit gehen, selbst wenn sie es will. Ich möchte sie vorläufig nicht aus den Augen lassen. Und ziehen Sie niemanden ins Vertrauen, jedenfalls vorerst nicht. Rufen Sie lieber Mrs. Blacklock morgen an, und sagen Sie ihr, Annet hätte sich wieder erkältet.«

»Ja, das ist wohl am besten«, stimmte sie ihm teilnahmslos zu.

»Und ich brauche noch ein gutes Foto von Annet, möglichst neueren Datums.«

Es gab kaum Fotos von Annet in diesem Haus, mußte Tom denken. Ein weiterer Hinweis darauf, wie wenig eitel sie war. Hatte er je gesehen, daß sie sich vor dem Spiegel hingebungsvoll schminkte wie die meisten Mädchen in ihrem Alter? Nein – Mrs. Beck brachte ein Porträt in Postkartengröße. George warf einen nachdenklichen Blick auf das ernste Mädchengesicht, dann steckte er es ein.

»Danke. Sie bekommen es sofort zurück, wenn ich es nicht mehr brauche. Das verspreche ich Ihnen.« Würden sie das Original auch so gewiß zurückbekommen? Er wünschte, er wüßte die Antwort darauf. »Jetzt lasse ich Sie in Ruhe. Und glauben Sie mir, es tut mir wirklich leid.«

»Ich bringe Sie raus«, sagte Tom und geleitete George durch die düstere Eingangshalle hinaus in die milde Nacht. Die Tür schloß sich beinahe wie von selbst, als wollte sie die Tragödie im Haus versiegeln.

»Es kann einfach nicht wahr sein!« sagte Tom. Alles in ihm empörte sich plötzlich. Der Kontrast zwischen dieser immerwährenden Stabilität des Grenzlandes, dieser Kontinuität, wo Kriege, Jahrhunderte und Streitigkeiten keine Rolle spielten, und dem jähen Absturz in eines der billigsten und alltäglichsten Verbrechen, die es gab, war zu scharf. Ein kleiner Überfall, ein Schlag auf den Kopf – alles nur wegen Geld, um Annet schöne Dinge zu kaufen und sie großartig auszuführen – alles, was Annet nicht wollte. Das Verbrechen an ihr, daß man ihre übergroße Liebe in den Schmutz gezogen hatte, war beinahe ebensolch ein Kapitalverbrechen wie der Mord an dem alten Mann. Sie hatte nichts von dem Überfall wissen können. Es war der Tod all dessen, was sie sich von der Liebe erhofft hatte. Nein, nie und nimmer hatte sie es gewußt!

»Doch, es kann«, sagte George mit finsterer Miene. »Es passiert dauernd.«

Meinte er nur diesen schmutzigen, typischen Raubüberfall mit Totschlag aus reiner Geldgier oder die unfaßbare Besudelung der Liebe, die darin eine Rolle spielte? Tom hatte keine Ahnung. George hatte viel mehr Tiefgang, als es den Anschein hatte. Man sah den Abgrund erst, wenn man bereits hinabstürzte.

»Da glaubt man, eine intakte Beziehung zu haben«, sagte George und beantwortete damit Zweifel mit Zweifel, »und aus heiterem Himmel fällt ein Wort, oder es passiert etwas, das so unfaßbar ist, daß man plötzlich mutterseelenallein dasteht und weiß, daß man den Partner niemals an irgendeinem Punkt wirklich berührt hat oder ein Wort in derselben Sprache gesprochen hat. Wenn das geschieht, ist man jedoch nicht gleichzeitig von der Liebe befreit. Das ist die Hölle daran.«

»Ich kann auch nichts tun«, sagte Tom. »Ich kann Ihnen nur alles sagen, was ich weiß. Eigentlich ist da nur noch ein Punkt. Annets Eltern wissen es auch nicht, weil ich ihnen nichts davon gesagt habe: Gestern morgen war ich auf dem Hallowmount, um nachzusehen, ob es irgendwelche Spuren gäbe, daß in letzter Zeit ein Fahrzeug dort gewesen ist. Ich habe Reifenspuren eines Motorrads oder Motorrollers gefunden. Denen bin ich bis zum ersten Tor gefolgt. Meiner Meinung nach hat jemand Annet am Vorabend dorthin gefahren. Nach den Regenschauern heute nachmittag haben sich das Gras und das Moos wieder aufgerichtet und alles geglättet, aber vielleicht findet man doch noch hier und da eine Spur. Ich kann Ihnen genau zeigen, wo ich die Abdrücke gesehen habe.«

»Gut, morgen früh. Ist Ihnen sieben Uhr zu früh? Eine Spur von Süden her – aus Abbot's Bale und noch weiter. Ja, verstehe«, sagte George. Nachdenklich stand er unter den dunklen Stechpalmen am Tor. »Aber warum denselben Weg zurück? Sie ist am Tag ohne Gepäck in Alltagskleidung weggegangen und hat diese ausgefallene Route gewählt. So weit verstehe ich das. Aber in der Dunkelheit hätte er sie leise an der Abzweigung zum Haus absetzen können.«

»Aber dann hätte er einen viel längeren Heimweg gehabt, denn er hätte um den Berg herumfahren müssen. Und vielleicht mußte er schnellstens nach Hause. Vielleicht hat er auch mißtrauische Eltern.« Tom lächelte gequält.

»Vermutlich! Oft haben diese Lausebengel die angesehensten Bürger als Eltern«, meinte George. »Die sind dann völlig verblüfft und verstehen nicht, was sie angerichtet haben, um nun solch eine Schande zu erleben.«

»Aber Annet ...« Tom blickte verzweifelt zu dem erleuchteten Fenster hinauf. Kein Schatten bewegte sich hinter den hellen Gardinen. »Müssen Sie einen Polizisten als Wache postieren? Wohin könnte sie denn fliehen, falls sie es versuchen sollte?«

»Ich hatte weniger daran gedacht, daß Annet fliehen könnte«, sagte George mit trügerisch milder Stimme. Als er Toms fragenden Blick auffing, fuhr er fort: »Ist Ihnen nie der Gedanke gekommen, daß ihr Liebhaber bereits einen Menschen umgebracht hat? Und daß nur Annet weiß, wer er ist?«

Dann verschwand er in der Dunkelheit. Tom war bis ins Mark erschüttert. »Aber er würde *ihr* doch nicht weh tun! Verdammt, schließlich *liebt* er sie!« rief er ihm nach.

»Stimmt! Aber das war, ehe er Angst haben mußte, daß sie *ihn* erwischen«, rief George zurück. Dann knallte er die Autotür zu und fuhr los.

Mrs. Beck war nirgends zu sehen, als Tom zurück ins Haus kam. Arthur Beck saß zusammengesunken im Sessel und umklammerte ein Glas. Er zitterte so, daß der Whisky-Soda auf seine Hosen überschwappte. Als er das Glas zum Mund führte, klapperte es gegen seine falschen Zähne. Er preßte es gegen die Brust. Seine Brille saß schief und bedeckte nur ein Auge. Offenbar war das nicht sein erster Drink. Den vorigen hatte er auch zur Hälfte verschüttet. Er hatte jedoch nicht vergessen, ein zweites Glas hinzustellen.

Tom rutschte das Herz in die Hose, als er das sah, obwohl er einen Schluck dringend nötig hatte. Aber wenn das die Flucht aus allem sein sollte, wollte er nicht mitmachen. Er brauchte seinen Verstand. Er mußte über vieles nachdenken. Aber er konnte nicht einfach weggehen und dieses armselige

Wrack hier allein schwitzend und zitternd sitzen lassen. Nein, man konnte ihn nicht allein lassen.

»Er ist weg, was? Kommen Sie, und trinken Sie einen Schluck, Kenyon. Sonst trinke ich kaum, aber heute brauchte ich etwas, um meine Nerven zu stärken.« Er warf einen verzweifelten Blick zur Decke. »Meine Frau ist bei Annet. Ich weiß nicht, glauben Sie nicht, es könnte alles ein Mißverständnis sein?« fragte er, vermied es jedoch, Tom in die Augen zu sehen. »Nein, ich vermute nicht. Wenn der Mann tot ist ... Aber bei Annet müssen die sich irren. Sie hätte nie solch einen jungen Mann genommen. Bei ihr weiß man zwar nie, aber das kann nicht wahr sein. Solch einen Typ würde unsere Annet nie ermutigen. Man kann es ihr nur schwer recht machen. Diese Angeber hat sie nie gemocht. Wenn diese Teddyboys sie zum Tanz aufgefordert haben, hat sie zwar höflich mit ihnen getanzt, aber sie sind nie weit bei ihr gekommen. Myra erzählt uns immer alles über diese Abende.«

Myra erzählt uns! Nicht Annet. Und Annet wußte genau, daß Myra den Eltern alles erzählte, ja, daß es ihre Aufgabe war, ihnen über alles Bericht zu erstatten. Je genauer man aufpaßte, desto weniger sieht man, dachte Tom. Warum traut ihr eurer Tochter nicht? Es muß doch eine Zeit gegeben haben, als man ihr vollkommen trauen konnte – aber ihr habt ihr nie getraut. Ihr habt ihr nie gestattet, eine eigene Seele zu haben. Aber sie hat trotzdem eine – und euch davon ausgeschlossen. Und jetzt ist es zu spät, darüber zu klagen, was sie damit getan hat – ohne Hilfe und ohne Ratschläge ...

»Aber Sie haben ja noch nichts zu trinken, lieber Junge. Schenken Sie sich ein. Ich bin sicher, daß Sie – daß wir alle – eine kleine Stärkung vertragen können. Bitte, lassen Sie mich!« Er bemühte sich, die Flasche zu erreichen. Um ihm zuvorzukommen, goß Tom sich Soda ins Glas und hielt die Hand darum, um die blasse Farbe zu verbergen.

»Und dann Birmingham! Ist das überhaupt möglich? Ich

frage Sie. Nein, nein, es ist ein Mißverständnis! Das war ein anderes Mädchen. Wie könnte Annet einen jungen Mann aus Birmingham kennen? Sie hat dort nur ein- oder zweimal übernachtet, mit Mrs. Blacklock, wenn sie an einer Konferenz teilgenommen haben. Ansonsten war sie dort nur ab und zu mit ihrer Mutter oder mit Myra zum Einkaufen, aber nur tagsüber. Es ist absurd! Wie könnte sie eine enge Bindung mit einem jungen Mann in der Stadt eingegangen sein, wenn sie so wenig Gelegenheit hatte? Es ist ein Mißverständnis, nicht wahr? Es muß ein Mißverständnis sein!«

»Wenn es eins ist, wird die Polizei es rausfinden«, sagte Tom, um dem alten Mann Hoffnung zu machen, obgleich er diese keineswegs teilte. »Darauf können Sie sich verlassen. Am besten wäre es, wenn Annet diesem George Felse genau erzählen würde, was sie am Wochenende gemacht hat. Es muß doch Leute geben, die sie gesehen haben und ihre Geschichte bestätigen können. Wenn sie doch nur reden würde!«

»Ja . . ., ja, das stimmt. Es gibt immer Möglichkeiten, solche Aussagen zu bestätigen. Wenn sie uns nur alles erzählen würde! Aber selbst hier zu Hause geht sie doch kaum länger als zwei Stunden allein weg. Wenn sie tanzen geht oder ins Kino, ist immer Myra dabei, und wir sorgen dafür, daß die Mädchen anständige Begleiter haben. Und wenn sie abends noch arbeiten muß, schicken die Blacklocks sie immer mit dem Auto nach Hause. Mr. Collins bringt sie von der Chorprobe heim – manchmal auch Mr. Blacklock. Wir waren doch wirklich nicht nachlässig. Alle unsere Freunde halten große Stücke auf sie und passen auf sie auf, als wäre sie ihr eigenes Kind. *Wann* hätte sie solch einen schlechten Kerl kennenlernen können? Wir hätten es gemerkt. Jemand hätte uns gewarnt.«

Aber sicher hätten sie das! Deshalb hatte Annet ja lernen müssen, alle Spuren auszulöschen und ihre eigenen Luken ins Feenreich unter dem Hallowmount aufzumachen . . .

»Da war natürlich die Affäre mit dem jungen Miles. Aber das war eine verständliche Dummheit. Seitdem haben wir sie noch genauer im Auge behalten.«

Was nützte es, wenn er dem Vater jetzt erklärte, daß genau das der Fehler gewesen war? Nein, es war ein ganzer Dschungel von Fehlern, nicht ein einziger tödlicher. In Annets Kindheit war irgend etwas grundsätzlich und unheilbar schiefgelaufen.

»Regen Sie sich nicht auf«, sagte Tom. »Das hilft nichts. Sie haben immer ihr Bestes für sie getan. Das weiß jeder.« Er beugte sich vor und nahm Beck das Glas aus den zitternden Fingern. Der nahm es kaum wahr, schien aber erleichtert zu sein, die Hände frei zu haben. Er legte sie an den Kopf und starrte durch einen Schleier aus Tränen und Alkohol dumpf vor sich hin.

»Wir haben unser Bestes getan. Die werden feststellen, daß sie einen Fehler gemacht haben. Es war nicht Annet. So konnte es nicht gewesen sein!«

Trotz seiner lauten Proteste wußte er genau, daß es so gewesen war. Ihr verbissenes Schweigen, ihre Entschlossenheit, jedem Druck standzuhalten und ihre Sünden hartnäckig zu leugnen, um ihren Partner zu schützen, ihr leidenschaftlicher Aufschrei, als sie gezwungen war, eine Sünde zur Kenntnis zu nehmen und sich ihr zu stellen, von der sie nichts gewußt hatte, ihr Rückzug in einen todesähnlichen Zustand und der Ring am Samtband um ihren Hals ...

Der alte Mann wimmerte leise vor sich hin. Ohne es zu merken, ließ er den Tränen freien Lauf, die ihm über das aschfahle verzweifelte Gesicht rannen.

»Es war nicht gut genug, das ist alles. Unser Bestes war nicht gut genug. Was haben wir falsch gemacht? Bin ich schuld? Ich habe nie viel Einfluß gehabt, wissen Sie. Bei niemandem. Manchmal war ich nicht in der Lage, mit den Kindern in der Schule fertig zu werden. Das haben die natürlich gemerkt«, sagte er traurig. »Die wissen genau, wer ihnen gewachsen ist und wer nicht. Ich habe nie rausgekriegt, wie man das schafft. Aber bei Annet versagt zu haben, das ist bitter! Sogar bei ihr habe ich versagt!«

»Unsinn, Sie haben doch nicht ständig versagt! Das dürfen Sie nicht denken. Wozu sollte das gut sein? Das beste Mädchen der Welt kann sein Herz an einen schlechten Kerl verlieren. Das passiert doch oft, wie wir wissen. Das ist doch nicht Ihre Schuld.«

Tom sprach in freundlichem und vernünftigem Ton. Er staunte über sich selbst. Am besten, er würde den alten Mann mit Whisky abfüllen und ihn dann ins Bett schaffen. Dann würde er endlich still sein. Aber vermutlich würde ihm schlecht werden, und er würde dann das Bett vollkotzen. Nein, das Risiko war zu groß. Laß ihn weiterreden, dachte Tom. Wenn es ihm half, hatte wenigstens einer etwas davon.

Mit schwerer Zunge wanderte Beck weiter auf dem langen Weg der Geständnisse. Wie Meilensteine setzte er seine Unzulänglichkeiten. »Aber warum sollte ich auch bei ihr Erfolg haben? Sie wissen das nicht, Tom . . ., das über Annet. Ich hab' es Ihnen nie erzählt. Wir haben es niemandem erzählt. Das ist nicht etwas, das man seinen Freunden schreibt . . .«

Er lachte kurz auf, weinte aber weiter. Vielleicht wirkte der Whisky bald, und er würde umkippen. Tom rüttelte ihn behutsam am Arm. »Ist schon gut. Sie brauchen es mir nicht zu erzählen. Warten Sie bis morgen. Vielleicht sieht dann alles anders aus, und sie haben das richtige Mädchen gefunden.«

»Das haben sie schon gefunden«, sagte Beck mit schrecklicher Klarheit und packte Tom am Arm. »Ich will es Ihnen sagen. Es geht mir schon so lange im Kopf rum. Ich muß es jemandem erzählen. Sie ist nicht meine Tochter, müssen Sie wissen. Alles wäre vielleicht ganz anders geworden, wenn sie es wäre. Ich habe sie nie verstanden und hatte nie Einfluß auf sie. Ich hatte immer Angst und habe mich geschämt, weil ich nicht mal eine Tochter zustande gebracht habe.«

Er sank an Toms Schulter und blieb dort – beinahe dankbar – liegen. Mein Gott, was soll ich jetzt bloß sagen? dachte Tom. Was kann ich sagen? »Sie haben ein bißchen viel getrunken. Gehen Sie lieber ins Bett und ruhen Sie sich aus. Das haben Sie nicht ernst gemeint. Alle Eltern haben früher oder später solche Zweifel. Das ist eben das Risiko der Vaterschaft.«

Seine Stimme klang hohl, falsch – wie die eines Menschen mit insgeheimen schrecklichen Schmerzen. Er stand abrupt auf, um diese unglaubliche Party abzubrechen. Beck klammerte sich an ihn. Tom machte sich frei und legte ihn gegen die Armlehne, um ihn richtig in den Griff zu bekommen. Beck gehorchte. Wann hatte er nicht gehorcht und nachgegeben, wenn jemand ihn herumschubste oder herumzerrte? Dabei redete er jedoch gnadenlos weiter und füllte den Raum und die leere Eingangshalle mit seinem Kummer und seinem Schmerz.

»Sie glauben mir nicht. Aber es stimmt. *Meine Frau hat es mir gesagt.* Sie hatte lange genug gewartet, um von mir ein Kind zu empfangen. Am Ende bekam sie, was sie wollte. Sie hat mir nie verraten, von wem. Sie sagte, das ginge mich nichts an. Ich konnte ihr nicht helfen. Das nimmt sie mir heute noch übel.«

Irgendwie schaffte Tom es, ihn die Treppe hinauf ins Schlafzimmer zu schleppen. Dort überließ er ihn seinem Schicksal. Ihm war schlecht vor Ekel und Mitleid. Er wusch sich Becks Schande mit kaltem Wasser vom Gesicht ab. Er hatte das Gefühl, sich gleich übergeben zu müssen, aber er hatte nicht genug Whisky getrunken. Vielleicht sollte er nach unten gehen und sich sinnlos betrinken. Das war eine Möglichkeit, sich für eine gewisse Zeit abzuschotten.

War es wahr? Hatte sie das tatsächlich zu ihrem Mann

gesagt? Möglich wäre es. Sie war eine Frau, die unter Druck so etwas tat, und er war der Mann, der sich das gefallen ließ. Beck war so leicht zu treten, daß man letztendlich nichts anderes tun konnte, als ihn ein für allemal zu zertreten. Aber selbst wenn sie das zu ihm gesagt hätte, mußte es doch nicht unbedingt wahr sein. Vielleicht war es nur Ausdruck von Haß oder von Grausamkeit gewesen, die sich durch die bittere Enttäuschung im Laufe der Ehe angestaut hatten?

Tom hörte im Geist noch einmal die schrecklichen Sätze, die er nicht hatte hören wollen und die er jetzt nicht vergessen konnte. Er konnte nicht entscheiden, was davon wahr war, und was nicht, auch nicht, wenn es um sein Leben gegangen wäre.

Annet war der einzig stichhaltige Beweis. Hatte sie in ihrer klaren, in sich selbst ruhenden Würde etwas von Beck? Wenn sie anders war und das der Grund für die Entfremdung zwischen den Becks war, war es durchaus vorstellbar, daß sie umherirrte und sich ihren eigenen Weg in der Wüste suchte, ohne von irgend jemandem Hilfe zu erbitten. Und wenn sie es wußte ...? Wie konnte sie es wissen? Niemand konnte so unmenschlich sein, so wahnwitzig egoistisch, es ihr zu erzählen. Aber *wenn* sie es wußte ...?

Und er konnte nichts für sie tun. Nichts, um ihr zu helfen oder sie zu trösten. Nichts, gar nichts, um sie auf seine Existenz aufmerksam zu machen.

6

Sie stiegen in der frischen Morgenluft bei Sonne vom Hallowmount herab. Auf der Straße trennten sie sich. Tom fuhr in die Schule, George nach Süden, in das weitläufige Abbot's Bale in dem langen kahlen Tal von Middlehope.

Er hatte noch eine Stunde Zeit, bis er den Arzt würde

anrufen können, um dessen Urteil über Annet zu erfahren. Wenn er heute nach Fairford fuhr, mußte er einen Constable und einen Sergeant mitnehmen. Inzwischen konnte er sich den möglichen Fluchtweg und dessen strategische Möglichkeiten ansehen. Vielleicht bekäme er bei den Tankstellen oder von den Einheimischen wertvolle Beweise. Annet war solch eine auffällige Erscheinung, daß man sie auch auf einem Motorrad (wahrscheinlich frisiert, ohne Schalldämpfer, mit Vollgas gefahren) nicht übersehen konnte. Falls sie an einer Tankstelle haltgemacht hatten, die keine weibliche Bedienung hatte, würde sich jeder normale junge Mann an sie erinnern. Irgend jemand würde sich gewiß erinnern.

»Miss Myra Gibbons erstattet also immer Bericht?« sagte George skeptisch. Tom hatte ihm etwas von Becks Bekenntnissen am Vorabend erzählt, selbstverständlich nichts über Annets Herkunft. Abgesehen von einem ausgesprochenen Notfall wäre es einzig und allein Becks Sache, jemanden darüber ins Vertrauen zu ziehen.

»Vermutlich waren ihre Berichte nicht so vollständig, wie der Vater glaubt. Ich wette, daß ich ein oder zwei Dinge weiß, von denen die Eltern keine Ahnung haben. Zum Beispiel mußten mehrere Polizisten in Uniform bei einem Tanz am Samstagabend eine erstklassige Schlägerei verhindern, die wegen Annet auszubrechen drohte. War aber nicht ihre Schuld. Es sei denn, man wollte Annet ihr Aussehen ankreiden. Eine Handvoll der örtlichen Motorradgang ist zehn vor zehn in den Tanzsaal gekommen – gerade rechtzeitig, um das Eintrittsverbot nach zweiundzwanzig Uhr zu unterlaufen. Diese Burschen haben ein Auge für hübsche Mädchen und glauben, jede Schönheit müsse automatisch auch für sie eine Schwäche haben. Annet hat nichts weiter getan, als mit dem Anführer zu tanzen, nachdem er sie aufgefordert hatte. Aber ihr Begleiter erhob Einwände, als der Typ sie nochmals aufforderte. Es gab schon öfter Zusammenstöße, aber keine so ernsten. O ja,

Annet steckt die Herzen der angesehenen und ultra-angesehenen Männer in Brand.«

»Hatte der Bursche, der sie da bedrängt hat, ein Motorrad?« fragte Tom hoffnungsvoll. »Die meisten dieser Angeber, die nur um den Block fahren, haben doch starke Maschinen, viele Fünfhunderter. Was ich nicht kapiere, ist, daß sie damit offenbar nie irgendwohin fahren – immer nur um den Block.«

»Oh, das stimmt nicht ganz. Jetzt fahren sie eine dreiviertel Meile zwischen ihrem Lieblingsbalzplatz an der Ecke des Platzes bis zum Rainbow-Café am Stadtrand hin und her.« George dachte kurz nach. »Einer oder zwei sind vielleicht wagemutig genug, bis nach Birmingham zu düsen. Nicht mehr als zwei fahren vielleicht noch weiter. Aber mehr als zwei sind das bestimmt nicht. Und einer dieser beiden ist der Bursche, der sich beim Tanz in Annet verliebt hatte.« George schob sich auf den Fahrersitz seines fast neuen MGs. »Und er arbeitet bei einer Abschleppfirma in Abbot's Bale.«

»Ach, wirklich?« Tom war freudig überrascht. Als Lehrer lag ihm natürlich daran, daß die Jagd möglichst weit von seiner Schule wegführte. Keiner von seinen Schülern! Einer dieser Halbstarken in schwarzem Leder, die geborenen Sündenböcke! Aber konnte eine derartig enge Bindung bei einem Tanz entstehen, ohne spätere Treffen unter vier Augen? Möglich wäre es, doch höchst unwahrscheinlich. Der Bursche hatte Annet nie nach Hause gebracht. Sie war immer mit Myra gekommen. Oder vermuteten ihre Eltern das nur?

»Aber eigentlich ist es doch wahrscheinlicher, daß es jemand aus Birmingham war, der sie hier abgeholt hat«, sagte Tom. »Den würde man hier nicht kennen.«

»Wenn Annet die gesamte Planung übernommen und ihm den Weg zu der Stelle genau beschrieben hat, wo er sie abholen sollte, ist das durchaus möglich«, pflichtete George ihm bei.

Tom nickte. Annet verstand es, Anordnungen zu geben,

und sie war so leidenschaftlich, daß es für zwei reichte, falls ihr Partner schwächer war. »Wir arbeiten ohnehin an beiden Enden«, sagte George. »Strenggenommen ist es ein Fall der Polizei in Birmingham, nicht unserer.«

Er drehte den Zündschlüssel, als Tom ihn noch schnell fragte: »Sie haben Ihren Sohn doch nicht gefragt, warum ich die beiden Jungen verhört habe, oder?«

Tom war froh, daß er sich diese peinliche Geschichte von der Seele geredet hatte, wollte aber nicht, daß Dominic davon erführe. Bis jetzt war noch nichts über Annet an die Öffentlichkeit gedrungen. Und das würde auch nicht geschehen, wenn sie alle notwendigen Informationen auf andere Weise beschaffen konnten. Und sicher – ganz sicher – würde sie heute morgen sprechen, um sich zu retten. Es wäre übermenschlich, weiterhin zu schweigen. Angenommen, sie erzählte alles und zeigte sich kooperativ und es würde sich herausstellen, daß sie über das Verbrechen nichts hatte wissen können, dann konnte man ihre Rolle zwar nicht völlig unter den Tisch fallen lassen, aber zumindest so herunterspielen, daß ihr Name niemals in den Schlagzeilen erscheinen würde.

»Ich habe ihn wegen des Wochenendes befragt«, sagte George. »Er hat mir das gleiche erzählt wie Ihnen.« Seine Augen verrieten nicht, ob er seinem Sohn glaubte. Ein Lächeln huschte über sein Gesicht. »Ich hatte ihm nicht gesagt, daß ich ein ernstes Motiv hätte, ihn zu fragen. Ich habe ihm auch nicht gesagt, daß Sie mir den Tip gegeben haben – wenn auch unabsichtlich. Aber ich nehme an, er riecht den Braten.«

»Hat er etwas gesagt, das Sie zu dieser Annahme berechtigt?«

George lächelte wieder. In Wahrheit hatte Dominic ziemlich wütend gesagt: »Was geht das Tom, diesen Teufel, an?« Aber das mußte er ja nicht ausposaunen. »Mein Daumen hat gejuckt, das ist alles«, hatte er seinem Sohn geantwortet. Jetzt ließ er den Motor an. »Bis bald, Tom. Und danke.«

George fuhr um die Flanke des Hallowmount nach Süden, vorbei an der Abzweigung nach Wastfield, vorbei an den neuen Schonungen, zum langgestreckten Fuß des Berges, der sich so weit hinzog, daß man eine Straße darauf angelegt hatte. Ja, wenn der Junge schnell nach Hause hatte zurückfahren müssen, war es denkbar, daß er diesen weiten Umweg vermeiden wollte und Annet deshalb an der Stelle abgesetzt hatte, wo er sie abgeholt hatte. Und danach war sie zu Fuß über den Berg nach Hause gegangen. Aber warum hatte er sie nicht einfach an der Bushaltestelle abgesetzt? Sie hätte mit dem Bus ins Dorf fahren können, als wäre sie aus dem Kino gekommen. Wer hätte sich etwas dabei gedacht, wenn er sie abends im Bus gesehen hätte? Vielleicht hätte das sogar jeden entwaffnet, der mit Vergnügen einen neuen Skandal gewittert zu haben glaubte. Aber bei einem Verbrechen mußte die Hälfte aller »Warums« ohne zu große Ansprüche an die Logik beantwortet werden. Selbst im günstigsten Fall besteht der Mensch ja nicht ausschließlich aus Vernunft und Folgerichtigkeit. Und wenn er jemand umgebracht hat, schon gar nicht.

Es blieb ihm nur noch Zeit, nach Abbot's Bale zu fahren und einen kurzen Blick auf die Straße zu werfen, die zu dem Tor führte, hinter dem der Feldweg durchs Moor und zum Hallowmount begann. Unterwegs könnte er noch ein Wort mit dem alten Hopton wechseln, der um diese Zeit mit Sicherheit in der Tankstelle werkelte. Hopton war ein eigensinniger älterer Mann, der meist ein finsteres Gesicht machte und niemanden lange anschaute. Aber er war einer der wenigen Menschen, bei denen George und der Bewährungshelfer ihre schwierigsten und auch gefährlichsten Jugendlichen unterbringen konnten, und das mit gutem Gewissen und Zuversicht. Wenn ein Jugendlicher hier scheiterte, konnte man ihn praktisch abschreiben. Einige schafften es nicht. Im zwanzigsten Jahrhundert gab es genug von denen, daß man den Glauben an die Menschheit verlieren konnte. Aber viele faßten –

entgegen allen Erwartungen – wieder festen Fuß, und das machte Mut und Hoffnung.

George erkundigte sich nach dem letzten Schützling, als Hopton mit dem Leder quietschend die Windschutzscheibe trockenrieb. Hopton meinte, der Bursche sei ein fauler und frecher Schlägertyp mit einer Unmenge von Problemen. Aber er wäre zuversichtlich, daß sich das einigermaßen auswachsen würde. George faßte diesen Bericht zu Recht als viel günstiger auf, als er klang, und kam nun auf die Angelegenheit, die ihm am Herzen lag.

»Haben Sie in letzter Zeit den jungen Geoff Westcott gesehen? Er fährt immer noch für Lowther's, oder?«

»Ich höre ihn mehr, als ich ihn sehe. Manchmal donnert er am Wochenende her, um zu tanken. Ja, er arbeitet noch da. Ist ein guter Lastwagenfahrer. Schade, daß er seine guten Manieren im Führerhaus läßt, wenn er mit der Arbeit fertig ist. Seine Dreihundertfünfziger fährt er wie der Teufel.«

»Hat er voriges Wochenende auch getankt?« fragte George.

»Hab' ihn nicht gesehen. Warum? Liegt was gegen ihn vor?« Hopton kniff die listigen Augen zusammen und blickte George erwartungsvoll an. »Wenn ich es mir recht überlege, habe ich ihn seit letztem Donnerstag nicht mehr gesehen.«

»Er ist sauber, soweit ich weiß«, antwortete George. »Wann am Donnerstag? Es geht um ein Motorrad, nicht speziell um ihn. Ich will nur die Namen von der Liste streichen, die nicht in Frage kommen.«

»Er war nachmittags hier. Ich erinnere mich, daß der junge Sid ihn gefragt hat, was er während der Arbeitszeit hier zu suchen habe. Er meinte, er hätte noch drei Tage Resturlaub vom Sommer und wollte die ausnutzen, ehe das Wetter umschlägt.«

George hörte diese Antwort mit zufriedenem Prickeln der Kopfhaut. Er holte aus der Brieftasche einen noch kaum trockenen Abzug von Annets Foto, den der Polizeifotograf gemacht hatte.

»Und welchem armen Mädchen gibt er zur Zeit einen Korb, um ein neues armes Mädchen aufzureißen?«

»Mann, da sind Sie auf dem Holzweg«, bemerkte Hopton trocken. »Heutzutage gibt es nicht mehr so viel Mädels wie früher. Jetzt bekommen die Männer die Körbe, sogar die mit Dreihundertfünfzigern. Und wenn ihnen das nicht paßt, können sie sich begraben lassen. Heute ist einer froh, wenn ein Mädchen fest mit ihm gehen will. Keiner traut sich mehr, die alten Tricks auszuspielen; denn sonst sitzt er auf dem trockenen.«

»Wollen Sie mir etwa sagen, daß der junge Geoff eine feste Freundin hat?«

»Allerdings! Ich würde es nicht wagen, Martha Blount etwas anderes als eine feste Freundin zu nennen, Sie etwa?«

»O nein!« beteuerte George. »Das würde ich nicht.« Wenn Martha Blount heiraten wollte, würde sie keine Zeit verschwenden. Auch dreihundert Jahre nach Tabbys Ausflug ins Feenreich gab es immer noch Blounts im Umkreis des Hallowmount. »Und wie lange geht das schon?«

»Ein paar Wochen. Aber jetzt scheint es dauerhaft zu werden.«

»Haben Sie ihn jemals mit diesem Mädel gesehen? Vorher oder nachher?« George hielt ihm das Foto hin und setzte das ernste, verschlossene Gesicht mit den großen offenen Augen auf, die eine derartig alltägliche Bezeichnung wie eine Entweihung klingen ließen.

»Ach *die*! Ja, die kenne ich. Das ist die Tochter von dem alten Schulmeister, oben im anderen Tal. Er war der Lehrer meines Neffen. Die Schüler haben ihn beinahe an die Decke getrieben, ehe er aufgehört hat und nach Fairford gezogen ist. – Das Mädel ist eine richtige Schönheit«, meinte er und beugte den Kopf über Annets Foto, um sie aus der Nähe zu bewundern. »Nein, mit *der* habe ich Geoff Westcott nie gesehen. Das hätte mich auch gewundert.«

Nein, natürlich hätte es keiner der Burschen gewagt, gegen das zu verstoßen, was im Dorf für normal und richtig gehalten wurde, selbst wenn sie nicht dieser Meinung waren. Trotzdem hatte er fragen müssen.

»Wäre was anderes, wenn Sie nach *dem* gefragt hätten«, sagte Hopton und nickte zur Straße hin.

Vor dem einzigen Haushaltswarengeschäft im Ort stellte ein junger Mann gerade ein schweres Motorrad auf dem Gehsteig ab und ging dann in den Laden. Seine Lederjacke war eher praktisch als modisch. Er war hochgewachsen, mit dunklem Teint, ungefähr fünfundzwanzig, kaum älter, eher jünger. Sein dunkelbraunes Haar war kurz geschnitten und gepflegt. Sein Gang wirkte selbstsicher, doch nicht so verkrampft wie bei vielen Jugendlichen. Sein Gesicht war auffällig, dunkelhäutig wie ein Zigeuner, mit einem stolzen, geschwungenen sensiblen Mund. Er blieb nur eine Minute im Geschäft. Offenbar holte er nur etwas ab, das er bestellt hatte und das für ihn bereit lag: irgendwelche Werkzeuge. Als er das nur zur Hälfte eingewickelte Bündel in der Satteltasche verstaute, glänzte Metall auf. Lässig schwang er sich in den Sattel. Sein Körper wurde vom Kopf bis in die Zehen lebendig, als er auf den Starter trat. Dann brauste er auf der einzigen Straße des Ortes davon. In wenigen Augenblicken war er verschwunden.

»*Den* habe ich oft mit ihr gesehen«, sagte Hopton, als sei das das Normalste von der Welt.

»Ach ja? Und wer ist das? Ich kenne ihn nicht.«

»Heißt Stockwood. Gehört nach oben. Wenn er im Bentley am Steuer sitzt, kann er kein Wässerchen trüben. Aber setze ihn auf eine von den BSAs, mit denen sie auf die Farmen und die Schonungen fahren, und ihm wachsen Hörner. Er kümmert sich aber um die Maschinen, das muß ich zugeben. Ab und zu lassen sie die hier warten – die werden ja auch ziemlich hart rangenommen auf dem großen Besitz, da sieht man, ob eine Maschine gepflegt ist oder nicht.«

Langsam dämmerte es George. »Wollen Sie mir sagen, daß das Mrs. Blacklocks Chauffeur ist? Seit wann? Das war doch immer so ein dünner grauhaariger Bursche. Er hieß Braidie.«

»Ist vor ungefähr drei Monaten in Pension gegangen. Dann ist dieser Stockwood gekommen. Ich habe oft gesehen, wie *er* das Beck-Mädel nach Hause gefahren hat.«

Nachdenklich blickte George der dünnen Staubwolke nach, die der Motorradfahrer aufgewirbelt hatte. Also das war die zuverlässige menschliche Maschine, die Annet vor unerwünschten Begegnungen schützte, indem sie sie regelmäßig nach Hause fuhr. Reines Glück, daß er den jungen Mann gleich beim ersten Mal nicht im Auto, sondern auf einem der schweren Motorräder gesehen hatte, die sich die Blacklocks für die Arbeit auf ihrem Besitz hielten; denn normalerweise trug der Chauffeur immer eine Livree. Chauffeure sind anonym, automatisch, unsichtbar. Aber dieser junge Mann wirkte ausgesprochen lebendig und individuell. War es so unmöglich, daß Annet – überrascht, anstelle des alten, vertrauten Braidie plötzlich den jungen Stockwood zu sehen – auf den Heimfahrten im Bentley mehr den Mann als den Chauffeur gesehen hatte?

»Na schön«, sagte George, »brechen wir ab. Es hat keinen Sinn, weiterzumachen. Lassen Sie mich mit ihr allein.«

Er stand auf und ging zum Fenster des Wohnzimmers und blickte wie durch einen Nebelschleier hinaus, als hätte er eine Brille getragen, deren Gläser durch die Anstrengung beschlagen waren. Schweiß lief ihm langsam zwischen den Schulterblättern über den Rücken. Wer hätte gedacht, daß sie die Kraft hatte, so unerbittlich Widerstand zu leisten? Sie wehrte sich gegen besorgte Freundlichkeit so heftig wie gegen Vorhaltungen. Dabei sah sie so zart aus, daß man glauben konnte, sie würde einem unter den Händen zerbrechen. Doch anscheinend war sie unzerstörbar und unerschütterlich.

Er hörte, wie Price mit seinem Notizblock, auf dem nur die Liste der unbeantworteten Fragen stand, hinausging. Sergeant Grocott folgte ihm und schloß leise die Tür. Mrs. Beck hatte sich von ihrem Stuhl neben der Couch nicht erhoben.

»Allein«, wiederholte George scharf.

»Ich habe das Recht dabeizusein. Annet ist meine Tochter. Wenn sie mich hier haben will ...«

»Fragen Sie sie«, sagte George, ohne sich umzudrehen, »ob sie will, daß Sie bleiben.«

»Schon gut, Mutter«, sagte Annet und brach zum dritten Mal in zwei Stunden ihr Schweigen. Vorher hatte sie »guten Morgen« gesagt und einmal »Tut mir leid«. Danach allerdings nichts mehr. Und jetzt: »Bitte! Mr. Felse hat das Recht dazu. Und mir ist es egal!«

Der Stuhl quietschte über den Parkettboden. Mrs. Beck zog sich zurück. Mit kaltem Klicken fiel die Tür ins Schloß. George und Annet waren allein im Zimmer.

Er zog einen Stuhl dicht vor die Couch, auf die man sie fürsorglich gebettet hatte. Bestimmt hatte Mrs. Beck dieses Stilleben so sorgfältig arrangiert, um ihn zu entwaffnen und ihm ein schlechtes Gewissen zu suggerieren, falls er ihre Tochter wieder schikanierte. Er bezweifelte, daß Annet das überhaupt bemerkt hatte. Stumm, blaß und in sich zurückgezogen lag sie da. Die Schmerzfalte auf der Stirn verriet ihm, daß sie unter einem Problem litt, bei dessen Lösung ihr niemand helfen konnte. Sie blickte ihn an, entzog sich ihm jedoch gleichzeitig, als sähe sie ihn aus unendlich weiter Ferne, doch besonders deutlich. Nachdem man ihr den Phantasietrauring genommen hatte, klammerte sie sich an ihr Schweigen und schwieg nun ganz.

»Annet, hören Sie. Wir wissen, daß Sie dort waren. Die

beiden Zeugen haben Sie eindeutig identifiziert. Und Ihr Ring stammt aus dem Geschäft des Toten. Das alles sind unbestreitbare Tatsachen. Wir wissen ferner, daß ein Mann bei Ihnen war. Wir wissen, daß Sie an der Ecke auf ihn gewartet haben. Wir kennen die genaue Uhrzeit. Sie paßt zu dem von den Medizinern angenommenen Todeszeitpunkt des alten Mannes. Ein harmloser alter Mann, der Ihnen nie etwas getan hat, der Sie nicht einmal kannte. Der seinen Mörder nie zuvor gesehen hatte. Ein zufälliges Opfer, weil die Zeit stimmte und die Straße leer war. Er hatte gerade Kasse gemacht. Ein schneller Profit. Was zählt da schon ein Leben? So sind Sie nicht, Annet. Ich weiß, die Gesellschaft ist oft geistlos und kritisiert gern und irrt sich häufig. Ich weiß, ihre Werte sind nicht immer die höchsten. Aber wenn Sie von diesem Niveau abweichen wollen, dann bestimmt nicht nach unten. Sie können jetzt nur noch etwas dazu tun, um sich auf die richtige Seite zu stellen. Sie müssen mir sagen, was passiert ist. Erzählen Sie mir die ganze Geschichte.«

Mit großen Augen schüttelte sie den Kopf, schaute ihn jedoch weiter an. Sie ließ es zu, daß er ihre Hände nahm und drückte. Ihre Finger schienen den Druck sogar leicht zu erwidern. Aber sie sagte kein Wort.

»Muß ich sie Ihnen also erzählen? Ich glaube, daß ich dazu imstande bin, und zwar ziemlich genau: Sie sind gemeinsam an dem Geschäft vorbeigegangen. Vielleicht hat der alte Mann gerade das Gitter runtergezogen, um zu schließen. Ihr Begleiter blieb plötzlich stehen und bat Sie zu warten. Wahrscheinlich waren Sie überrascht. Wahrscheinlich wollten Sie mit ihm gehen, aber er ließ es nicht zu. Er ließ Sie an der Ecke warten, damit Sie weder hören noch sehen konnten, was er beabsichtigte. Ihnen hat er gesagt, er wollte ein Geschenk für Sie kaufen, es sollte eine Überraschung sein. Sie haben getan, was er wollte, weil Sie nichts anderes in der Welt wollten, als seine Wünsche zu erfüllen und ihm nie etwas abzuschlagen. Vielleicht plante er zu diesem Zeitpunkt nur einen Raub und wollte nicht so kräftig zuschlagen. Aber beim ersten Mal werden die Burschen, wenn sie Angst haben, oft gewalttätig.«

Die Hände, die er in seinen hielt, wehrten sich kurz gegen ihre Gefangenschaft. Annets Gesicht zuckte, war aber gleich wieder starr.

»Ich weiß«, sagte George, dem vor Mitleid ganz schlecht war. »Aber ich habe Ihnen doch gesagt, daß man Ihnen an alledem keine Schuld geben kann. Ihr Vergehen ist, daß Sie ihn lieben. Aber das passiert eben. Wer kann Ihnen das vorwerfen? Ich bin überzeugt, daß Sie weder von dem Raub noch von dem Mord etwas wußten, bis ich Sie gestern abend damit überrumpelt habe. Er kam zurück und gab Ihnen den Ring. Sie waren darüber so begeistert – ein Geschenk, ein Versprechen, eine Art privates Sakrament –, daß Sie nicht darauf geachtet haben, ob er aufgeregt oder durcheinander war. Er ist schnell mit Ihnen weggegangen. Alles, was Sie wußten, war, daß er Ihnen ganz impulsiv – aus einer sentimentalen Regung heraus – einen Trauring gekauft hatte, obwohl er sich den eigentlich nicht leisten konnte. Was für eine verrückte liebenswerte Geste! Aber er ließ Jacob Worrall tot oder sterbend in der Werkstatt liegen, schaltete das Licht aus und zog das Sperrgitter vor der Tür herunter. Und niemand hat ihn gesehen. Niemand weiß, wer er ist. Niemand außer Ihnen, Annet.«

So weit war er gekommen, als er sah, daß sie weinte. Über ihr starres Gesicht flossen stille Tränen der Verzweiflung. Sie schluchzte nicht, sondern lag still da und überließ sich dem Schmerz – in dem Bewußtsein, daß alle Bewegungen und Laute ja sinnlos wären.

»Sie sehen doch sicher ein, daß es für Sie – und letztendlich auch für ihn – das beste ist, wenn Sie mir jetzt die ganze Geschichte erzählen. Wer ist er, Ihr junger Mann? Ja, er liebt Sie sehr – das weiß ich. Er wollte mit Ihnen zusammensein und Ihnen schöne Dinge schenken, weil er Sie liebt. Er wollte mehr als nur ein gestohlenes Wochenende. Er wollte für immer mit Ihnen fortgehen. Aber er hatte kein Geld, um das zu tun. Also mußte er sich Geld beschaffen. Er ergriff die – wie er dachte – günstige Gelegenheit. Aber überlegen Sie mal, wie er sich jetzt fühlen muß, Annet. Glauben Sie, daß es ein beneidenswerter Zustand ist, ein Mörder zu sein? Nicht einmal dann, wenn man nicht erwischt wird. Denken Sie mal darüber nach, Annet!«

Vielleicht dachte sie nach, als sie ihn mit großen Augen anblickte. Ob sie sich dessen bewußt war, daß die Tränen ihr übers Gesicht strömten? Sie sagte nichts. Sie hörte zu, und sie verstand ihn. Zweifellos bestand zwischen ihnen eine Kommunikation, aber die war immer noch einseitig. Er schaffte es einfach nicht, sie zum Sprechen zu bringen.

»Wenn Sie ihn lieben«, sagte George sehr behutsam, »und ich glaube, das tun Sie, dann wollen Sie doch sein Bestes und ihn vor dem Schlimmsten bewahren. Und eine Verurteilung – sogar der Tod – ist nicht unbedingt das Schlimmste, wissen Sie.«

Das Wort traf sie wie ein vergifteter Pfeil. Sie zuckte zusammen, aber sie hatte sich sofort wieder gefaßt.

»Ich lüge Sie nicht an. Mord ist ein Kapitalverbrechen – das wissen wir beide. Vielleicht kommt es auch nicht zum Äußersten, aber die Möglichkeit besteht natürlich. Aber selbst dann, Annet. Wenn ich Sie wäre, würde ich lieber bezahlen als weglaufen. Sie können ihn vor dem Mord nicht mehr schützen, aber Sie können ihm die ständigen Erinnerungen, das Verstecken, die Flucht ersparen, daß er nicht mehr jede Nacht mit dem Toten einschlafen und jeden Morgen mit ihm aufstehen muß ...«

Immer noch bewahrte sie ihr Schweigen – soviel davon noch übrig war. Aber plötzlich setzte sie sich auf und legte den Kopf an Georges Schulter. Dann wurde sie schlaff, die tränennasse Wange gegen seine Brust gepreßt. Er legte den Arm um sie und hielt sie fest. Das Mitleid und die Achtung, die er für sie empfand, machten es ihm unmöglich, jetzt weiter in sie zu dringen.

Endlich löste sie sich von ihm und stieß einen Seufzer aus, der aus dem Innersten kam. Sie schaute zu ihm auf und sagte leise, aber eindringlich: »Lassen Sie mich in Ruhe! Ziehen Sie Ihren Mann vom Haus ab, und lassen Sie mich in Ruhe.«

»Annet, das kann ich nicht.«

»Bitte! Bitte! Schicken Sie ihn weg, und lassen Sie mich allein. Sagen Sie Ihren Leuten, sie sollen mich nicht mehr bewachen. Wenn Sie wollten, könnten Sie das tun.«

»Nein«, sagte George mit schwerem Herzen. »Das ist unmöglich.«

Sie wendete das Gesicht ab. Das Schweigen legte sich wie eine unsichtbare Rüstung um sie, die er nicht durchdringen konnte. Langsam stand er auf und blickte traurig auf sie hinunter.

»Ihnen ist doch klar, Annet, daß wir – wenn Sie uns die Information, die wir brauchen, nicht geben – uns die woanders beschaffen müssen. Bis jetzt haben wir Sie aus der Presse rausgehalten, aber wenn Sie uns nicht helfen, müssen wir Ihren Namen und Ihr Foto veröffentlichen. Es werden sich Leute melden, die Sie während des Wochenendes gesehen haben. Es muß jemand geben, der weiß, wo Sie die Nächte in Birmingham verbracht haben. Die Zeit drängt. Ich kann Sie nicht länger schonen. Das verstehen Sie doch, oder?«

Sie nickte. In ihrem von ihm abgewandten Gesicht zuckte es kurz auf, aber sie erhob keinen Protest.

»Ich bitte Sie noch einmal, damit das alles nicht nötig ist: Reden Sie! Dann müssen wir Sie nicht an den Pranger stellen.«

»Nein«, erklärte Annet entschieden. Dann fügte sie gleichmütig hinzu: »Es ist doch egal.« Er verstand, daß sie jede Schonung für sich ablehnte und ihm das Recht zuerkannte, seine Pflicht zu tun. Ja, mit der ihr eigenen Art tröstete sie ihn sogar.

Müde drehte er sich um und ging wortlos hinaus. Er konnte Tränen von ihr bekommen; er konnte Wärme von ihr bekommen – aber keine Aussage. Warum sollte er diese sinnlose Belagerung fortsetzen? Aber er war sicher, daß er noch einmal herkommen würde, ehe der Tag vorbei wäre. Er konnte sie doch nicht sich selbst überlassen, damit sie sich zerstörte!

»Ich lasse einen Mann als Wache hier«, teilte er Beck in der Eingangshalle mit. »Und als zusätzliche Vorsichtsmaßnahme würde ich gern eine Polizistin bei Annet im Haus postieren. Es ist zu ihrem Schutz, das ist Ihnen doch klar, oder? Sorgen Sie dafür, daß immer jemand bei ihr ist. Lassen Sie sie nicht aus den Augen. Und lassen Sie außer der Polizei niemand zu ihr.«

Er wollte Annet nicht verlieren, wenn er es verhindern konnte, auch wenn sie sich willig als Opferlamm anbot. Lassen Sie mich in Ruhe! George zog sich den Mantel an und fuhr los, um den Chef der Kriminalpolizei von seinem Mißerfolg zu unterrichten.

»Wollen Sie, daß sie verhaftet wird – oder nicht?« fragte der Detective-Superintendent Duckett, noch ehe George seinen Bericht beendet hatte. »Ich habe den Eindruck, Sie können sich nicht entscheiden. Wenn es mein Mädchen wäre, würde ich sie schnellstens hinter Gitter bringen und erleichtert aufatmen. Und ich würde dafür sorgen, daß sie aus dem Verkehr gezogen ist, ehe die Abendzeitungen um ein Uhr auf die Straßen kommen. Das wär's.«

»Stimmt«, sagte George mürrisch. »Wir kriegen nichts aus ihr raus, und wir können es uns nicht leisten, den heutigen Tag zu verlieren. Ich habe sie gewarnt. Sie weiß, was ihr blühen kann. Aber trotzdem tragen wir die Verantwortung.«

»Also, ich sehe nicht, wie ihr etwas passieren könnte. Sie

haben unsere beste Polizistin bei ihr im Haus postiert und Lockyer als Wache draußen.«

Trotz allem, sie hatten den Rubikon überschritten, ein Zurück gab es nicht mehr. Dessen waren sie sich bewußt. Sobald die »Evening News« auf die Straßen kämen, würde die ganze Welt wissen, daß man annahm, Annet Beck werde in der Lage sein, der Polizei bei der Aufklärung des Mords in der Bloome Street zu helfen, und daß sie von Zeugen in der Nähe des Tatorts gesehen worden sei und daß man weitere Zeugen suchte, die etwas über ihren Aufenthalt in Birmingham wüßten. Falls jemand den Namen nicht kannte, würde die Zeitung auch ein Foto von Annet bringen.

»Nein«, sagte George, »ich will sie nicht verhaften. Ich gebe zu, daß ich an diesen leichten Ausweg gedacht habe. Damit wäre sie seinem Zugriff entzogen. Vielleicht hat er nicht viel Vertrauen, daß sie schweigt. Auch wenn ich sicher bin, daß er das Verbrechen für sie begangen hat, dürfte er jetzt nur daran denken, die eigene Haut zu retten. Er muß jetzt schon ziemlich fertig sein. Wenn er die Zeitung sieht, bekommt er Todesangst. Aber das Foto ist drin. Ich will sie nicht verhaften, weil ich von ihrer Unschuld überzeugt bin, abgesehen von ihrer verdammten Loyalität nach der Tat.«

»Nun, dann wollen wir hoffen, daß sich auf das Foto hin jemand meldet, der die beiden in Birmingham gesehen hat und sich an sie erinnert. Jemand, der uns eine gute Beschreibung des Jungen liefern kann. Was wissen wir denn bis jetzt über ihn? Keiner hat ausgesagt, daß er ihn gesehen hat. Er hat keine verwertbaren Fingerabdrücke auf den Scheiben der Vitrinen oder der Türklinke oder auf dem Kerzenleuchter hinterlassen – vermutlich hat er weiche Lederhandschuhe getragen. Das Problem ist nur, daß die Burschen inzwischen alle Tricks kennen. Bis jetzt ist er für alle, mit Ausnahme der kleinen Beck, völlig unsichtbar und anonym. Er könnte überall herkommen. Er könnte jeder X-Beliebige sein. Das einzige, was wir mit einiger Gewißheit sagen können, ist, daß er jung und attraktiv genug sein muß, um die Aufmerksamkeit eines jungen Mädchens zu erregen. Und was heißt das? Heutzutage sehen die meisten jungen Männer so aus, daß man annehmen möchte, ein junges Mädchen würde lieber tot sein, als sich mit so einem zu zeigen, aber trotzdem brechen sie die Herzen reihenweise. Was wissen wir noch über ihn? Daß er kein Geld hat. Er mußte es sich auf die schnelle, moderne Art und Weise verschaffen, um seine Freundin groß auszuführen. Aber wer von den Burschen hat schon Geld? Sie verdienen zwar so viel, daß andere davon eine ganze Familie ernähren, aber vor dem Ende der Woche sind sie immer schon pleite. Und das ist alles. Eine dicke, fette Null!«

»Außer, daß er vielleicht ein Motorrad hat«, sagte George und steckte mit finsterer Miene seine Notizen wieder in die Tasche. »*Wenn* wir die Spuren in Middlehope als relevant betrachten. Ist aus London noch nichts über das Wochenende unseres Freundes gekommen?«

»Nichts, was uns weiterhilft. Er war zu Hause. Soviel steht fest. Aber er ist auch öfter ausgegangen. Ich habe sie gebeten, den Samstagabend genau zu untersuchen und den Rest sausenzulassen. Von London aus kann man leicht einen Abend in Birmingham verbringen. Mit dem Bus über die M1 ist das ein Kinderspiel. Ich habe vor einer halben Stunde noch mal angerufen, aber die lassen sich nicht hetzen. Ich hatte gehofft, daß wir wenigstens das hätten, ehe wir das Flugblatt rausbringen, aber es macht keinen Unterschied. Wir mußten den Fall veröffentlichen, sonst hätte die Presse hintenrum Wind davon bekommen. Und wie sieht's an Ihrem Ende aus? Was macht Ihre Liste der möglichen Täter?«

»Alles offen. Ihre Eltern glauben, sie hätten einen männerdichten Zaun um sie errichtet, aber Sie und ich wissen, daß es so etwas nicht gibt. Es gab drei oder vier ziemlich langweilige und ordentliche Burschen, die sie zum Tanz begleiten durften, aber immer mit dem Gibbons-Mädchen im Schlepptau. Aber wer weiß, ob sie langweilig und ordentlich bleiben, sobald die Alten sie nicht mehr sehen können? Hier sind die Namen der genehmigten Kandidaten. Wir überprüfen sie noch, aber ich verspreche mir nicht viel davon. Aber man kann ja nie wissen! Dann ist da noch der junge Geoff Westcott, den die Mutter mit Sicherheit *nicht* gebilligt hätte. Er hat mit Annet mehrere Male getanzt und beim letzten Mal ihretwegen eine Schlägerei anfangen wollen. Er hat am vorigen Wochenende ein paar Tage Resturlaub genommen, den er bei Lowthers vom Sommer her noch gut hatte. Am Donnerstagnachmittag hat er beim alten Hopton getankt. Scott hört sich mal um, was er so in seiner Freizeit gemacht hat. Und dann gibt es noch einen sehr interessanten Außenseiter. Den habe ich heute morgen in Abbot's Bale gesehen. Mrs. Beck hat mir versichert, daß die Blacklocks Annet immer mit dem Wagen nach Hause gebracht hätten, wenn sie länger arbeiten mußte oder wenn es früh dunkel wurde oder schlechtes Wetter war. Wenn Regina oder ihr Göttergatte sie nicht heimfuhr, schickten sie sie mit dem Chauffeur los. Alles schön und sicher, damit sie keine unliebsame Bekanntschaft schließen würde. Aber war es so schön und sicher?

Braidie war fünfundsechzig und jenseits von Gut und Böse, aber er ist vor etwa drei Monaten in Pension gegangen. Jetzt haben sie einen gewissen Stockwood – allerdings bin ich mir nicht sicher, daß die Becks das überhaupt mitbekommen haben. Er ist um die Fünfundzwanzig, gutaussehend und rundum präsentabel. Und weil Mrs. Blacklock bei ihrer Konferenz war und Blacklock lieber selbst fährt, hat man Stockwood das Wochenende freigegeben, nachdem er Mrs. Blacklock nach Gloucester gefahren hatte. Er mußte erst am Mittwoch wieder antreten, um sie abzuholen. Annet hatte reichlich Gelegenheit, *ihn* näher kennenzulernen. Drei- oder viermal die Woche war sie mit ihm allein im Auto.«

»Und das ist alles?«

George blickte starr auf die Dächer der Hill Street vor dem Fenster. Eine Sorgenfalte stand ihm auf der Stirn. »Ich finde, es würde nichts schaden, mal die Kollegen in Capel Curig zu bitten, sich anzusehen, wo die Jungen gezeltet haben. Das brauchte eigentlich nicht lange zu dauern. Wir können ihnen genaue Ortsangaben machen.«

»Habe ich schon getan«, sagte Duckett im Rauch der Pfeife und verzog die Lippen unter dem struppigen unmilitärischen Schnurrbart zu einem selbstgefälligen Grinsen. Alles, was ihn einmal am Tag richtig zum Grinsen brachte, war ihm mehr als willkommen. »Ich hätte es Ihnen schon früher sagen sollen: Den jungen Mallindine können Sie von der Liste streichen. Die Jungen waren tatsächlich dort, beide. Wir haben Zeugen, die sie drei- oder viermal am Tag gesehen haben. Ein Paar ist mit ihnen den ganzen Sonntag geklettert. Und wissen Sie, wo die beiden am Samstagabend – zu der Zeit, die uns interessiert – waren? Im dortigen Pub. Sie haben ein paar Pints gelüpft; der Barmann erinnert sich an sie, weil er sie – um sie zu ärgern – gefragt hat, ob sie denn schon achtzehn wären. Er sagt, daß der eine ihn arrogant von oben herab gemustert hat und laut ›ja‹ gesagt habe. Der andere aber habe ganz heiße Ohren bekommen.«

»O mein Gott!« sagte George nur. Ihm war ein Stein vom Herzen gefallen. »Ich wußte nicht, daß er dazu fähig ist.«

»Sie können jede Wette eingehen, daß Sie vieles über Ihren Dom nicht wissen. Aber sein Freund ist dadurch auch aus dem Schneider, und Ihr Sohn braucht nicht für ihn zu lügen. Und was das kriminelle Delikt des Ausschenkens von Alkohol an Minderjährige betrifft . . ., George, ich gebe Ihnen einen Tip: Ignorieren Sie das. Heben Sie's auf, bis er wieder mal eine große Lippe riskiert. Dann schmettern Sie ihn damit zu Boden. Er wird wochenlang auf Zehenspitzen gehen, weil er Sie für einen zweiten Sherlock Holmes hält.«

»Ich wünschte, ich wäre einer!« stieß George hervor und stand seufzend auf. Als er den Mantel anzog, war er froh, daß Miles nicht mehr als Täter in Frage kam. Er betete, daß ein vernünftiger, vertrauenswürdiger Mensch irgendwo in Birmingham beim Lunch die Zeitung lesen, über Annets Gesicht stutzen und es wiedererkennen möge. Und dann, lieber Gott, laß ihn noch ein zweites Gesicht daneben sehen – deutlich und schnell –, noch ehe der andere die gleiche Seite aufschlägt und voller Panik mit zitternden Händen zu dem unausweichlichen Schluß kommt! Jetzt heißt es Annet oder ich!

»Ich gehe einen Happen essen«, sagte er und nahm seinen Hut von Ducketts Schreibtisch. »Ich komme wieder.«

Er hatte die Tür bereits geöffnet, als das Telefon klingelte. Ganz leise machte er die Tür wieder zu und blickte zu Duckett hin, der den Kopf mit dem struppigen Haar schiefgelegt hatte und mit zuckenden Brauen zuhörte.

»Ah, verstehe!« sagte Duckett nach einigen Minuten. Dann lachte er kurz und keineswegs fröhlich auf. »Ja, danke, das reicht. Auf alle Fälle sehen wir jetzt klarer und haben zumindest einen winzigen Hoffnungsschimmer. Ja, schicken Sie uns bitte die Berichte. Nochmals vielen Dank!« Er knallte den Hörer auf und schob das Telefon mit einem Grunzen weit von sich, das sowohl Genugtuung als auch Abscheu bedeuten konnte – oder eine Mischung von beidem. »Und?« fragte George und lehnte sich gegen die Türfassung.

»Sie können noch einen streichen. Seine Eltern haben ihn am Samstag kaum gesehen. Er ist erst nach Mitternacht nach Hause gekommen. Aber es gibt eine Freundin. Scheint eine Klette zu sein. Sie hat ihn den gesamten Samstag nachmittag und abend nicht losgelassen. Alles, was er Ihnen erzählt hat, stimmt – trotz Reifenspuren und sonstwas. Ihre Nummer eins hat jedenfalls den alten Worrall nicht über den Schädel gehauen.«

7

Gegen fünf Uhr steckte der Bote die Abendzeitung in den großen Briefkasten. Bunty Felse war allein, als sie eintraf. Sie hatte den Tee fertig, aber weder Mann noch Sohn waren da. Dominic kam fast immer zu spät vom Rugbytraining. Trotzdem hätte er um diese Zeit zu Hause sein müssen. Und George? Wenn er an einem Fall wie diesem arbeitete, wußte sie nie, wann sie ihn sehen würde.

Sie setzte sich mit der Zeitung auf die Couch und wartete geduldig auf ihre Männer. Es war Annet Becks Gesicht, das sie von der Titelseite mit großen, stummen, beunruhigenden Augen anschaute. Darunter stand: »Wer hat diese junge Frau gesehen?«

Im folgenden Text war die Frage präziser formuliert: »Wer diese junge Dame mit einem männlichen Begleiter im Zentrum oder Süden Birminghams am vergangenen Wochenende gesehen hat, möchte sich bitte an die Polizei wenden.«

Bunty las den ganzen Artikel. Er war so zurückhaltend wie möglich geschrieben, vermittelte jedoch den Zweck und die Dringlichkeit des Aufrufs. Sie senkte den Kopf und fuhr sich mit den Händen durch das dichte kastanienbraune Haar, das nur eine Schattierung dunkler als das von Dominic war, und dachte lange über Annet nach. »Mit einem männlichen Begleiter«, »es wird angenommen«, »der Polizei bei ihren Nachforschungen helfen« – diskrete, sterile Formulierungen, nichts dagegen einzuwenden. Aber sie betrafen eine junge Frau aus Fleisch und Blut und einen, wenn auch noch unbekannten, ebenso lebendigen jungen Mann, der vielleicht nicht älter als Dominic war.

Die Polizei war sich bezüglich der Fakten recht sicher, das stand fest. Sie wußte, daß sie Jacob Worralls Mörder haben würden, sobald sie den Partner von Annets Ausflug in die

Finger bekämen. Aber sie wußten nicht – und außer Annet wußte das niemand –, wer es war. Und Annet verriet ihn nicht. Bunty brauchte weder sich noch ihren Mann zu fragen, wie es ihm im Augenblick ginge – sie wußte es jetzt.

Niemand außer Annet konnte ihn identifizieren. Und sie tat es nicht; denn sonst würde sich die Polizei nicht mit der Bitte um Informationen an die Öffentlichkeit wenden und Annet als Köder auslegen. Er konnte jeder X-Beliebige sein. Er konnte überall sein. Vielleicht verlangst du im Lebensmittelgeschäft ein Pfund Käse von ihm, und seine Hände zittern derartig, daß er kaum das Messer halten kann. Vielleicht stößt du mit ihm an einer Ecke zusammen und hältst dich an seinem Arm fest, während du dich entschuldigst. Vielleicht zuckt er eine Sekunde lang zurück – aus Angst vor dem Arm des Gesetzes. Vielleicht steht er im Bus auf, um dir seinen Platz anzubieten. Oder er donnert auf seinem Motorrad auf einer Kreuzung an dir vorbei und beschimpft dich, weil du so langsam fährst. Er hat einen Mann getötet, und er war auf der Flucht, aber nur ein einziges Mädchen konnte ihm ein Gesicht oder einen Namen geben.

Wie gut kannte er seine Annet? Kennt man überhaupt jemals einen anderen Menschen gut genug, um ihm oder ihr sein Leben anzuvertrauen? Wenn alle Ansprüche der Familie und der Gesellschaft und der Erziehung in die andere Richtung zielen; wenn er sich ihrer Loyalität absolut sicher war, bestand die Hoffnung, daß er nicht versuchen würde, sich ihr zu nähern, sondern seine Sachen packen und sich heimlich verdrücken würde, solange er noch anonym war, und es Annet überließ, die Last zu tragen. Konnte sie solch einen jungen Mann lieben? Vielen jungen Mädchen war es schon so ergangen, warum dann nicht auch Annet? Vielleicht wäre es am besten, wenn er die Flucht ergriffe; denn dann würde er unweigerlich irgendwann die Nerven verlieren und zu schnell davonlaufen. Und nur ein einziger Fehler würde die Verfolger auf seine Spur bringen. Irgendwo, weit weg von ihr, wo er nicht umkehren und in seiner letzten Verzweiflung den einzig gefährlichen Zeugen beseitigen könnte.

Aber wenn er sich Annets nicht sicher sein konnte, wenn er – was unter den gegebenen Umständen durchaus möglich war – fürchtete, daß sie letztendlich dem Druck nicht standhalten und ihn verraten würde – ja, dann war Annets Leben in großer Gefahr. Wenn man Todesangst hatte, hörte man auf zu lieben. Man hörte auf zu denken oder zu fühlen. Man kämpfte nur noch verzweifelt ums eigene Leben und tötete alles, was dieses bedrohte. Bunty war sich sicher, daß ein noch nicht ganz gefestigter junger Mann so reagieren würde, um so mehr ein unreifer Halbwüchsiger, der das brutale Verbrechen aus Habgier an dem Juwelier in der Bloome Street begangen hatte. Heutzutage war solch ein Verbrechen alltäglich: dem Ladenbesitzer eins über den Schädel hauen, die Kasse ausleeren und abhauen! Schnelles Geld, um sich etwas leisten zu können. Es passierte dauernd. Opfer waren vorzugsweise alte Männer oder alte Frauen in kleinen Läden in Seitenstraßen, weil sie dort oft allein waren. Nein, der Junge, der das getan hatte, würde seine Liebe schnell verraten, wenn er sich zwischen seinem und Annets Leben entscheiden müßte.

Bunty stand auf und ging zum Telefon im Flur. Eigentlich machte sie sich um ihren Sprößling keine großen Sorgen, aber sie wollte plötzlich nicht mehr in diese Richtung weiterdenken und hatte das Gefühl, die Nähe eines anderen würde ihr helfen, vielleicht sogar beim Denken. Wie konnte sie ein Problem wegschieben, das George so quälte?

»Eve? Ist Dominic zufällig bei dir?«

»Ja, meine Liebe. Er war hier, für ungefähr zehn Minuten, aber das war vor einer halben Stunde. Die Jungen kamen reingestürmt, haben die Köpfe zusammengesteckt, telefoniert und sind wieder losgezogen. Sie haben die Zeitung mitgebracht. Ich hatte gedacht, sie wären zu euch gegangen. Sie haben kein Wort gesagt. Aber als ich einen Blick auf die ›News‹ warf – na ja, du hast es sicher auch gesehen.«

»Ja«, sagte Bunty und biß sich auf die Lippe. »Eve . . ., die beiden waren doch da, wo sie gesagt haben, oder? Am Wochenende. Keiner der beiden könnte doch . . .?«

»Nein«, unterbrach Eve sie ganz entschieden. »Keiner von beiden hätte es gekonnt. Unter keinen Umständen.«

»Nein, natürlich nicht! Mein Gott, ich habe wohl nicht mehr alle Tassen im Schrank. Aber bald wird im Ort die Hölle losbrechen. Und ich habe Angst, daß ich unsere Jungen für Engel gehalten habe – wie arrogant! Und da *war* dieses erste Mal . . ., und daran war Miles beteiligt. Geh mir nicht gleich an die Gurgel, Eve. Aber es ist passiert.«

»Hör mal, meine Liebe«, sagte Eve. Ihre sonst so fröhliche, unbeschwerte Stimme klang ungewohnt ernst. »Es ist *nichts* passiert! Aber sag das niemandem. Ich habe Miles versprochen, ich würde ihn nichts fragen oder etwas sagen. Das würde ich auch jetzt nicht tun, wenn wir nicht alle in dieser scheußlichen Lage wären. Miles hat nie versucht durchzubrennen, weder mit noch ohne Annet Beck. Diesen Gedanken kannst du dir aus deinem Kopf verbannen.«

»Aber man hat sie doch auf dem Bahnhof aufgegriffen«, sagte Bunty. »Mit zwei Koffern und zwei Fahrkarten nach London.«

»Stimmt. Zwei Koffer. Aber beide gehörten Annet.«

»*Beide?* Das hätte Bill doch gewußt. Du meine Güte! Er hat Annet mit einem Koffer nach Hause gefahren und Miles mit dem anderen. Willst du damit sagen, daß er eure Koffer nicht kennt?«

»Ach, George muß ja ein schrecklich ordentlicher Mann sein, wenn du soviel Vertrauen in Ehemänner setzt, Bunty«, sagte sie. Der Neid war nicht zu überhören. »Aber Bill?« Sie lachte kurz auf. Es war, als hätte sie Bill einen Klaps auf den Kopf gegeben und so auf die richtige Größe zusammengestaucht. »Bill erkennt nicht mal seine eigenen Oberhemden. Jedesmal, wenn wir die Koffer vom Boden holen, um zu packen, schwört er Stein und Bein, die Hälfte nie zuvor gesehen zu haben. ›Wann hast du *den* denn gekauft, Liebling?‹ ›An *die* Tasche erinnere ich mich überhaupt nicht.‹ Ich könnte eine Krawatte aus seiner Schublade nehmen und sie ihm zum Geburtstag schenken, und er würde es nie merken.«

»Aber, wie ...? Ich meine ...«

»Keine Ahnung. Ich habe nie gefragt. Als Bill die beiden erwischt hat und die falschen Schlüsse zog, hat Miles alles so arrangiert. Und sie hat ihn gelassen. *Ich* habe Annet den Koffer zurückgegeben. Ich habe dazu Regina Blacklocks Auto mißbraucht, aber sie hat es nie erfahren. Sie kannten doch Braidie. Er war so korrekt und hat nie etwas gehört, was er nicht hören sollte. Alles war kinderleicht. Ich habe Annet bei den Blacklocks angerufen und sie gebeten, Braidie zu sagen, er solle bei uns vorbeikommen, wenn er sie nach Hause fährt – und wenn ihre Eltern nicht daheim wären. Also, ich weiß, wovon ich rede, meine Liebe. Ich hatte gedacht, das arme Lamm hätte den Koffer für Miles gekauft. Zum Glück war Bill nicht dabei, als ich aus reiner Herzensgüte und Hilfsbereitschaft anfing, ihn auszupacken. Annets beste Kleider! Sie hätten Miles' Gesicht sehen müssen! Nachdem er sie so edelmütig gedeckt hatte, mußte ich mich einmischen! Ich sage dir: Die Ehre aller Mütter lag in meinen Händen!«

»Ich breche gleich in Jubel aus«, sagte Bunty und schluckte, was auf andere Möglichkeiten hinwies. »Na gut, ich bin dir dankbar, daß du unseren Ruf auf so edle Art gerettet hast. Aber wenn du glaubst, daß ich mich zu deiner hehren Haltung aufschwinge und keine Fragen stelle ...«

»Es würde nichts bringen, meine Liebe. Ich habe keine weiteren Antworten.«

»Nicht mal darauf, für wen die zweite Fahrkarte bestimmt war?«

»Ich habe keinen blassen Schimmer, weil Miles das auch nicht weiß.«

»Dann gebe ich auf. Aber *warum* hat er ...?«

Sie brach ab, denn es konnte nur einen einzigen Grund geben. Plötzlich erschien ihr der junge Miles in ganz neuem Licht. Sie fühlte Sympathie und Respekt, aber auch Sorge und Bestürzung. Wenn Miles jetzt einen derartig erstaunlichen Beweis seiner Reife geliefert hatte – ohne den kindischen Wunsch nach Anerkennung, Belohnung und Lob –, wie lange würde es dauern, bis Dominic auch kein Kind mehr wäre? Sie wollte nicht, daß die Jungen zu früh zu Männern wurden. Sie brauchte noch etwas Zeit, um sich an diesen Gedanken zu gewöhnen, obwohl die Symptome sich längst gezeigt hatten. Sie holte tief Luft. »Eve, was meinst du, gibt es einen Abendkursus, den wir belegen könnten: ›Wie werde ich mit Anstand alt?‹«

Sie erwartete eine aufmunternde Reaktion von Eve, aber es kam nur Schweigen, als hätte ihre Freundin den Hörer aus der Hand gelegt. Dann brach auch über Bunty eiskalt die Erkenntnis herein.

»Bunty ...«, sagte Eve langsam.

»Ja, ich bin noch dran. Denkst du, was ich denke?«

»Es würde mich nicht wundern«, sagte Eve. »Große Geister denken eben vereint!«

»*Könnte* es dieselbe Person sein? Nachdem es Miles damals nicht gewesen ist ..., wäre das doch möglich. Aber dann könnte alles, was Miles weiß – ganz gleich, was –, ungeheuer wichtig sein. Jedes Wort, das Annet damals gesagt hat ..., ein Name ..., alles, was ihm damals aufgefallen ist. Mit wem hat er sie gesehen? Sie hat sich auf Miles verlassen und sich von ihm helfen lassen. Vielleicht hat sie ihm irgendeinen Hinweis gegeben.«

»Nein, Miles weiß nichts«, sagte Eve, immer noch mit besorgter leiser Stimme. »*Er* – wer auch immer es sein mag –

war immer ein Geheimnis. Sie hat Miles damals nichts gesagt – niemandem –, genau wie jetzt. Aber jetzt ist alles viel schrecklicher.«

»Aber vielleicht weiß er irgend etwas, ohne daß ihm das bewußt ist. Eve, er *muß* mit George reden.«

»Du hast mir das Wort aus dem Mund genommen. Ruf mich an, wenn er bei dir auftaucht. Und falls er sich hier zeigt«, erklärte Eve mit finsterer Entschlossenheit, »werde *ich* dafür sorgen, daß er zu dir geht und sich alles von der Seele redet – wie ein vernünftiger Mann –, und wenn ich ihn an den Ohren hinzerren müßte.«

Aber niemand mußte Miles an den Ohren hinzerren. Als Bunty um sieben Uhr abends die Vorhänge im Wohnzimmer zuzog, sah sie die beiden Jungen mit entschiedenen Schritten durch den Garten zum Haus kommen. Dominic ging voran. Es waren aber drei Gestalten. Bunty dachte, sie hätten noch einen Klassenkameraden mitgebracht, der ein schlechtes Gewissen hätte und etwas wüßte, das er noch niemandem anvertraut hatte. Aber als sie ihnen die Tür aufmachte, sah sie, daß der dritte Tom Kenyon war.

Nie im Leben hätte sie erwartet, daß die Jungen sich ausgerechnet an ihn um Rat wenden würden. Er war ihnen zu gefährlich nahe und gleichzeitig durch die unsichtbare Barriere zwischen Lehrer und Schüler getrennt. Er war zu alt, um als Gleichaltriger akzeptiert zu werden, und zu jung, um als Vaterfigur eine Bedrohung darzustellen oder Vertrauen zu verströmen. Mit Einschränkungen mochten diese nur schwer zufriedenzustellenden hochnäsigen jungen Gentlemen ihn, obwohl sie ihn Tom, den Teufel, getauft hatten: ihre Deutung der Mittelinitiale T auf seiner Aktentasche. Aber nie hätte sie geglaubt, daß die Jungen sich mit ihren Sorgen an ihn wenden würden.

»Hallo«, sagte Bunty – aus der Gewohnheit, selbst das

Verrückteste auf das Normale herunterzuschrauben. »Kommt rein! Ihr kommt gerade rechtzeitig zum Kaffee, wenn ihr welchen wollt.«

»Tut mir leid, wenn es wie eine Invasion aussieht«, sagte Tom mit kurzem, verhaltenem Lächeln. »Aber es ist dringend. Ist George schon zu Hause? Wir müssen mit ihm reden.«

»Ja, nur herein!« Ihr Sohn warf ihr einen Blick zu, mit dem er sich für die Verspätung entschuldigte. Miles, untadelig wie immer, sagte: »Guten Abend, Mrs. Felse.« Tom folgte ihnen wie eine Glucke, worüber Bunty lächeln mußte. Doch dann erinnerte sie sich an den Anlaß des Besuchs. »Besuch für dich, Liebling!« sagte sie und schloß die Tür. Dann rief sie Eve an, um sie zu beruhigen.

George hatte die Füße in Pantoffeln auf das niedrige Kaminsims gelegt. Die Kaffeetasse stand neben seinem Sessel auf dem Kamin. Er blickte ihnen mit müden Augen entgegen, schien jedoch über die Prozession überrascht zu sein.

»Hallo, Kenyon, was ist los? Haben Sie Ärger mit diesen Burschen?«

Zwei vorwurfsvolle Mienen waren die Antwort. Tom Kenyon sah sie nicht.

»Sie sind zu mir gekommen, nachdem sie die Zeitung gelesen hatten. Offenbar haben sie sich gegenseitig alles erzählt und zwei und zwei zusammengezählt. Sie kamen zu dem Schluß, daß sie einige Informationen und eine Theorie hätten, die sie jemandem mit Autorität vortragen sollten. Natürlich wollte Ihr Sohn sofort zu Ihnen gehen, aber Miles wollte es zuvor bei mir probieren, ehe er Sie belästigte.«

So konnte man es auch ausdrücken. Tom wußte natürlich, warum die Jungen zuerst zu ihm gekommen waren. Anfangs hatte ihr Anruf ihn überrascht und entwaffnet. Er war versucht gewesen, zu glauben, daß er im ersten Halbjahr bessere Arbeit geleistet hätte, als er es sich zugetraut hatte, und zu einer Art Beichtvater geworden war, an den sich seine Schüler wendeten, wenn sie in Schwierigkeiten steckten. Aber er war zu vernünftig, um sich auf diesen vermeintlichen Lorbeeren lange auszuruhen. Bei genauer Betrachtung der Umstände kannte er den wahren Grund. Keiner der beiden wäre je zu ihm gekommen, hätte er sich nicht vor Miles in jenem kurzen Gespräch so völlig verraten. Danach war Miles absolut sicher, daß Tom, der Teufel, sich in seiner Krise nicht durch fromme Gedanken oder das Wohl der Gesellschaft oder seine moralische Pflicht leiten lassen würde, sondern daß für ihn einzig und allein eine Überlegung wichtig wäre: Was ist das Beste für Annet Beck? Wenn Tom, nachdem sie ihm alles erzählt hatten, der Meinung wäre, sie sollten zur Polizei gehen, dann würden sie zur Polizei gehen, in der Gewißheit, das Beste für Annet zu tun.

Tom bildete sich auch nicht ein, nach dem Gespräch den beiden gegenüber im Vorteil zu sein. Nein, sie hatten ihn um seinen Rat gebeten – wie er sich traurig, aber ehrlich eingestand –, weil sie bei ihm eine Schwäche entdeckt hatten, die sie ausbeuten konnten. Und Jungen können erbarmungslos sein. Das wußte er. Schließlich war es noch nicht lange her, daß er selbst einer gewesen war. Andererseits waren sie zu erstaunlicher Großherzigkeit fähig. In Miles steckten Fähigkeiten, die ihn immer wieder verblüfften: wie er ihn in dieser schwierigen Situation direkt angesprochen hatte, wie er das »Sir« plötzlich vermied, es jedoch durch größeren Respekt und mehr Vertrauen ersetzte. Einige Dinge würde der Junge nie gegen einen Lehrer einsetzen: Er würde nie eine wirkliche Notlage ausnutzen, um sein eigenes Los zu verbessern.

»Ich habe mir nicht alles angehört, was sie zu sagen haben. Aber was ich gehört habe, reicht. Ich fand, wir sollten schnurstracks zu Ihnen gehen und Ihnen alles berichten. So, und jetzt sind wir da.«

Waren seine Motive wirklich so lauter und nur auf eins ausgerichtet, wie die Jungen gedacht hatten? Selbstverständlich würde er alles, was die Identität von Annets Liebhaber aufdecken könnte, sofort zu George tragen, weil er damit vielleicht die Lebensgefahr von ihr abwenden könnte. Und gleichzeitig – so sagte ihm der Dämon ganz hinten im Kopf – konnte er damit den unsichtbaren Rivalen aus dem Weg schaffen, der ihr widerspenstiges Herz besetzt hielt, und Platz für einen neuen Bewohner schaffen. Er fürchtete sich davor, die dunkle Rückseite seines Motivs zu genau anzuschauen: Sie könnte der Hauptbeweggrund seines Handelns sein. Mein Gott! Aber es war alles so schrecklich kompliziert!

»Setzen Sie sich, ihr auch«, sagte George und schenkte ihnen Kaffee ein. »Also gut, Miles, ich höre. Was hast du auf dem Herzen?«

»Ich bin davon ausgegangen, daß ich logischerweise auf der Liste der Verdächtigen gestanden habe, bis Sie unser Wochenende überprüft hatten. Wegen des letzten Mals. Ich habe Mr. Kenyon gar nicht gefragt, ob er darüber . . .«

»Ich weiß Bescheid«, sagte Tom.

»Ich weiß, daß Sie es wissen, Mr. Felse. Das klingt jetzt so, als wollte ich mich drücken, aber ich kann es nicht ändern.«

»Mach dir deshalb keine Sorgen«, sagte George. »Wir haben bereits alles überprüft. Mit dir ist alles in Ordnung. Wir wissen, wo ihr am Samstagabend wart und was ihr gemacht habt. Sprich ruhig weiter.«

»O gut, das macht es leichter«, sagte Miles und blickte George mit seinen ernsten braunen Augen direkt ins Gesicht. »Sehen Sie, ich wollte beim letzten Mal überhaupt nicht durchbrennen – mit niemandem. Es war nicht so, wie es ausgesehen hat. Ich habe das nie erzählt und würde es auch jetzt nicht tun, wenn damals nicht jemand die Absicht gehabt hätte, mit ihr durchzubrennen. Und vielleicht – ich weiß es ja nicht –, aber *vielleicht* war es dieselbe Person, die auch jetzt mit ihr weggefahren ist. *Einen* Mord hat es schon gegeben, und vielleicht ist Annet das nächste Opfer, wenn wir ihn nicht finden«, erklärte Miles mit brutaler Direktheit.

Das »wir« war bedeutsam. Aufmerksam beobachtete er Georges Gesicht. »Das stimmt doch, oder?«

»Es stimmt. Weiter.«

»Also müssen wir ihn finden. Und das Verdammte daran ist, daß ich keinerlei Fragen über ihn gestellt habe, als ich die Gelegenheit dazu hatte. Annet hatte mich gebeten, ihr zu helfen, abzuhauen. Sie wollte nach London. Ich wußte, daß ihre Eltern sie nicht gehen lassen würden und daß es in gewisser Weise falsch war, ihr zu helfen, sang- und klanglos zu verschwinden. Aber sie hatte mich gebeten, und ich habe es getan. Sie sagte, ihre Eltern wären an dem Freitag nicht zu Hause und würden glauben, sie sei bei ihrer Klavierstunde, aber sie würde in dieser Zeit ihre Koffer packen. Dann bat sie mich, sie von daheim abzuholen und zum Bahnhof in Comerbourne zu fahren. Ich sagte ja. Ich hatte zwar erst drei Wochen zuvor meine Fahrprüfung bestanden und durfte nur fahren, wenn mein Vater neben mir saß, aber ich sagte trotzdem ja. Ich habe sie noch gefragt, ob ich ihr eine Fahrkarte besorgen sollte, damit niemand sie am Schalter sähe. Sie wollte zwei Fahrkarten, nicht eine. London einfach.«

Er war blaß geworden und senkte die Augen auf die fest zusammengepreßten Hände. Doch im nächsten Moment hatte er sich wieder im Griff. »Ich habe die Fahrkarten für sie an dem Tag, bevor sie fahren wollte, bestellt.«

»Das klingt, als hätte sie dich ziemlich schamlos ausgenutzt«, sagte George ruhig.

»Nein! Nein, Sie verstehen das falsch. So war's nicht. Sie war mir gegenüber absolut ehrlich. Ich hätte es ablehnen können. Ich habe es aus freien Stücken getan. Ich habe ihr geholfen und keine Fragen gestellt. Wenn sie so unbedingt weg mußte, wollte ich sie nicht aufhalten. Sie schuldete mir nichts. Ich konnte mich frei entscheiden, und ich habe mich entschieden. Ich habe die Fahrkarten für sie gekauft und habe die letzte Stunde geschwänzt. Dann bin ich zum Hof hinter Vaters Büro gegangen, wo er immer sein Auto parkt. Von seinem Fenster aus kann man es nicht sehen. Das wußte ich. Ich hatte den Reserveschlüssel. Dann habe ich Annet und ihre beiden Koffer in Fairford abgeholt. Ihre Eltern sollten in einer halben Stunde zurückkommen, aber sie erwarteten Annet erst nach der Klavierstunde, so gegen sechs. Sie hatte also ein paar Stunden Gnadenfrist. Ich fuhr sie zum Bahnhof. Wir waren zwanzig Minuten vor Abfahrt da, aber der Zug steht schon immer vorher bereit. Sie sagte, *er* würde mit einer Bahnsteigkarte später zusteigen. Als die Gelegenheit günstig war, gingen wir rein. Ich habe aus dem Automaten noch eine Bahnsteigkarte für mich gezogen, um wieder rauszukommen. Wir wollten, daß beide Fahrkarten nach London ordnungsgemäß geknipst waren. Keine Fragen, keiner hat sich gewundert.«

»Und du hast sie nie gefragt, wer *er* war? Oder dich umgeschaut, ob jemand euch heimlich gefolgt wäre? Irgend jemand, der der Junge hätte sein können, mit dem sie sich treffen wollte?«

»Nein«, sagte Miles und wurde abwechselnd blaß und rot. Offenbar fiel es ihm furchtbar schwer, das alles einzugestehen. Es vertrug sich nicht mit seiner Würde.

»Schon gut. Jetzt geht es nicht darum, jemanden zu verraten, sondern es geht um Annets Sicherheit«, sagte George beschwichtigend. »Ich glaube dir, daß du sie nicht gefragt hast. Ich glaube dir, daß du dich nicht umgeschaut hast. Lassen wir das jetzt. Rede weiter.«

»Na ja, Sie wissen ja, wie es geendet hat. Oder auch nicht ganz. Ich wollte den Wagen wieder auf den Hof stellen, ehe Vater ihn vermißte. Und an neunundneunzig Tagen von hundert hätte ich es geschafft, aber das war der hundertste Tag. Er hatte einen Anruf von einem Kunden gekriegt, der seine Bahnreise für eine Nacht im Bahnhofshotel unterbrechen und dabei etwas Geschäftliches besprechen wollte. Und natürlich war kein Auto da. Er dachte, es sei gestohlen. Damals waren mehrere geklaut worden, obwohl sie abgeschlossen waren. Sie erinnern sich? Eine Bande mit den Taschen voller Schlüssel. Auf alle Fälle hat er den Diebstahl bei der Polizei gemeldet. Danach konnte man die Affäre natürlich nicht mehr vertuschen. Er ist mit dem Taxi zum Bahnhof gefahren, und da hat er als erstes sein Auto gesehen. Es parkte auf der Zufahrt zum Bahnhof. Na ja, er hat den Constable an der Ecke gebeten, den Wagen im Auge zu behalten, und ist zum Schalter gegangen, um zu fragen, ob jemand gesehen hätte, wer den Wagen gefahren und dort geparkt hätte. Die Leute kennen ihn – jeder kennt ihn. Und natürlich ...«

Unter der Last der Erinnerung zog Miles die Schultern ein.

»Das war's dann! Wir standen mit zwei Koffern auf dem Bahnsteig. Ich hatte zwei Fahrkarten in der Hand. Ich darf ihm keine Vorwürfe machen. Eigentlich hat er sich verdammt anständig benommen, wenn man bedenkt ... Aber damit war Annets Plan auch ins Wasser gefallen. Wir haben nichts gesagt und haben ihn denken lassen, was er wollte. Dazu brauchten wir uns nicht zu beraten. Wir konnten gar nicht anders. Es gab schon meinetwegen so viel Geschrei, warum sollten wir den anderen Kerl auch noch reinreißen. Annet konnte nur ihr Geheimnis bewahren. Vater sagte nur: Los, ins Auto! Und wir sind wie die Lämmer eingestiegen. Er ist nach Fairford gefahren und hat Annet aussteigen lassen. Dann hat er sich die Koffer angeschaut. Bekannt kam ihm keiner vor, aber er erinnert sich nicht mal an die Farbe seines eigenen Koffers. Mama kauft ihm einen neuen, wenn der alte zu schäbig ist. *Ihm* würde das nie auffallen. Ich habe ihm einen Koffer gegeben, war doch egal, welchen. Dabei habe ich Annet zugezwinkert. Sie hat sofort kapiert. Später hat Mama ihr den anderen irgendwie zurückgegeben.«

»Sie meinen, Ihre Mutter hat Bescheid gewußt?« fragte

Tom verblüfft. Seine Achtung vor Eves unweiblicher Diskretion stieg in ungeahnte Höhen.

»Ja, klar! Ich glaube nicht, daß sie lange gebraucht hätte, es rauszukriegen, weil *Mama* nie etwas entgeht. Aber sie hat den Koffer schon am selben Abend aufgemacht. Sie wollte meine Sachen auspacken. Na ja, da war die Katze aus dem Sack!«

»Und sie hat nie ein Wort dazu verlauten lassen. Nicht einmal zu deinem Vater?« fragte George.

»Nein, kein Wort. Sie hätte mich zwar vor einigen bösen Zungen retten können, aber dann hätten wir Annet noch tiefer reingeritten. Und das wollte ich unter gar keinen Umständen. Bei mir war's nicht so schlimm, weil meine Eltern nicht in Panik waren. Und Annet wurde nicht mit Fragen gequält: Wer oder wie oder warum, weil alle dachten, sie kannten die Antworten. Wenn ich ausgeschieden wäre, hätte man ihr ernsthaft zugesetzt. Mama ließ mich die Sache auf meine Art erledigen, und deshalb gab es keine Fragerei. Aber sehen Sie«, sagte Miles mit finsterem Blick, »darum bin ich teilweise schuld an dem, was jetzt passiert ist. Ich habe ihn gedeckt. Dadurch ist *er* ein Geheimnis geblieben. Sie hatte ihn aber noch und konnte es noch mal probieren. Aber diesmal hat sie niemanden um Hilfe gebeten. Sie haben auch nicht riskiert, mit dem Zug zu fahren oder sich an einem Ort zu treffen, wo die Leute sie vielleicht kannten. Und diesmal haben sie es durchgezogen – wenn auch nur für ein Wochenende. Vielleicht ein Probelauf für die richtige Flucht. Aber diesmal ist ihm das Geld ausgegangen, und er hat einen Mann umgebracht«, schloß er lakonisch.

»Es muß nicht unbedingt so abgelaufen sein«, meinte George vorsichtig. »Aber ich gebe zu, daß die Wahrscheinlichkeit sehr hoch ist.«

»Ich halte es für schlüssig. Wenn da Zweifel bestünden, hätte Annet geredet. Aber sobald sie von dem Mord erfahren hat, schien sie zu wissen, wessen Leben auf dem Spiel stand. Warum würde sie sich sonst so einpuppen?«

»Sogar Annet könnte sich irren«, sagte George. »Sie hat dir wirklich nie einen Hinweis gegeben? Dir ist nie etwas aufgefallen? Und du hast sie nie mit jemandem gesehen, der dir komisch vorkam?«

Miles schüttelte entschieden den Kopf. »Vielleicht wollte ich nichts wissen. Keine Ahnung. Ich zermartere mir schon den ganzen Abend den Kopf nach einem nützlichen Hinweis. Aber ich kann nur mit einer Schlußfolgerung dienen. Er stammt hier aus der Gegend. Das ist sicher – wegen der Fahrkarten. Sie hat mich bestimmt nicht angelogen, als sie mir gesagt hat, er würde in Comerbourne einsteigen. Damals wollten sie nach London, diesmal nach Birmingham. Alles paßt zusammen. Sie war nie lange von Comerford weg. Da ist es doch nur logisch, daß sie etwas mit jemand aus der Umgebung angefangen hat, mit jemand, den sie oft gesehen hat, der nicht weit weg wohnte. Und der hoffnungslos unpassend sein muß«, sagte er und blickte George gespannt an. »Noch unpassender als ich jetzt. Ich habe die Warnung erst nach dem Fiasko bekommen. Dieser große Unbekannte hätte nie in ihre Nähe gedurft. Das liegt auf der Hand. Da war dieser gutaussehende Bursche, der Fernfahrer. Er hat mit ihr getanzt ...«

»Über den wissen wir Bescheid«, unterbrach George ihn.

»Ich will ihn bestimmt nicht schlechtmachen. Ich wollte nur sagen, daß ihre Eltern ihn mit Sicherheit abgelehnt hätten. Dann gibt's da noch den technischen Zeichner in Langfords Konstruktionsbüro. Er ist oft für die Firma nach London gefahren. Er ist mit ihr ein- oder zweimal ausgegangen, aber dann erzählte man sich über ihn alle möglichen Geschichten, und ihre Mutter hat der Sache sofort ein Ende bereitet. Sie mochte ihn aber schon vorher nicht. Aber jemand wie der paßt ins Bild. Jemand, der viel unterwegs ist und sich auskennt. Denn *sie* hat nicht viel Ahnung. Trotz ihrer Selbstsicherheit und allem ist sie ein Unschuldslamm.«

Die ganze Zeit über hatte Miles eindringlich und entschlossen im selben Tonfall gesprochen. Doch plötzlich klang seine Stimme sehr deutlich, unendlich auf Schönheit konzentriert und so sehnsüchtig, als hätte er Annet damit in ihren Kreis hineingezaubert. Es war, als ob diese elektrische Spannung gemeinsamen Wissens von einem auf den anderen übergriff. Alle machten angespannte Gesichter, hinter denen sich ihre eigene Qual aufgestaut hatte. Tom starrte wie blind vor sich hin. Seine Augen hatten die Richtung gewechselt und kämpften nun mit den unkontrollierbaren Visionen in seinem Innern. Dominic betrachtete Miles mit Sorge und Eifersucht und hielt die Lippen fest zusammengepreßt, um nichts von seinen inneren Kämpfen preiszugeben. George sah, daß alle in diesem Augenblick dennoch hoffnungslos voneinander isoliert waren. Einsamkeit ist ein menschlicher Zustand. Wir greifen nach jeder Linderung, die wir finden können, aber meist müssen wir uns mit flüchtigen Illusionen von Gemeinschaft begnügen. Ganz selten – wenn sie Glück haben – wachsen Familien und wirklich gute Freunde zusammen und leben in gleichen Welten, aus denen man sie nicht so leicht wieder vertreiben kann.

»Und dann«, fuhr Miles fort. Sein Jagdinstinkt war so stark, daß er sich über alle schmerzlichen Hemmungen, selbst die eigenen, rigoros hinwegsetzte. »Dann ist da noch ihr Wiederauftauchen. Bis jetzt scheint es niemandem aufgefallen zu sein, wie seltsam das ist und wie vielsagend.«

»Und was weißt du über ihr Wiederauftauchen? In der Zeitung hat nichts darüber gestanden.«

»Ich weiß, aber Mr. Kenyon hat uns am Tag nach den Herbstferien ein paar ziemlich bezeichnende Fragen gestellt. Wo wir am Wochenende gewesen seien – wo *ich* gewesen sei«, verbesserte sich Miles. »Und über den Feldweg auf der anderen Seite des Hallowmount. Und Mrs. Beck hat meine Mutter angerufen und sich auch hintenrum erkundigt, wo ich wäre. Da war uns klar, daß auf Fairford etwas nicht stimmte und daß logischerweise *mir* die Schuld zugeschoben würde, wenn ich kein Alibi hätte, und daß der Feldweg hinter dem Hallowmount etwas damit zu tun haben mußte. Es *mußte* um Annet gehen. Warum wären sie sonst hinter mir hergewesen? Aber als ich Mr. Kenyon gefragt habe, erklärte er, Annet ginge es gut, sie sei zu Hause. Die Fragen über den Weg hinterm Berg konnten nur bedeuten, daß sie dort verschwunden oder wieder aufgetaucht war. Aber das ist noch nicht alles. Jetzt kursieren die wildesten Gerüchte. Die Leute haben alle Stücke zusammengesetzt und phantasiereich ausgeschmückt – wie immer. Jetzt erzählt man sich, daß Annet nachts, auf dem Hallowmount umherirrend, gefunden wurde und daß sie geschworen habe, sie sei nirgendwo gewesen, habe nur einen Spaziergang gemacht und sei jetzt auf dem Heimweg. Andere behaupten, sie sei diese fünf Tage für die Welt verloren gewesen und habe sie im Innern des Hallowmount zugebracht, wie diese Dorfmädchen im achtzehnten Jahrhundert, aber sie erinnere sich an nichts. Die Leute reden darüber irgendwie zweideutig, wenn Sie wissen, was ich meine. Halb glauben sie, was sie sagen, halb machen sie sich lustig darüber, als wäre es nur eine Geschichte, die man erfunden hat, um zu vertuschen, wo sie tatsächlich gewesen ist. Die Menschen hier sind Experten für zweideutige Geschichten.« Er blickte von George zu Tom und dann wieder zu George. »Hab' ich recht?«

»Im großen und ganzen, ja. Mr. Kenyon hat gesehen, wie sie am Donnerstag auf den Hallowmount gestiegen ist, und er ist mit ihrem Vater am Dienstagabend raufgegangen und hat sie dort knapp unter dem Kamm getroffen.«

»Und sie hat tatsächlich dieses Märchen erzählt, daß sie sich nicht erinnern könnte, wo sie die fünf Tage gewesen wäre?«

»Ja«, sagte Tom.

»Dann hat sie das aus einem ziemlich triftigen und dringenden Grund getan. Dom und ich haben darüber nachgedacht«, sagte Miles. »Keiner weiß besser als ich, wie Annet sich in einer solchen Klemme benimmt. Ich habe mit ihr in so einer dringesteckt. Sie hat nie gelogen. Sie ist mit einer Art rücksichtsloser Würde wieder ins Haus gegangen, hat von der Wahrheit so viel gesagt, wie sie wollte, und danach kein Wort mehr. Sie hat mich nicht ausgelassen, weil ich ihr klargemacht hatte, daß ich das nicht wollte. Aber sie hat auch nie etwas zugegeben, was gegen mich gesprochen hätte. Und jetzt will sie es wieder so machen. Da bin ich mir ganz sicher. Wenn Sie glauben, sie hätte sich die seltsame Geschichte als Alibi für das Wochenende ausgedacht und sei auf dem Hallowmount aufgetaucht, um der Geschichte Farbe zu verleihen, liegen Sie völlig schief. Nein, es ist genau andersrum. Sie hat das erzählt, *weil sie dort erwischt wurde.*«

»Du willst uns also klarmachen«, sagte George mit gespannter Aufmerksamkeit, »daß Annet einen privaten und triftigen Grund gehabt hätte, da auf dem Berg zu sein, und daß sie, als sie über den Kamm kam und nach Hause gehen wollte, völlig überrascht war, als sie dort ihren Vater und Mr. Kenyon traf.«

»Genau. Und sie mußte sich blitzschnell etwas einfallen lassen. Hätte sie Zeit zum Nachdenken gehabt, wäre ihr etwas Besseres eingefallen, aber so mußte sie sekundenschnell handeln. Sie hat zu den alten Sagen Zuflucht genommen, aber nicht um ihr verlorenes Wochenende zu vertuschen, sondern um die Aufmerksamkeit von dem abzulenken, *was sie gerade tat.*«

»Sprich weiter«, sagte George nach einer kurzen Pause, in der es war, als würden sie aus tiefem Schlaf aufwachen. »Was *hat* sie denn deiner Meinung nach *getan*?«

»Sie könnte etwas versteckt haben«, sagte Dominic, der

bisher still und stumm in einer Ecke gesessen hatte. »Etwas, das keiner der beiden mit nach Hause nehmen wollte oder konnte.«

»Und was zum Beispiel?«

»Zum Beispiel Schmuck für zweitausend Pfund und den Rest des Geldes, nachdem sie ihre Rechnungen bezahlt hatten.«

»Nein!« protestierte Tom Kenyon lautstark und richtete sich kerzengerade auf. »Genausogut könnte man sagen, daß sie bei dem Verbrechen mitgemacht hat. Das glaube ich nicht. Das ist unmöglich!«

»Nein, Sir. Das habe ich nicht gemeint. Sie muß überhaupt nichts davon gewußt haben. Angenommen, er hat ihr eine Schachtel gegeben oder eine Tasche und hat gesagt: Hier, paß gut darauf auf. Es ist alles, was ich zusammensparen konnte. Das ist unser gesamtes Kapital. Oder er hat gesagt: Verstecke es irgendwo, wo wir es jederzeit holen können, wenn wir einen festen Plan haben und für immer abhauen. *Er* hätte natürlich gewußt, was wirklich drin ist und daß der Inhalt ihn verraten würde, wenn er gefunden würde. Aber *sie* nicht. Sie hätte nur gedacht, daß er Angst hätte, daß seine Familie schnüffeln und ihm wegen seiner Ersparnisse neugierige Fragen stellen könnte oder sie ihm sogar wegnehmen würde – wenn er aus der entsprechenden Familie kam. Und das wäre doch leicht möglich. Vielleicht hat er aber auch zur Untermiete gewohnt oder einen Vater gehabt, der ihn nicht aus den Augen ließ, oder habgierige Brüder. Es könnte ein Dutzend Gründe geben, warum es in einem Versteck in den alten Bleiminen oder in einem hohlen Baum auf dem Berg sicherer wäre als zu Hause, wo es neugierige Augen gab. *Sie* hätte nicht gewußt, wie heiß das Päckchen wirklich war, aber seine Gründe hätten ihr eingeleuchtet. Und sehen Sie nicht den Riesenvorteil, so etwas im Freien und nicht zu Hause zu verstecken? Falls er das Pech hätte, daß es ein Fremder findet, kann niemand und nichts es mit ihm in direkte Verbindung bringen. Sie hätte keine Fragen gestellt, sondern getan, worum er sie gebeten hatte, und sie wäre sich keines Unrechts bewußt gewesen – bis Sie ihr zwei Tage später von dem Mord erzählt haben. *Da* hat sie verstanden.«

»Gut, angenommen, du hast recht. Warum hat er sie dann nicht überredet, gleich für immer mit ihm wegzulaufen? Warum noch mal nach Hause zurückkommen? Warum hat er sich mit ihr und der Beute nicht aus dem Staub gemacht, solange beide noch die Chance hatten?«

»Weil er sich absolut sicher fühlte, daß ihn nichts auf der Welt mit dem Mord in Verbindung bringen könnte. Wäre er aber ohne Grund, gerade zu diesem Zeitpunkt, untergetaucht, hätte das Verdacht erregt. Stimmt doch, oder?« Dominics strahlende Augen hingen herausfordernd am Gesicht seines Vaters.

»Sie vergessen den Casanova, der sie angesprochen hat«, platzte Tom heraus. Verlegen blickte er George an. »Tut mir leid. Das hätte ich wohl nicht sagen sollen. Es ist noch nicht veröffentlicht, oder?«

»Nein, aber da wir uns ein Bild von dem Ganzen machen wollen, spielt es keine Rolle.« George berichtete kurz über diese Episode: »Es ist mit Sicherheit ein wichtiger Punkt. Sobald er von dieser Begegnung erfährt, weiß er, daß es einen möglichen Zeugen gibt, der Annet zur Tatzeit und in der Nähe des Tatorts identifizieren könnte. Es ist nicht schwer, eine zutreffende Beschreibung von Annet abzugeben. Es wäre unmöglich, sie auf einem einigermaßen passablen Foto von ihr nicht zu erkennen, nachdem man sie aus der Nähe gesehen hat.«

»Aber sie hätte keinen Grund gehabt, ihn vor dem Zeugen zu warnen, da sie von dem Verbrechen nichts wußte. Und ohne zwingenden Grund hat sie ihm bestimmt nichts von dem Mann erzählt.«

»Sie hätte ihm also nicht erzählt, daß ein Typ sie belästigt hat?«

Allein die Annahme, daß jemand ihr zu nahe getreten sein könnte, führte bei beiden verliebten Männern zu Empörung und Eifersucht. Ohne daß Kenyon es merkte, sprach er mit der Stimme des gönnerhaften Schulmeisters, was Miles auf die Barrikaden brachte. Er blickte Tom mit dem arroganten und herablassenden Gesicht eines modernen Oberstufenschülers an, mit dem dieser seine inneren Kämpfe tarnt. Der blitzschnelle Austausch von gemeinsam empfundenem Schmerz zwischen den beiden machte sie zu Gleichaltrigen, ob es ihnen nun paßte oder nicht. Dominics scharfe und intelligente Augen musterten die beiden unter gesenkten Wimpern, aber er behielt seine Gefühle für sich. Die Luft war erfüllt von dem unlösbaren Konflikt zwischen Sympathie und Haß. Einen Moment lang warteten alle angstvoll auf eine Entladung.

»Nein«, sagte Miles etwas freundlicher, doch nicht weniger entschieden, »so etwas hätte sie nie erzählt. Vor allem nicht *ihm.*«

»Nun, wenn du recht hast, hat er keine Ahnung, daß es jemanden gibt, der eine Beschreibung von ihnen beiden liefern könnte«, sagte George. »Er weiß, daß er keine Spuren hinterlassen hat. Er wiegt sich in Sicherheit. Alles Gründe, warum er sich eine Zeitlang bedeckt halten will, bis der Raub in Birmingham vergessen sein wird. Ja, das ergibt Sinn. Es ist sogar möglich, daß er anfangs gar nicht gewußt hat, daß der alte Mann tot war. Vermutlich hat er zugeschlagen, alles eingesackt und ist weggelaufen, in der Meinung, der Mann sei lediglich ohnmächtig.«

»Und selbst wenn er wußte, daß es Mord war, gab es nichts, was ihn damit in Verbindung bringen könnte. Da lag es doch auf der Hand, wieder nach Hause zu fahren, wie immer zur Arbeit zu gehen und sich unauffällig zu verhalten. Deshalb mußte er den Schmuck und das Geld verstecken.« Hartnäckig verfolgte Dominic seinen Gedanken weiter. »Oder ihn von Annet verstecken lassen – natürlich an einem sicheren Ort, von dem sie annehmen konnten, daß niemand so schnell dort nachsehen würde, der andererseits aber so beschaffen war, daß er nicht in Verdacht geriete, falls jemand den Schatz fände. Aber das kann er sich jetzt abschminken. Es *gab* einen Augenzeugen, von dem er nichts gewußt hat. Und Annet *wurde* identifiziert. Fest steht, daß Annet und der Mann, der das Wochenende mit ihr verbracht hat, mit dem Raubmord etwas zu tun haben. Nur Annets Widerstand steht zwischen ihm und der Anklage wegen Mord. Das ist die Situation, in der er sich jetzt befindet.«

»Da ist noch ein Punkt.« Mit finsterer Miene betrachtete Miles seine Hände, die sich unwillkürlich jedesmal verkrampften, wenn ihr Name fiel. »Angenommen, unsere Vermutungen stimmen und er hat ihr aufgetragen, Geld und Schmuck zu verstecken, dann könnten sie sich doch über das Versteck bereits vorher abgesprochen haben. Vielleicht ist es ein Ort, den sie früher schon für andere Dinge benutzt haben. Vielleicht aber auch nicht. Angenommen, niemand außer Annet weiß, wo sich der gestohlene Schmuck und das Geld jetzt befinden. Er weiß, sein Leben hängt von ihrem Schweigen ab. Wenn er nun in Panik gerät und fliehen will, kann er nicht mit seiner Beute abhauen, ohne mit Annet Kontakt aufzunehmen. Und wenn er das tut ...«

»Kann er nicht«, versicherte George. »Wir haben ständig einen Wachposten im und vorm Haus. Uns war auch klar, wie stark Annet gefährdet ist. Und wir haben nicht vor, sie aus den Augen zu verlieren. Darauf könnt ihr euch verlassen.«

»Ja, gut ...« Ein dankbares Lächeln zuckte über Miles' blasses Gesicht. »Aber er hat jetzt nichts mehr zu verlieren, und er braucht Geld für die Flucht. Und wenn er doch eine Möglichkeit findet, zu ihr zu gelangen, könnte er sich erinnern, daß sie ..., daß kein anderer ihn identifizieren kann ..., und dann ...«

Miles' Lippen waren plötzlich so trocken, daß er nicht weitersprechen konnte.

»Ja, das ist mir auch klar. Aber ich habe einen Mann vor dem Haus postiert, Miles, und eine Polizistin drinnen bei ihr. Und ganz gleich, wie verzweifelt er auch sein mag, wir haben es nur mit einem einzigen Mann zu tun. Es steht doch nach alledem fest, daß er allein ist.«

»Nicht ganz allein«, widersprach Miles fast unhörbar. »Er hat jemanden, der ihm vielleicht hilft, zu ihr zu gelangen, sobald man ihr auch nur für eine Minute den Rücken zukehrt.«

George stand auf und blickte Miles wortlos an. Es war Tom Kenyon, der sich immer noch gegen die absolute Sicherheit des Jungen sträubte und der jetzt fragte: »Und wer soll das sein?«

»Annet«, antwortete Miles.

Sie hatten sich leergeredet. Beklemmendes Schweigen herrschte im Raum. Die beiden Jungen saßen gefaßt und still da; ihre Augen hafteten gespannt an Georges grübelndem Gesicht, während der in Gedanken noch einmal alle Punkte durchging, die sie vorgebracht hatten. Sie hatten guten Grund, um Annet Angst zu haben. Viele Gründe sprachen dafür, immer wieder zu dem düsteren Hallowmount und seinem charakteristischen Gipfel hinaufzublicken, der Annet mit ihrem Liebhaber verband und gleichzeitig von ihm trennte. Mußte sie unbedingt einen besonderen Grund gehabt haben, in jener Nacht ihrer Rückkehr auf dem Hallowmount zu sein? War es nicht einfach ihr Heimweg? War es nicht natürlich, daß sie auf demselben Weg zurückkam, auf dem sie weggegangen war? Sie hatte auch in der Dunkelheit keine Angst vor dem Hallowmount. Aber dann hätte sie nicht – laut Miles – ihre Abwesenheit mit dieser phantastischen Geschichte vertuscht, selbst wenn sie über die Begegnung mit dem Vater und Tom völlig überrascht gewesen war. Sie hatte sich den Tarnschleier übergeworfen, weil sie etwas ganz Bestimmtes verbergen mußte. Wer könnte das besser wissen als Miles?

Doch selbst wenn sie den Auftrag gehabt hätte, die Beute auf dem Heimweg irgendwo zu verstecken, war es ja nicht gesagt, daß sie ein Versteck gewählt hatte, das ihrem Partner nicht bekannt war. Möglich wäre es, doch höchst unwahrscheinlich. George hielt es immer mehr für wahrscheinlich, daß sie bereits ein Versteck hatten, das sie oft als geheimen Briefkasten benutzt hatten, zu dem man von beiden Seiten des Berges – schnell und ohne Verdacht zu erregen – gelangen konnte. Und wenn sie solch ein Versteck hatten, das sie über lange Zeit als verläßlich erprobt hatten, würde keinem der beiden der Gedanke kommen, ihren Schatz woanders zu verstecken. Es wäre dann auch die natürlichste Sache der Welt, daß Annet ihn dort versteckte, wenn er direkt auf ihrem Heimweg lag.

Der Junge mußte sich um sein Motorrad und seine Familie kümmern. Es sah so aus, als hätten die beiden den Hallowmount zur Wasserscheide ihres Lebens gemacht, so daß der Akt des Überschreitens zu einem Ritual geworden war. Der Berg war die Barriere zwischen ihrer Welt der Realität und der der Phantasie, zwischen dem geheimen Leben, das sie miteinander teilten, und dem Alltag, in dem sich ihre Pfade nie kreuzten – jedenfalls nicht als Liebespaar. Der Berg war der Hohlweg zu einem Traumland, jenseits der Zeit, so sicher, als hätte die Erde sich geöffnet und sie verschlungen.

Sicher war auch, daß sie einen Schatz gehabt hatten, den sie verstecken mußten. Wahrscheinlich war, daß sie einen Platz hatten, der sich durch langen Gebrauch als sicher erwiesen hatte. Fraglich war, ob ihr Schatz sich noch dort befand. Bis zum Erscheinen der Abendzeitung hatte er es kaum für erforderlich gehalten, die Beute schleunigst zu holen, sondern hatte es bestimmt vermieden, auch nur in die Nähe des Verstecks zu gehen.

Jetzt wußte er seit mehreren Stunden, daß man ihm dicht auf den Fersen war. Wie lange würde er brauchen, um einen Entschluß zu fassen, so verängstigt und unerfahren wie er war? Er durfte sich auf niemanden außer auf sich selbst verlassen. Oder wie lange würde es dauern, bis er in Panik geriete? Es war durchaus möglich, daß er das Geld inzwischen geholt hatte. Vielleicht aber auch nicht. Ganz gleich, ob all ihre Schlußfolgerungen richtig wären oder falsch – sie konnten nichts falsch machen, wenn sie den Hallowmount observierten. Vielleicht holte er seine Beute und lieferte sich selbst ans Messer. Himmel noch mal, ihre einzige Spur zu ihm war das stumme Mädchen auf Fairford.

Price würde ihm nicht gerade aus Dank die Füße küssen, wenn er allein in der kalten Nacht um den Berg rumpatrouillieren müßte, aber jeder Versuch war es wert. George entschuldigte sich und ging zum Telefon. Als er ins Zimmer zurückkam, hatte sich keiner darin bewegt. Alle blickten ihn erwartungsvoll an.

»Ich lasse einen Mann Wache gehen für den Fall, daß er die Beute nachts holen will«, sagte George. »Ihr könntet durchaus recht haben, daß sie irgendwo da oben auf dem Berg versteckt ist. Falls er weiß, wo er suchen muß, kommt er wahrscheinlich nachts. Es ist nicht so leicht, die Gegend tagsüber im Auge zu behalten. Unter keinen Umständen möchte ich ihn verscheuchen, und der Anblick von Kriminalbeamten in Zivil auf dem Gipfel des Hallowmount dürfte ihn kaum ermuntern. Außerdem haben wir keinen Überschuß an Männern.« Er kaute nachdenklich an einem Fingerknöchel.

»Wir könnten jede Menge Jungen bereitstellen«, sagte Tom Kenyon. »Das könnte ein ziemlich guter Ersatz sein. Miss

Darrill macht morgen mit dem Geographie-Club der Schule eine Wanderung. Eigentlich wollten sie zum Cleave gehen, aber es gibt keinen Grund, warum sie nicht zum Hallowmount umdirigiert werden könnten. Der ist geologisch interessant, das würde überzeugend klingen. Und wir können ungefähr vierzig Schüler über den Berg ausschwärmen lassen. Dann könnte mit Sicherheit niemand irgend etwas dort suchen, ohne gesehen zu werden. Und dabei haben wir drei Gelegenheit, uns ein bißchen umzusehen. Falls Sie, Gentlemen« – Tom schaute seine beiden Sechstkläßler mit ernstem Blick an –, »nichts dagegen haben, mit mir an dieser Exkursion teilzunehmen.«

Sie hatten sich aufgerichtet und erwiderten den Blick strahlend und begeistert, aber auch eine Spur mißtrauisch, eben wie zwei Mitverschworene.

»Wenn wir irgendwie helfen können, gern«, sagte Miles und blickte George fragend an. »Und finden Sie nicht, daß wir Miss Darrill einweihen sollten? Wir müssen ihr sagen, warum wir mitkommen wollen.«

»Das würde mir einen Tag schenken«, sagte George, »den wichtigsten Tag, denn an dem Tag dürfte er kommen. Er weiß jetzt, wo er steht. Natürlich muß Miss Darrill erfahren, worum es geht, aber sonst niemand. Und wenn sie mitmacht, soll sie nichts anderes tun als das, was sie sonst auch mit den Schülern auf einer Exkursion macht. Alle sollen sich ganz normal beschäftigen. Für mich ist es wichtig, daß ihr auf dem Berg seid und dadurch verhindert, daß er zu seinem möglichen Versteck gehen kann. Wenn er die Beute schon geholt hat, können wir auch nichts machen. Aber wenn nicht, führt er uns vielleicht zu ihr.«

»Jane macht mit«, erklärte Tom. »Und was ist, wenn *wir* das Zeug finden? Was sollen wir dann tun?«

»Liegenlassen, wo es ist, aber den Platz scharf beobachten. Ich muß für den Großteil des Tages nach Birmingham fahren, bin aber zurück, ehe es dunkel wird. Dann kann ich euch ablösen. Könnt ihr bis dahin die Stellung für mich halten?«

»Ja, bis Sie kommen, ganz gleich, wann das ist.« Es war seine einzige Möglichkeit, Annet zu helfen. Vielleicht würde sie es ihm nicht danken, vielleicht würde sie ihn deshalb hassen, aber es gab keine andere Wahl.

»Gut! Ich werde mich bemühen, um halb fünf auf der Polizeistation zu sein. Könnten Sie mich dann anrufen? Falls irgend etwas vorher passiert, werde ich versuchen, Ihnen so schnell wie möglich Bescheid zu sagen.«

»Ich werde Sie anrufen. Darf ich jetzt gleich mit Jane Darrill telefonieren? Ich möchte sie möglichst früh warnen, daß wir ihren Terminplan umwerfen wollen.«

Tom rief Jane an. Sie antwortete fröhlich und leicht amüsiert, ohne eine Spur von Überraschung. Seltsamerweise glaubte er dann übers Telefon eine gewisse Reserviertheit herauszuhören, die ihm bei ihren alltäglichen Begegnungen nie aufgefallen war.

»Das heißt, wir müssen den Tee irgendwo in Comerford einnehmen«, sagte sie und seufzte. »Die Zeit reicht nicht, um mit ihnen bis zur Grenze zu gehen. Und was sollen die Elliots mit dem Futter machen, das sie für vierzig hungrige Mäuler vorbereitet haben?«

»Daran hatte ich nicht gedacht«, sagte er bestürzt. »Na ja, wenn Sie das nicht tun können, dann . . .«

»Wer sagt, daß ich es nicht tun kann? Nur für das Unmögliche ist eine Vierundzwanzig-Stunden-Vorwarnung nötig. Ich wohne doch hier und kann für Tee und Brote sorgen. Übrigens – wer bittet mich eigentlich um diesen Gefallen? Sie oder die Polizei?«

»Ich«, erklärte er schlicht, ohne auch nur im geringsten vorzutäuschen, die Sache sei ganz legal.

»Hauptsache, wir wissen Bescheid«, sagte Jane und lachte. »In Ordnung, alles klar.«

Sie legte auf und überließ Tom ganz neuen Gefühlsregungen, die er jetzt plötzlich bei sich entdeckte, obwohl er doch geglaubt hatte, Annet hätte all seine diesbezüglichen Quellen ausgeschöpft. Als er zurück ins Wohnzimmer ging, um George Bericht zu erstatten, fragte er sich, warum er sich eigentlich schämen sollte. Aber er konnte dem Wunsch, die dunkleren Nischen seines Verstandes näher zu erforschen, jetzt nicht nachgeben. Es gab doch nur einen Menschen, der wirklich wichtig war – und zum ersten Mal in seinem Leben war das nicht er selbst.

»Alles klar«, meldete er. »Ich glaube, wir sollten für heute Schluß machen, wenn wir morgen den ganzen Tag auf Patrouille gehen wollen. Kommen Sie, Miles, ich fahre Sie nach Hause.«

Tom ließ den Jungen in die kalte Nacht vorausgehen, weil er George noch etwas fragen wollte. Er konnte sich nicht erinnern, daß er sich jemals für einen Schüler so verantwortlich gefühlt hatte wie jetzt für Miles. Das vertrauliche Gespräch hatte sie enger zusammengeführt, als ihm wirklich angenehm war, und wahrscheinlich fühlte der Junge sich auch nicht besonders wohl dabei.

»Es stimmt doch tatsächlich, was Sie über den jungen Mallindine gesagt haben?« fragte er George an der Tür. »Ich meine, die beiden waren doch die ganze Zeit in Snowdonia, oder?«

»Ganz bestimmt. Wir haben ihr Wochenende überprüft.« George erinnerte sich an die mündliche Ohrfeige, die Dominic noch bevorstand, wenn der richtige Zeitpunkt gekommen wäre. Er lächelte. Die beiden Jungen unterhielten sich leise neben dem Mini. Sie gaben sich Mühe, unbefangen zu sprechen und nicht zu verraten, was ihnen wirklich im Kopf herumschwirrte. »Keine Sorge, die beiden sind einwandfrei.«

»Ich vermute, Sie haben noch nie so gern den Hauptverdächtigen von der Liste gestrichen«, sagte Tom, der erleichtert aufatmete, obwohl all seine leidenschaftlichen Herzensregungen eigentlich nur einem anderen hilflosen jungen Geschöpf galten, für das es keine Erleichterung gab.

»Nun, eigentlich stand er ziemlich unten auf der Liste. Aber es hat sich rausgestellt«, sagte George und blickte Tom scharf an, »daß wir die Nummer eins auch verloren haben.«

»Was? Wen?« Aber vielleicht durfte er die Frage nicht stellen. Kaum war die Obrigkeit mal freundlich, nahm man an, sie würde einem auch vertrauliche Dinge erzählen. »Tut mir leid, ich ziehe die Frage zurück. Selbstverständlich können Sie darüber nicht sprechen.«

»Ach, in diesem Fall kann ich.« George schaute ihn an und sah, daß Toms junges hübsches Gesicht zwar blasser als sonst war und nachdenklicher, aber die Augen blickten ihn felsenfest und unschuldig an. »Die Nummer eins bot sich geradezu für eine Überprüfung an: täglicher Kontakt mit ihr, dann während des Wochenendes, an dem sie verschwunden war, auch nicht in der Gegend. Bei ihrem Auftauchen ebenfalls beteiligt, als wüßte er, wo man sie finden würde. Interessiert daran, die richtige Atmosphäre für ihre Rückkehr zu schaffen. Aufgeregt, als ich anfing, Fragen zu stellen. Und begierig, die Ergebnisse zu erfahren. Und übermäßig bemüht, mir Hinweise zu geben, daß noch jemand am Tatort gewesen wäre.«

Verständnislos starrte Tom ihn an. Er dachte in alle möglichen falschen Richtungen, war jedoch nicht imstande, diesen Liebhaber irgendwo auszumachen.

»Aber da war kein anderer. Von Anfang an bestand das Problem darin, daß niemand so engen Kontakt mit ihr hatte, daß er . . .«

»Niemand?« unterbrach George ihn lächelnd. »Doch, einen Burschen hat es gegeben: richtiges Alter, richtiger Typ, täglicher Kontakt mit ihr. Wollen Sie mir sagen, daß Sie den nie gesehen haben? Aber wir haben sein Alibi fürs Wochenende ebenfalls überprüft. Er ist absolut sauber. Er ist wie ein

Lämmchen nach Hause gefahren – genau, wie er gesagt hatte – und war mit einer anderen jungen Frau im Theater, als Jacob Worrall umgebracht wurde. Himmel noch mal!« fuhr George ihn beinahe wütend an. »Soll ich Ihnen noch sagen, welches Stück Sie gesehen haben?«

Da traf Tom die Erkenntnis wie ein Blitz aus heiterem Himmel. Er rang nach Luft, blieb wie angewurzelt stehen und vergrub die Absätze im Kies der Auffahrt. Dann starrte er George mit großen Augen an und suchte nach Worten. Er konnte es nicht fassen, daß ihm diese auf der Hand liegende Möglichkeit nie eingefallen war. Was für ein selbstzufriedener Trottel er doch war! Jetzt betrachtete er sich wie auf Armeslänge mit den Augen eines Fremden. Auch das war für ihn eine völlig neue Erfahrung.

»Ist Ihnen dieser Gedanke tatsächlich nie gekommen? Warum habe ich wohl an jenem Abend Doktor Thorpe gebeten, bei Annet zu bleiben, bis mein Wachmann käme, um auf sie aufzupassen? Wer wußte zu dem damaligen Zeitpunkt, daß wir dabei waren, ihr auf die Schliche zu kommen? Wer hätte wissen können, daß sie für ihn eine Bedrohung darstellte? Haben Sie etwa geglaubt, ich wollte sie vor ihrem Vater schützen? Allerdings wirkten Sie keineswegs wie ein Mörder auf mich«, sagte George freundlich und zog den entsetzten jungen Mann weiter zum Auto, wo die Jungen warteten. »Bei dem ersten Fluchtversuch vor sechs Monaten konnten Sie nicht ihr Partner gewesen sein, das ist richtig. Aber es ist keineswegs sicher, daß der Mann, den wir jetzt suchen, dieselbe Person ist. Das ist lediglich eine Theorie, die sich nur auf Indizien stützt. Bis Miss MacLeods Aussage Sie heute von jedem Verdacht befreit hat, waren Sie zweifellos die Nummer eins.«

8

George kam absichtlich ganz früh nach Fairford, ehe ihn jemand erwartete. Annet war noch im Morgenrock. Blaß und stumm, war sie nicht auf den erneuten Angriff vorbereitet. Aber es schien keine Zeit – weder am Tag noch in der Nacht – zu geben, zu der sie nicht gegen ihn und alle anderen gerüstet war. Ihre großen Augen schienen beinahe das halbe Gesicht einzunehmen. Sie war noch schlanker geworden und sah aus, als hätte sie überhaupt nicht geschlafen, sondern nur die ganze Nacht hindurch in der Dunkelheit durchs Fenster auf den Hallowmount gestarrt, der sich wie ein schlafendes Raubtier vor dem östlichen Horizont abzeichnete.

Er stellte ihr die alten Fragen, und sie antwortete mit dem alten geduldigen, totalen Schweigen. Er setzte sich neben sie und erzählte ihr in knappen, ruhigen Worten alles, was er über Jacob Worralls begrenztes schäbiges Leben wußte, und daß dieser in seiner armseligen kleinen Werkstatt das heimische Midlandporzellan gesammelt hätte, und über die beiden Schläge, die seinen Schädel zertrümmert hatten, daß das bißchen Blut des alten Mannes auf die Dielen der Werkstatt spritzte. Er wählte Worte, bei denen es sie schauderte. Er stieß sie ihr wie Dolche in die Brust, aber sie gab keinen Laut von sich. Der Raum war erfüllt von Schmerz; aber die einzigen Worte, die man vernahm, waren seine Worte. Er wollte aufhören, aber sie *mußte* sprechen! Er mußte sie zum Sprechen bringen.

Erst nach einiger Zeit – warum nicht gleich, wußte er nicht – kam ihm der Gedanke, die Polizistin Crowther aus dem Zimmer zu schicken. Sie sollte unten warten, bis er sie wieder rein riefe. Sobald die Tür geschlossen war, beugte Annet sich vor und nahm seine Hand in ihre beiden Hände. Sie umklammerte sie und sah ihn aus verzweifelten Augen flehend an.

»Lassen Sie mich in Ruhe«, hauchte sie. Dann preßte sie seine Hand an die Wange. Ihre dunkle Haarflut ergoß sich darüber. »Schicken Sie sie weg von mir! Schicken Sie alle weg, und lassen Sie mich allein! Bitte, bitte, schicken Sie alle weg, und lassen Sie mich in Ruhe!«

»Nein, Annet, das kann ich nicht tun. Das wissen Sie genau.«

Wie gut George sie doch verstand und wie genau er wußte, welche Gefahr ihr jetzt drohte. Ob sie sich darüber klar war, was sie tun wollte, war eine ganz andere Sache. George war sicher, daß er nur alle Wachen abziehen und warten müßte, dann würde sie ihn zu ihrem Liebhaber führen. Und das konnte er nicht tun. Er konnte ihr Leben nicht aufs Spiel setzen – nicht einmal, um einen Mörder zu fangen. Er konnte sie nicht zum Sprechen bringen, und sie konnte ihn nicht dazu bringen, ihr die Bewegungsfreiheit zu geben, die sie haben wollte, weil sie dann ihr Leben ebenso verloren hätte wie der alte Mann.

»Sie müssen! Bitte! Ich habe nichts getan. Lassen Sie mich in Ruhe! Sie müssen mich in Ruhe lassen!«

»Nein.«

»Dann kann ich nichts tun, gar nichts. Bitte, bitte, helfen Sie mir! Schicken Sie alle weg, und lassen Sie mich allein.«

Das dunkle Haar teilte sich. George sah ihren schlanken Nacken. Diese Kindlichkeit und die Zerbrechlichkeit waren mehr, als er ertragen konnte. Beinahe heftig entzog er ihr die Hand und ging schnell aus dem Zimmer. Ihr langer verzweifelter Seufzer verfolgte ihn noch auf der Treppe.

»Nein«, sagte er müde, als ihre Mutter ihm von der Schwelle zum Wohnzimmer fragend entgegenblickte. »Hat sie nicht irgend etwas gesagt, das uns weiterhelfen könnte?«

»Sie hat nichts gesagt. Ebensogut könnte sie taubstumm sein. Und so ist sie gegen alle.«

»Ist jemand gekommen, um sie zu besuchen? Oder wollte jemand sie am Telefon sprechen?«

»Nein, sprechen wollte niemand mit ihr. Der Pfarrer hat angerufen und sich nach ihr erkundigt. Und Regina natürlich.« Selbst in dieser Extremsituation konnte sie den Stolz in ihrer Stimme darüber nicht unterdrücken, daß sie Mrs. Blacklock von Cwm Hall beim Vornamen nennen durfte. »Sie hat gestern angerufen, gleich nachdem die Zeitung gekommen war. Sie und Peter waren sehr besorgt um Annet. Sie haben gefragt, ob sie irgend etwas tun könnten oder ob sie sie besuchen sollten. Gegen Annet ist ja schließlich keine Anklage erhoben worden.« Mrs. Beck blickte George streng an. »Und wir haben das Recht, wenn wir wollen ...«

»Selbstverständlich haben Sie das. Aber Sie haben auch genügend Verstand, um die Gründe zu verstehen, warum Sie auf mich hören und das tun sollten, was ich sage. Wenn Sie nicht mehr meiner Meinung sind, lassen Sie alle Leute rein«, sagte George geduldig.

»Wir wissen natürlich, daß Sie nur Ihre Arbeit tun. Es sieht immerhin so aus, als würden Sie etwas tun, wenn Sie meine Tochter bewachen lassen. Etwas anderes ist Ihnen ja anscheinend nicht eingefallen. Selbstverständlich wollen Sie Ihren guten Ruf wahren ...«

»Hauptsächlich möchte ich Annet am Leben erhalten«, unterbrach George sie und ging an ihr vorbei zur Tür.

Er trat in den hellen Morgen hinaus. Die Sonne stand hoch über dem Hallowmount und schien von einem wolkenlosen Himmel. Gott sei Dank! Jane Darrill hatte einen wunderschönen Samstag für ihre Exkursion mit dem Geographie-Club erwischt. Kein Mensch würde sich wundern, wenn sie mit vierzig kleinen Jungen an einem schönen Oktobernachmittag auf dem Berg herumkrabbelte. Niemand würde vermuten, daß sie einen Dieb und Mörder davon abhalten sollten, seine

Beute zu holen. (Natürlich vorausgesetzt, daß er sie noch nicht geholt hatte.) Und niemand würde vermuten, daß die Aufsichtspersonen nach etwas Spektakulärerem als Proben der heimischen Fauna und der verschiedenen Gesteinsvorkommen des Hallowmount Ausschau hielten, einem Stückchen Galenit oder einem schimmernden Quarz von den Felsen.

Ich danke euch allen für diesen einen Tag Galgenfrist, dachte George, als er die Autotür zuschlug und nach Wastfield fuhr. Es bedrückte ihn sehr, daß er in dieser kurzen Zeit unbedingt Ergebnisse würde bringen müssen. Bei diesem ungeheuren Zeitdruck fiel es ihm manchmal schwer, sich zu erinnern, daß der Mord an Jacob Worrall eigentlich ein Fall der Polizei in Birmingham war und nicht seiner.

George hatte der Mutter die Namen von Annets engsten Schulfreundinnen abgerungen. Er ging die Liste mit Myra noch einmal durch, da diese ja Annets Busenfreundin war. Nachdem er sie dazu ermutigt hatte, gab sie ihm einen detaillierten Bericht über deren Lebensläufe. Vermutlich verschwendete er nur seine Zeit, aber vielleicht auch nicht. Bis jetzt hatte ihm niemand einen Hinweis geben können, wo Annet und ihr Partner die Nächte in Birmingham verbracht hatten. Inzwischen waren alle Hotels ausgeschieden, und die Zahl der noch nicht überprüften Privatpensionen nahm ständig ab.

Eine von Annets ehemaligen Klassenkameradinnen studierte englische Literatur an der Universität von Birmingham, eine andere war auf der Kunsthochschule. Beide dürften bei hochanständigen Leuten zur Untermiete wohnen, aber manchmal fanden die jungen Damen auch solche Wohnungen, wo sie über die Stränge schlagen konnten. Und selbst wenn sie ihrer Freundin kein Bett bieten konnten, hatte sich Annet vielleicht bei ihnen gemeldet, als sie in Birmingham war. Sie mußten den Jungen nicht unbedingt gesehen haben.

Er könnte sich leicht im Hintergrund gehalten haben – aber vielleicht auch nicht. Es war eine winzige, aber reale Chance.

Von der Telefonzelle am Dorfrand rief er Duckett an und meldete die mageren Fortschritte: drei Adressen, wo vielleicht etwas zu holen wäre. Die beiden Studentinnen und eine alte pensionierte Lehrerin, die sich mit der damals vierzehnjährigen Annet auf der Girls' High School in Comerbourne außergewöhnlich gut verstanden hatte.

»Die hätten sich doch gemeldet, wenn sie etwas wüßten«, sagte Duckett. »Auf alle Fälle die Lehrerin.«

»Das sollte man meinen. Aber wir können es uns nicht leisten, irgend etwas auszulassen. Haben Sie noch mal mit den Kollegen in Birmingham gesprochen? Ich vermute, die haben auch nichts.«

»Nichts? Mann, die haben alles, bis auf das, was sie wollen. Wie üblich ruft jeder Irre an und behauptet, die Kleine gesehen zu haben, aber immer am falschen Ort und eine ganz andere junge Frau. Diese Wichtigtuer kriechen unter jedem Stein hervor«, sagte Duckett verbittert, »und rennen zum nächsten Telefon. Bis jetzt kein brauchbarer Hinweis, aber irgendwo müssen die beiden geschlafen haben. Und selbst mit Sonnenbrille oder anderer Frisur könnte sich das Mädchen keine Minute lang verstecken. In irgendeiner Toilette in einem Restaurant oder Café mußte sie sich frisieren und dabei den Hut abnehmen, falls sie einen getragen hat.«

»Ich glaube nicht, daß sie versucht hat, sich zu verkleiden«, sagte George. »Sie hat nur eine private ›Sünde‹ begangen. Sie hatte keine Angst und schämte sich auch nicht, sobald sie Comerford hinter sich gelassen und bekommen hatte, was sie wollte. Ich glaube auch nicht, daß sie sich besondere Mühe gab, sich zu verstecken. Wenn sie es getan hätte, wäre sie mehr aufgefallen. Aber wie Sie sagten, müssen die beiden irgendwo geschlafen haben, und sie müssen auch was gegessen haben. Öffentliche Verkehrsmittel brauchten sie nicht. Sie hatten ja das Motorrad. Und wenn sie gemeinsam durch die Straßen gingen, taten sie es in der Dunkelheit. Die beiden Augenzeugen, die Annet identifiziert haben, hätten uns auch nicht viel genützt, wenn sie nicht direkt unter einer Straßenlaterne gestanden hätte.«

»Wie Sie sagen – für jemanden, der sich keine Mühe gab, hat sie sich sehr erfolgreich unsichtbar gemacht.«

»Zugegeben, aber nicht absichtlich. An jenem Abend hatte sie auch nichts dagegen, daß man sie sah. Sie stand direkt unter der Straßenlaterne und hat nicht versucht, sich zu verstecken, als der Casanova vorbeikam. Sie hat ihn erst abgewimmelt, als er zu frech wurde. Sie hatte keinen dringlicheren Grund, sich oder ihren Liebhaber zu verstecken, als den, ungestört ein Wochenende miteinander zu verbringen. Und rein zufällig hat es sich ergeben, daß ihr Aufenthalt in der Stadt unbemerkt geblieben ist. So sehe ich das.«

»Sie könnten recht haben«, meinte Duckett. »Machen Sie so weiter.«

»Sonst gibt es nichts Neues? Hat Scott etwas über Geoff Westcott rausgefunden?«

Ein kurzes heftiges Lachen drang an Georges Ohr. Wenn Duckett lachte, hieß das, daß jemand Ärger bekommen würde, aber nicht, daß er am Galgen enden würde.

»Und ob er das hat! Alles sehr interessant, aber ich bezweifle, daß es Ihnen viel nützt, George. Also Geoff hat Scott gestern erzählt, daß er mit seinem Techtelmechtel, Smoky Brown, in Südwales gewesen sei und bei Smokys Vettern in Gower gewohnt habe. Er erklärte, der gesamte Clan würde das bezeugen. Das bezweifelte Scott nicht, da er unsere Browns kennt. Deshalb hat er sie auch gar nicht befragt, sondern ist gleich zu Martha Blunt gegangen – noch ehe Geoff bei Lowther's Feierabend hatte. Er hat ihr erzählt, Geoff behaupte, am Wochenende mit den Browns in den Süden gefahren zu sein und bei den Vettern gewohnt zu haben. Dann fragte er sie, ob sie diese Behauptung bestätigen könne. Er tat vollkommen harmlos und meinte, sie würde sicher Bescheid wissen – und so weiter. Da Smoky Browns Schwester die einzige andere Brown war, die in Frage käme – übrigens eine sehr heiße Nummer –, zog Martha natürlich sofort die unausweichliche Folgerung und ging sozusagen an die Decke. ›Diese Ratte!‹ schrie sie. ›Also *das* hat er gemeint mit der Fernfahrt, um einem Freund einen Gefallen zu tun! Und ich habe dem verdammten Idioten jedes Wort geglaubt!‹

Scott mußte nur die üblichen Fragen einwerfen, wenn sie mal Luft holte: Was für ein Freund? Wohin? Welche Ladung hat er gefahren? Martha hat ihm alles erzählt, was er ihr gesagt hatte, und das war weitgehend die Wahrheit. Zwar hat er ihr nicht gesagt, wo er die Ladung abholen, aber wo er sie hinbringen sollte. Zwei Fahrten, zwei Lastwagen voll auf einen Hinterhof in Bolton. Liebe ist etwas Schreckliches.«

»Auf alle Fälle stört sie beim Geschäft«, stimmte George zu. »Meinen Sie, die Kollegen werden die Ladung beschlagnahmen können?«

»Mit etwas Glück, ja. Die Empfänger können ja nicht wissen, daß er so blöd war, seiner Freundin den wahren Grund zu nennen, warum er am Samstag nicht mit ihr ausgehen konnte. Selbstverständlich hat er ihr nicht erzählt, daß die Ware geklaut war, aber viel hat nicht gefehlt.«

Wieder einer weniger auf der Liste der Verdächtigen, dachte George, als er den Hörer einhängte. Arme Martha! Aber wenn sie beschloß, Geoff den Laufpaß zu geben, würde keiner sterben. Und wenn sie ihn trotz allem behalten wollte, konnte sie ihn vielleicht dank ihrer Charakterstärke vor dem Gefängnis bewahren. Nachdem er ihr einmal die Wahrheit gesagt hatte, würde es sinnlos sein, sie später anzulügen. Sie würde immer wie ein Schießhund aufpassen und die Leine straffziehen. Und wenn der junge Geoff sie tatsächlich liebte – und so sah es seltsamerweise aus –, würde er nach diesem Schreck beinahe alles tun, um nicht zu riskieren, sie zu verlieren. Vielleicht konnte sie ihm verzeihen und auf ihn warten, weil er nicht untreu, sondern nur ein kleiner Krimineller geworden war.

Nun, über die Geschichte der beiden brauchte er sich nicht den Kopf zu zerbrechen. Noch ein paar mehr lächerliche Komödien wie diese – und seine Liste der Verdächtigen löste sich in Rauch auf.

Er fuhr durch Comerford, über die Brücke und um die östliche Flanke des langen, dreimal gefalteten Höhenzugs nach Cwm Hall. Vor ihm lag die lange Auffahrt, der herrliche Park, links, etwas abseits, der Viereckbau der Stallungen, der zweihundert Jahre jünger als das wunderschöne Herrenhaus war, das wie ein E gebaut war. Dahinter standen die Scheunen und die Taubenschläge, die die ziegelroten Dächer überragten.

Regina Blacklock saß an ihrem Schreibtisch vor einem großen Fenster und ackerte – ohne Annets Hilfe – gnadenlos die Korrespondenz des Morgens durch. Als sie den Wagen auf dem großen Kiesplatz halten sah, winkte sie und stand auf, um George auf der Türschwelle zu begrüßen.

»Mr. Felse, ich freue mich sehr, Sie zu sehen. Ich wollte Mrs. Beck noch mal anrufen, aber ich hielt es für grausam, die arme Frau zu belästigen.« Hinter der Lesebrille wirkten ihre wachen hellblauen Augen etwas erschrocken. Aber dann überfuhr sie ihn beinahe mit ihren schroffen, entschiedenen Bewegungen, denen weder Tod, Verdächtigungen oder Leid etwas anhaben konnten. Kein Wunder, daß die Menschen, denen sie ihr ehrlich gemeintes Beileid aussprach, bei ihren Besuchen oft ablehnend reagierten und verärgert schwiegen. Dennoch war Regina eine freundliche, aufrichtige Frau, die – um alles auf der Welt – Menschen in Not oder Leid nicht einfach allein lassen konnte.

»Erzählen Sie mir von Annet. Das ist solch eine schreckliche Geschichte. Ich verstehe nicht, wie sie in so was reingeraten konnte. Wir haben immer so gut auf sie aufgepaßt. Und sie ist von Natur aus kein hinterhältiges Kind. Da bin ich mir ganz sicher. Nie habe ich ein Anzeichen dafür entdeckt. Wie konnte es geschehen, daß wir nicht gemerkt haben, daß ihr jemand den Kopf verdreht hatte? Wie geht es dem armen Mädchen jetzt?«

»Körperlich fehlt ihr nichts«, sagte George und stemmte geistig die Fersen in den Boden, um sich gegen diesen Energieansturm zu schützen.

»Sie haben wohl noch etwas dagegen, daß wir sie besuchen? Ich möchte die Dinge für Sie auf keinen Fall komplizieren, aber sagen Sie uns sofort, wenn wir zu ihr dürfen. Wir machen uns wirklich große Sorgen. Falls es in der Zwischenzeit irgend etwas gibt, das wir tun können, sagen Sie es, bitte. Wir würden ihr gern helfen!«

Das würden viele andere auch! George erinnerte sich an die feindseligen Blicke zwischen Tom Kenyon und Miles Mallindine in seinem Wohnzimmer. Auch die beiden konnten nichts tun, obwohl sie mehr Rechte als Sie haben, dachte er.

»Möchten Sie mit Peter sprechen? Er ist mit Stockwood bei den Stallungen. Ich glaube, sie arbeiten an einem Auto.«

»Eigentlich bin ich nur hergekommen, um ein paar Worte mit Stockwood zu wechseln«, sagte George.

»Oh!« sagte sie und trat einen Schritt zurück, um ihn mit ihren wachen blauen Augen näher zu betrachten. »Ich dachte, er hätte bereits alles gesagt. Gestern nachmittag war einer Ihrer Männer hier und hat ihn wegen des Wochenendes befragt.«

»Ich weiß. Da wäre nur noch ein Detail, über das ich selbst mit ihm sprechen möchte – falls Sie nichts dagegen haben?«

»Natürlich nicht. Aber ich sollte Ihnen sagen, daß ich diesem jungen Mann voll und ganz vertraue. Ich habe ihn noch nicht lange, das ist wahr, aber für gewöhnlich kann ich mir sehr schnell ein Bild von den Menschen machen«, erklärte sie hoheitsvoll. »Aber ich verstehe, warum Sie ihn als eine Möglichkeit in Betracht ziehen müssen. Trotzdem bin ich sicher, daß Sie damit nur Ihre Zeit verschwenden.«

»Er ist einfach ein Mann, der zumindest gelegentlich Kontakt mit Annet gehabt hat. Und das genügt für eine Befragung.«

»Und er sieht gut aus und – ist jung«, sagte Regina und fuhr sich durch die ordentlichen Wellen ihrer kurzen roten Haare.

Das letzte Wort klang irgendwie bitter. Sie verzog dabei den Mund. Hatte sie selbst dem Chauffeur zu oft und zu tief in die Augen geschaut? Es wäre nicht das erste Mal, daß eine selbstbewußte, stets tätige Frau plötzlich schockartig erkennen mußte, daß die Jugend sie verlassen hatte. Wenn ja, hatte Regina bestimmt nicht mehr getan, als einen Blick zu riskieren. Sie war zu selbstsicher, als daß sie einen Teil ihrer Persönlichkeit einem Angestellten geopfert hätte – ganz gleich, wie groß die momentane Versuchung auch sein mochte.

»Wieviel wissen Sie über ihn? Er hat Ihnen doch sicher Referenzen vorgelegt?«

»Eine von seinem letzten Arbeitgeber«, sagte sie. »Ein Geschäftsmann unten in Richmond. Selbstverständlich können Sie den Brief lesen, wenn Sie wollen. Davor sei er ein Jahr in Kanada gewesen, hat er erzählt, und habe als Chauffeur gearbeitet oder Gelegenheitsjobs angenommen. Bis jetzt fanden wir ihn vollkommen zufriedenstellend.« Sie benutzte das »wir« wie eine Monarchin. George verstand. Peter brauchte keinen Chauffeur und hatte auch kein Interesse daran, solange Regina zufrieden war.

»Das bezweifle ich nicht. Und er wohnt in Braidies alter Behausung?«

»In der südlichen Jagdhütte.«

Die befand sich hinter dem Herrenhaus. Man konnte sie jedoch nicht sehen, da sie in einer alten Schonung stand, die Peter hervorragend hegte und pflegte.

»Allein? Oder ist er verheiratet?«

»Er ist geschieden – genauer gesagt: Seine Frau hat die Scheidung eingereicht – allerdings wird die erst in einem Monat oder so rechtskräftig. Wegen einer Affäre mit einer anderen Frau. Sehen Sie, er war mir gegenüber sehr offen, als er sich um die Stellung beworben hat.«

»Dann lebt er also ganz allein dort?« – In einer Hütte im Wald, an einer ruhigen Straße, wo er kommen und gehen konnte, ohne gesehen zu werden. – »Und versorgt er sich auch selbst?«

»Ja, angeblich ist er sehr sparsam und sehr sauber.« Sie lächelte kurz. »Unser Obergärtner hat eine ziemlich kecke Tochter, die ihm ihre Dienste angeboten hat. Doch bis jetzt ist sie nicht weit gekommen. Allem Anschein nach hat er für Frauen keine Verwendung.«

Nein, vielleicht nicht, dachte George. Nein, bestimmt hatte er für andere Frauen kein Auge, wenn er Annet im Blick hatte.

»Ich gehe mal zu ihm, wenn ich darf.«

»Selbstverständlich. Sie kennen ja den Weg.«

George ging um den Flügel des Herrenhauses herum und dann die Böschung hinab. Die Stallungen, jetzt auch Garagen, waren ein zweistöckiger viereckiger Bau mit großem Innenhof und vielen Fenstern, der aus dem achtzehnten Jahrhundert stammte.

Peter Blacklock – in Cordhosen und altem Rollkragenpullover – beugte sich gerade unter die Motorhaube eines Jaguars, Typ E, von dem man sich glaubhaft erzählte, es wäre Reginas letztes Geburtstagsgeschenk für ihn gewesen. Stockwood – im Overall – wusch den Bentley. Als er die Schritte im Torbogen hörte, wandte er den Kopf um. Sein dunkles Gesicht – stolz, verschlossen und abweisend – glich dem eines Zigeuners. Einen Moment lang rührte er sich nicht. Wasser lief aus dem Schlauch über den Wagen und in den Gulli.

Peter Blacklock zog den Kopf aus den Eingeweiden des

Jaguars hervor und schüttelte sich mit nervösem Ruck das Haar aus der Stirn.

»Ach, hallo, Felse!« Über sein langes übersensibles Gesicht huschte erst Ärger, dann Resignation. Doch sogleich lächelte er mit der ihm eigenen gewinnenden Höflichkeit. »Tut mir leid, ich habe Sie nicht kommen hören. Suchen Sie mich?«

Er beugte sich in den Wagen und stellte den Motor ab. Dann wischte er sich die Hände mit einem Wattebausch ab. »Darf ich mich nach Annet erkundigen? Wir haben uns – wir *machen* uns große Sorgen um sie. Gibt es etwas Neues?«

»Nein, nichts Neues.« George wollte mit niemandem über Annet sprechen. Er wollte niemandem auch nur einen Teil von den Problemen offenbaren, die sie ihm gemacht hatte. »Wir ergänzen Einzelheiten, soweit wir können – vor allem über die Menschen. Haben Sie etwas dagegen, wenn ich Herrn Stockwood ein paar Fragen stelle?«

»Wenn es sein muß«, sagte Peter und runzelte die Stirn. »Aber ich dachte, Sie wären mit ihm fertig. Er hat doch gestern mit einem Ihrer Männer gesprochen. Funktioniert bei Ihnen die Kommunikation nicht?«

»Nein, da ist alles bestens. Aber doppelt genäht hält besser. Nur um sicherzugehen. Aber wenn Sie wollen, könnten Sie mich vorher noch über den zeitlichen Ablauf Ihres Wochenendes aufklären. Ihre Frau ist am Donnerstag nachmittag nach Gloucester gefahren. Stockwood hat sie mit dem Wagen hingefahren und wieder abgeholt, weil sie dort eine Freundin hatte, die sie auf Kurzstrecken fahren konnte. Wenn ich recht verstanden habe, haben Sie ihm dann das Wochenende freigegeben. Wann genau ist er von hier weggefahren, und wann ist er zurückgekommen?«

In dem sehr kurzen Augenblick der Stille drehte Stockwood das Wasser ab. Er legte die Bürste weg und trat einen Schritt auf sie zu. Dann wartete er. Sein dunkles Gesicht wurde noch dunkler, dann blaß.

»Er hat den Wagen ungefähr um Viertel vor fünf in die Garage gebracht«, erklärte Blacklock mit brüchiger Stimme. Sein langes Gesicht wurde vor Widerwillen und Ärger noch länger. »Ich habe ihm gesagt, er könnte bis zum folgenden Mittwoch mittag frei nehmen und dann meine Frau mit dem Bentley abholen. Ich habe ihm auch gesagt, falls er sich übers Wochenende ein Motorrad ausleihen wollte, wäre das in Ordnung. Er meinte, das würde er gern tun. Ich habe keine Ahnung, um welche Zeit er die Jagdhütte verlassen hat, aber es war um sechs Uhr ja bereits dunkel. Am Mittwoch war er pünktlich um zwölf Uhr zur Stelle und fuhr nach Gloucester, um Regina abzuholen.«

»Sie haben ihn nicht gefragt, wo er am Wochenende war?«

»Nein, selbstverständlich nicht. Er ist der Angestellte meiner Frau, nicht meiner; aber selbst dann hätte ich wohl kaum das Recht, ihn zu fragen, wie oder wo er seine freie Zeit verbringt. Nur seine Arbeitszeit ist gekauft und wird bezahlt.« Dann fügte er noch gelangweilt hinzu: »*Sie* mag das natürlich etwas angehen. Sie können ihn ja fragen.«

Der junge Mann trocknete sich sorgfältig und mechanisch die Hände ab und betrachtete die beiden Männer mißtrauisch. Er hatte es versäumt, gegen die nochmalige Befragung zu protestieren. Jetzt war es viel zu spät, so zu tun, als sei er überrascht oder verärgert. Er leckte sich die Lippen und wartete. Seine Augen blitzten. Das mochte Ärger sein, aber bei näherem Hinsehen wirkte es eher wie Verzweiflung.

»Ich glaube, ich spreche mit Herrn Stockwood lieber allein«, sagte George nach kurzem Nachdenken. »Wenn Sie nichts dagegen haben?«

Blacklock hatte sehr wohl etwas dagegen, das war nicht zu übersehen. Er fühlte sich auch für alle Angestellten seiner Frau verantwortlich und zögerte, einen der Willkür der Polizei zu überlassen, auch wenn er – theoretisch – der britischen Justiz nichts Böses zutraute. Nach kurzem Zögern machte er auf dem Absatz kehrt und nahm seine Jacke von der Steinbank in der Mitte des Hofs.

»In Ordnung! Ich sehe Sie doch noch, wenn Sie fertig sind, Felse? Kommen Sie doch auf einen Moment ins Haus, falls Sie mich draußen nicht antreffen.«

Er verschwand mit schnellen nervösen Schritten durch den breiten Torweg.

»Nun?« sagte George. »Wo haben Sie denn Ihr Wochenende verbracht?«

Widerwillig – oder verängstigt? – verzog der junge Mann den Mund und holte tief Luft. »Das habe ich bereits gesagt. Ich habe dem Typen, der gestern hier war ...«

»Sie haben ihm gesagt, Sie wären in einem Gasthaus im Temetal gewesen, um dann dort zu angeln – ich weiß, weil Sie ja keine Familie hätten.«

Stockwood warf den Kopf zurück. Sein Zigeunergesicht wurde vor Trotz flammend rot. Doch er unterdrückte diese Aufwallung sofort. »Sie haben gedacht, der Wirt wäre ein Freund von Ihnen und würde Sie decken. Vielleicht hat er Ihnen das versprochen, als Sie mit ihm telefoniert haben. Vielleicht würde er das bei einem einfachen Raub auch tun. Aber sobald er hörte, daß es um Mord ging, hat er ausgepackt. Er will mit der ganzen Sache nichts zu tun haben, mein Junge. Und Sie waren am Samstag nicht im ›Angler's Arms‹. Also – wo waren Sie?«

Aus Stockwoods Gesicht war die Farbe so schnell gewichen, daß man Angst haben mußte, sein Herz bekäme nicht mehr genug Blut, um weiterzuschlagen. George nahm ihn am Arm und führte ihn zur Bank. Das schmale junge Gesicht blickte ihn trotzig an. Doch dann wurden die Linien weicher.

»So ist's besser. Ganz ruhig. Alles ist ganz einfach. Sie haben uns ein Märchen aufgetischt. Und jetzt will ich wissen, wo Sie das Wochenende tatsächlich verbracht haben. In Ihrem eigenen Interesse wäre es besser, wenn Sie mit der Wahrheit rausrücken würden. Das hätten Sie gleich tun sollen, als Sie sich hier um die Stellung beworben haben. Warum haben Sie Mrs. Blacklock nicht gesagt, daß Sie im Gefängnis waren? O nein, ich habe ihr auch nichts davon gesagt. Also, das ist zwischen Ihnen und mir. Aber Sie haben sich doch sicher vorher erkundigt und müßten gewußt haben, daß sie Sie auch als entlassenen Strafgefangenen genommen hätte – vielleicht sogar gerade deswegen.«

»Das habe ich nicht gewußt«, sagte der junge Mann mit schmalen Lippen. »Wie sollte ich auch? Ich wollte den Job, und ich war sauber. Ich wollte kein Risiko eingehen. Ich wußte nicht, wie sie reagieren würde.«

»Ich sage Ihnen, sie hätte Sie genommen. Sie würde sich etwas darauf einbilden, Ihnen eine Chance gegeben zu haben.«

»Das sagt Ihr Burschen alle. Und das sagen auch alle Frauen wie sie immer. Aber wie konnte ich dessen sicher sein? Ich habe meine Arbeit ordentlich gemacht«, verteidigte er sich, reckte stolz den Kopf und blickte George an, ohne mit der Wimper zu zucken. »Sie haben nicht lange gebraucht, um mein Vorstrafenregister zu bekommen, stimmt's?«

»Nein, sobald wir rausgefunden hatten, daß Sie uns wegen des Wochenendes belogen hatten, kam uns diese Eingebung. Wir können kombinieren. Daraus folgt jedoch nicht, daß wir Sie unbedingt für den Täter in der Bloome-Street-Sache halten«, sagte George. »Es ist ein weiter Weg vom Klauen einer Ladung Zigaretten bis zu einem Mord. Aber niemand lügt einfach so, es sei denn, er hat etwas zu verbergen. Also – wo waren Sie?«

Stockwood biß die Zähne zusammen, um die Worte zurückzuhalten, die er diesem Kerl am liebsten ins Gesicht geschleudert hätte. Er umkrampfte die Steinbank. Eine zweite Lüge wäre aussichtslos. Er mußte unbedingt eine andere Verteidigungslinie aufbauen. Nach kurzem Kampf machte er den Mund auf und stieß hervor: »Bei einer Frau.«

»Miss Beck?« fragte George im Plauderton.

»Nein, nicht Miss Beck.«

»Wieder Rosalind Piper?«

Oder sollte es »noch« heißen anstatt »wieder?« Er hatte ebensowenig Grund, die Verbindung zu Rosalind zu verheimlichen, als sie fortzusetzen oder wiederaufzunehmen. Den Akten nach hatte sie ihn ein Jahr Gefängnis gekostet, weil sie ihn in die Bande hineingezogen hatte. Sie hatte ihn offenbar auch seine Ehe gekostet, da er ja jetzt in Scheidung lebte.

George fragte sich, wie diese Frau wohl aussähe. Ein blondes Gift mit frechem Gesicht oder ein kleines, unschuldiges Geschöpf mit großen blauen Augen? Der Junge konnte damals erst ein- oder zweiundzwanzig gewesen sein und frisch verheiratet, wahrscheinlich ein ordentlicher junger Mann mit guten beruflichen Aussichten, aber den üblichen Geldproblemen. Da war die Aussicht auf schnelles Geld, wenn er bei einem krummen Ding mitmachte, verlockend gewesen, vor allem, wenn Miss Piper sich ihm als Bonus draufgelegt hatte.

»Nein!« stieß Stockwood entschieden hervor und drehte den Kopf trotzig zur Seite.

»Ihr Privatleben interessiert mich nicht, solange Sie das Gesetz nicht brechen«, sagte George nachsichtig. »Aber sagen Sie mir lieber ihren Namen. Wenn sie Ihre Angaben dann bestätigt, vergesse ich das sofort wieder.«

»*Sie* vielleicht«, sagte Stockwood, »aber *sie* niemals.«

»Wenn sie das Wochenende mit Ihnen genossen hat, wird es ihr auch nichts ausmachen, Ihr Alibi zu bestätigen. Es kann doch nicht so schlimm sein, sie zu fragen, ob sie Ihre Geschichte bestätigen kann. Natürlich nur – wenn die diesmal stimmt.«

»Sie ist wahr!«

»Und wenn Sie nichts getan haben, wofür sich das Gesetz interessieren könnte.«

»Nein, ich habe nichts verbrochen. Sie werden mir auch keine Straftat nachweisen können, weil ich keine begangen habe.«

»Dann seien Sie doch kein Narr. Sagen Sie mir, wer die Frau ist. Damit helfen Sie sich und mir.«

»Nein – ich kann es nicht sagen.«

»Letztendlich müssen Sie es sagen. Kommen Sie, wir werden ihr keine Schwierigkeiten machen. Wir sind doch an ihr nicht interessiert. Aber wenn Sie uns ihren Namen nicht nennen, sitzen Sie ganz schön in der Klemme. Dadurch wird alles, was Sie mir schon erzählt haben, unglaubwürdig.«

»Ich kann es nicht ändern«, erklärte Stockwood trotzig und leckte sich einen Schweißtropfen von der Oberlippe. »Ich kann es Ihnen nicht sagen.«

»Sie können nicht, weil diese Frau ebenso eine Lüge ist wie Ihr Angelausflug. Sie existiert überhaupt nicht.«

»Sie existiert! O mein Gott«, sagte er leise und plötzlich so hoffnungslos, als wäre sie das einzige Wesen, das es für ihn gab, aber als quälte ihn die Unsicherheit, ob sie tatsächlich existierte. »Aber ich kann Ihnen nicht sagen, wer sie ist.«

»Sie wollen nicht.«

»In Ordnung! Ich will nicht!«

George ging unter den schattigen Torbogen und wartete, bis er sich etwas abgekühlt hatte. Nach wenigen Minuten kam er zurück und fing von neuem an. Zweimal, dreimal, viermal wiederholte sich das elende Frage-und-Antwort-Spiel. Am Ende war es immer noch: nein. Stockwood bebte vor Erschöpfung und Angst und blickte George feindselig an. Er wartete auf das, was nun unausweichlich kommen würde.

»Na schön«, sagte George endlich und seufzte. »Wenn Sie es nicht anders wollen, müssen wir sie auf andere Art und Weise finden.«

Aber würde ihnen das gelingen? Hatte er bis jetzt auch nur eine Möglichkeit gefunden, den Mann aufzuspüren, der mit Annet nach Birmingham gefahren war? Die Kollegen in der Großstadt mußten bessere Möglichkeiten haben.

»Dann lassen wir das jetzt für den Augenblick«, sagte er. »Es geht aber um Ihren Kopf.«

»Nehmen Sie mich fest?« fragte der junge Mann mit trokkener Kehle.

»Nein, noch nicht. Aber Sie werden doch keinen Blödsinn machen, oder? Wie zum Beispiel den, sich schnell von hier abzusetzen. Wenn ich Sie wäre, würde ich das nicht tun. Weit würden Sie nämlich nicht kommen.«

»Ich gehe nirgendwohin«, erklärte Stockwood fest. Er hatte immer noch die Hände um die Knie verkrampft, als George den Hof verließ.

Peter Blacklock wartete auf dem mit Laub bedeckten Seitenstreifen neben der Auffahrt, wo man ihn vom Haus aus nicht sehen konnte.

»Nun, sind Sie zufrieden?« Sein Gesicht war düster. Neugierig schaute er George an. »Wissen Sie, Felse, Sie bellen vor dem falschen Baum. Ich bin mir sicher, daß Stockwood nichts mit der Sache zu tun hat.«

»Für heute bin ich mit ihm fertig«, sagte George freundlich und nichtssagend.

»Da bin ich aber froh. Ich war mir sicher ...« Hilflos schüttelte er den Kopf und suchte nach Worten.

»Wissen Sie, Regina und ich machen uns wegen Annet große Sorgen. Aufgrund der Zeitungsberichte muß man doch annehmen, daß sie tief in die Sache verstrickt ist. Was ich sagen wollte ... oder fragen ...: Ihnen ist doch sicher klar, daß sie völlig unschuldig in diese schreckliche Lage reingezogen wurde, oder? Sehen Sie, wir kennen Annet sehr gut. Es ist ganz unmöglich, daß sie freiwillig jemandem weh tun würde. Sie kann nichts gewußt haben – überhaupt nichts – von diesem Verbrechen. Vor der Tat nicht – und hinterher auch nicht.«

Er wartete, aber George schritt wortlos neben ihm weiter.

»Verzeihen Sie, aber ich mußte Ihnen sagen, wie wir fühlen. Wir kennen sie vielleicht besser als jeder andere. Wir haben sie sehr gern, Mr. Felse. Sicher verstehen Sie das.«

»Das kann ich verstehen«, sagte George. »Langsam glaube ich, daß ich sie auch ziemlich gut kenne.« – Und ich könnte sie auch sehr gern haben, fügte er insgeheim hinzu, sagte es aber nicht laut.

»Dann muß Ihnen doch klargeworden sein, daß sie unmöglich von dem Diebstahl oder dem Mord etwas gewußt haben kann.« Er blickte George mit einem Abklatsch der autoritären, selbstsicheren Miene seiner Frau an. »Ich weiß, daß das sich mit Ihrer Berufsehre nicht verträgt, aber ich wäre Ihnen sehr dankbar, wenn Sie uns versichern könnten . . ., ein kleiner Hinweis, wie Sie über Annet denken . . .«

»Für mich ist sie ein menschliches Wesen«, sagte George verärgert. »Keine Puppe. Und sie ist viel komplizierter und gefährlicher, als Sie es sich anscheinend vorstellen können. Sie ist nicht das hilflose Opfer und nicht eine Figur im Spiel eines anderen. Und wenn sie mir leid tut, weiß ich, daß ich meine Zeit vergeude. Aber wenn es Ihnen ein Trost ist, kann ich Ihnen sagen, daß ich sie *nicht* für eine Mörderin halte.«

Er stieg in den MG und zischte los, daß der Kies aufspritzte. Als er auf der mit alten Limonenbäumen gesäumten Auffahrt in den Rückspiegel blickte, sah er Blacklock mit einem leisen Lächeln und tiefer Trauer in den Augen dastehen. In seinen alten, aber eleganten Sachen wirkte er wie ein Monument einer Gesellschaftsschicht, in die er gerade noch rechtzeitig zwangsverpflichtet worden war, um mit ihr zu vermodern.

Von zu Hause aus rief George den Polizeichef Duckett an, während der das Mittagessen hinunterschlang, das Bunty mit so viel Sorgfalt gekocht hatte. Aber er hatte keine Zeit, es zu genießen.

»Vielleicht sollten Sie es noch mal mit dem Motorrad versuchen«, schlug Duckett hoffnungsvoll vor. »Vielleicht hat jemand das Motorrad in der Gegend gesehen, wo sie übernachtet haben. Und dann sieht es für unseren Freund ziemlich mies aus. Aber warum – um Gottes willen – sagte er, daß er das Wochenende mit einer Frau verbracht habe, wenn er in Wirklichkeit mit dem Beck-Mädel zusammen war? Man hätte erwartet, daß er irgendeine wilde Geschichte auftischt, aber nicht eine, die so nahe an der Wahrheit ist.«

»Ursprünglich hat er ja auch erzählt, er sei zum Angeln gewesen. Die Angabe konnten wir zerpflücken. Diesmal habe ich ihn unter Druck gesetzt«, sagte George. »Und natürlich besteht immer noch die Möglichkeit, daß die jetzige Geschichte wahr ist – beweisbar wahr, sonst hat er sein Leben verspielt. Er sieht verdammt gut aus. Es könnte andere Frauen geben, die so denken, nicht nur Annet. Vielleicht auch einige, für die er viel riskieren würde, ehe er deren Namen preisgibt.«

»Denken Sie an einen bestimmten Namen?« fragte Duckett. Er wußte, wie er den nachdenklichen Tonfall bei George zu interpretieren hatte.

»Tu ich, ist aber weit hergeholt. Ich möchte zuvor ein anderes Feld pflügen, das bessere Ernte verspricht.«

Er konnte sich Ducketts Gesicht lebhaft vorstellen, wenn er aus dem Hörer folgende Botschaft empfänge: »Na ja, er *hätte* zurück nach Gloucester fahren und das Wochenende damit verbringen können, Mrs. Blacklock zwischen Vorträgen und Diskussionen zu verwöhnen. Sie hat ihn durchaus bemerkt. Sie verteidigt ihn, als wisse sie, wo er gewesen ist, aber es nicht sagen wollte – sie ergreift seine Partei etwas heftiger, als man es normalerweise für einen Chauffeur tun würde, den man erst drei Monate hat und der einem nichts bedeutet. Und was wäre logischer, als ihm den Mund zu stopfen und ihn lieber unter einer Mordanklage schwitzen zu lassen, als die Tatsachen auf den Tisch zu legen? Ein Riesenskandal! Sie ist ihren guten Ruf los, er seinen Job. Und wo würde er so schnell eine neue Stelle finden? Wenn es Regina wäre, ergäbe das alles einen Sinn.«

Nein, das war zwar alles wahr, aber nicht für eine Veröffentlichung geeignet und im Augenblick auch nicht wichtig. Damit konnte er den Mörder nicht fangen, selbst wenn er es beweisen könnte. Es würde nur eine weitere Möglichkeit ausscheiden. Er konnte damit warten, bis Stockwood an die Reihe käme, von der Liste gestrichen zu werden.

»Ich fahre jetzt nach Birmingham«, sagte George laut. »Das sieht mir im Moment vielversprechender aus.«

»Bestellen Sie liebe Grüße von mir«, sagte Duckett. »Und treten Sie niemandem auf die Hühneraugen.«

George fuhr nach Birmingham. Die Gespräche mit den Kollegen waren kurz und freundschaftlich. Sie hatten bei anderer Gelegenheit schon zusammengearbeitet und verstanden sich sehr gut. Die Kriminalpolizei der Stadt war unterbesetzt und überarbeitet. Jemand, der mit einer Handvoll Vorschlägen, wenn auch zweifelhaften, kam, wurde warm begrüßt, um so mehr, wenn er bereit war, die Nachforschungen selbst durchzuführen.

Ihre Fahndungsergebnisse waren zwei Verkäuferinnen, die in einem großen Geschäft Kleidung an Annet verkauft hatten, und ein älterer Zeitungsverkäufer, bei dem sie am Freitagabend eine Zeitung gekauft hatte.

»Der Kerl liest das verdammte Blatt nie selbst«, schimpfte der Polizeichef. »Nur die Seite mit den Pferderennen. Er sagt, er hätte zu viele Mädchenfotos gesehen, als daß die ihn noch interessieren. Während des Rush-hour-Verkehrs schwenkt er den Passanten das Gesicht des Mädchens vorm Gesicht herum, wirft aber selbst keinen Blick drauf.«

»Sie wurde nur allein gesehen?«

»Ja, jedesmal.«

»Na schön, dann wollen wir mal schauen, ob wir aus ihren alten Klassenkameradinnen was rausholen können.«

Die Literaturstudentin war übers Wochenende nicht in der Stadt. Daran hätte er natürlich denken müssen. Aber mühelos fand er ihre Adresse. Sie wohnte mit drei anderen Studentinnen bei einer über fünfzigjährigen Vermieterin, die selbst eine Familie großgezogen hatte und alle Fallstricke kannte. Innerhalb von zehn Minuten war ihm klar, daß es unmöglich wäre, in ihrem wohlgeordneten Haushalt irgendwelche Unregelmäßigkeiten zu begehen. Keines der Mädchen würde sich schlecht benehmen oder es wagen, einen Besucher, der sich schlecht benahm, in diese heiligen Hallen zu bringen.

Es wäre möglich, daß Annet mit Beryl Kontakt aufgenommen hatte, aber ziemlich unwahrscheinlich. Die eine Studentin, die das Wochenende in der Stadt zugebracht hatte, weil sie eine wichtige Seminararbeit schreiben mußte, hatte Annets Namen nie gehört, sie auch nie gesehen. George schloß aus ihren Worten, daß Beryl mehr an der Gesellschaft von männlichen Freunden als an der von anderen Frauen interessiert war. Er strich sie von der Liste und machte sich auf den Weg zu der pensionierten Lehrerin, die Annet gern gemocht und zu der sie Vertrauen gehabt hatte.

Diese Miss Roscoe war rosig, grauhaarig und geschwätzig. Ihr Erinnerungsvermögen war nicht das beste, doch war sie ganz sicher, daß sie von Annet Beck über ein Jahr lang nichts gehört oder gesehen hatte

Es brauchte geraume Zeit, um die Kunststudentin ausfindig zu machen, da Myra Gibbons deren Adresse nicht gewußt hatte. George mußte sich erst bei der Sekretärin der Kunsthochschule erkundigen. Aber er hatte Glück und ging dann gleich zu dem kleinen alten Haus in einer stillen Straße. Durch eine Gartentür gelangte man auf den Hof und zur Tür der Einliegerwohnung. Mary Clarkson machte ihm selbst auf.

Nein, sie hätte Annet Beck am Wochenende nicht gesehen, weil sie eine Woche lang zu Hause in Comerford gewesen wäre. Die Wohnung wäre abgeschlossen gewesen. Sie hätte natürlich Annets Foto in der Zeitung gesehen und den Aufruf gelesen. Aber sie hätte keine Informationen. Selbstverständlich machte sie sich große Sorgen um Annet, aber hauptsächlich wäre sie erstaunt, weil alles so unwahrscheinlich klänge.

Sie schrieben sich gelegentlich. Wann sie zum letzten Mal geschrieben hätte? Ach, ungefähr vor einem Monat. – Und hätte sie erwähnt, daß sie in den Ferien zur Semestermitte für eine Woche nach Hause fahren würde? Ja, jetzt, wo er sie frage, glaube sie, sich zu erinnern. Die Sache mit Annet wäre einfach schrecklich, nicht wahr? Nein, sie hätte ihr – Mary – nie etwas von Jungen erzählt, auch nicht von einem speziellen Freund. Annet vertraute derartige Dinge niemandem an. Nein, nichts, nie ein Wort, woraus man schließen könnte, daß sie verliebt wäre oder in Schwierigkeiten steckte. Da wäre sie sich ganz sicher. Wenn sie auch nur den kleinsten Hinweis zwischen den Zeilen gelesen hätte, hätte sie keine Ruhe gegeben, bis sie Einzelheiten erfahren hätte.

Offenbar hatte George wieder eine Niete gezogen. Die Stunden dieses einzigen unwiederbringlichen Tages verrannen, ohne daß er etwas gewonnen hatte. Aber als Mary ihn hinausließ, fiel ihm bei einem Blick auf den Hof auf, wie abgeschlossen der war: kein Fenster, auch keine zweite Tür. Da juckten seine Daumen.

»Wo ist der eigentliche Eingang zum Haus?«

»Ach, der ist um die Ecke in der anderen Straße. Ursprünglich war das hier die Hintertür. Als die Besitzerin umbaute, um einen Teil zu vermieten, ließ sie zwischen der Küche und dem Korridor eine Wand ziehen. Deshalb liegt die Wohnung so herrlich separat.«

Stimmt, sie lag so herrlich separat, daß er sich bestimmt

nicht irrte. Jetzt wollte und konnte er nicht weggehen, ohne ein Ergebnis mitzunehmen.

»Hat Annet Sie jemals hier besucht?«

»Ja, zwei- oder dreimal. Einmal hat sie bei mir übernachtet, aber das ist lange her.«

»Hat sie nie gefragt, ob sie wiederkommen dürfte? Oder ob sie die Wohnung auch in Ihrer Abwesenheit mal benutzen könnte?«

»Nein, eigentlich nicht. Ich meine, *sie* hat nie gefragt. Aber ich erinnere mich, daß *ich* ihr bei ihrem letzten Besuch angeboten habe, sie könnte die Wohnung jederzeit benutzen, wenn sie in Birmingham wäre – auch wenn ich nicht da wäre. Und ich habe auch Mrs. Brookes Bescheid gesagt – nur für den Fall, daß sie mal kommen würde. Aber sie ist nie gekommen ...«

Sie sprach nicht weiter, sondern blickte George mit großen Augen stumm an.

»Ich glaube, wir sollten ein Wort mit Mrs. Brookes wechseln«, sagte George und ging zur Gartenpforte. Mary folgte ihm. »Wann sind Sie in die Stadt zurückgekommen?«

»Heute morgen. Wir haben erst am Montag wieder Unterricht, aber ich habe heute abend eine Verabredung, sonst wäre ich bis morgen abend geblieben. Ich habe Mrs. Brookes noch nicht gesehen oder gesprochen. Glauben Sie wirklich ...?«

»Ja«, sagte George und drückte energisch auf die Klingel neben der blaugestrichenen Eingangstür. »Gab es irgendwelche Anzeichen dafür, daß jemand bei Ihnen gewohnt hat?«

»Mir ist nichts aufgefallen. Alles war sauber und ordentlich, genauso wie vorher. Aber das ist kein Wunder. Annet war immer ordentlicher als ich. Und ich habe mich nicht so genau umgesehen. Warum auch? Ich war gar nicht auf den Gedanken gekommen.«

Die Tür öffnete sich langsam. Eine dünne kleine ältere Frau in Schwarz – sie wirkte ausgesprochen vornehm – musterte

George scharf. Als sie Mary hinter ihm sah, lächelte sie sogleich freundlich.

»Ah, da sind Sie ja, meine Liebe«, sagte Mrs. Brookes. »Ich habe Sie heute morgen von weitem gesehen, als Sie vom Einkaufen kamen. Ich habe mir schon gedacht, daß Sie heute irgendwann vorbeischauen würden. Ihre Freundin war am Wochenende da – ich nehme an, sie hat Ihnen eine Nachricht hinterlassen, oder? Ich habe ihr den Schlüssel gegeben, und sie hat versprochen, alles ordentlich zu hinterlassen. So ein hübsches Mädchen. Ich habe mich gefreut, sie wiederzusehen. Und man hat kaum gemerkt, daß sie da war«, sagte sie fröhlich und lächelte wohlwollend, als sie sich an Annet erinnerte: scheu, stumm, ein bißchen verkrampft. »Sie war so still wie ein Mäuschen. Und sie hat mir so süß gedankt, als sie mir am Dienstagabend den Schlüssel zurückgebracht hat. Wenn doch nur alle jungen Mädchen heutzutage so gute Manieren hätten. Dann gäbe es keinen Grund, sich ständig über die junge Generation zu beklagen.«

»Sie ist einundsiebzig«, sagte George. Er erstattete bei einer Tasse starken Tees und einem Brötchen mit Wurst aus Birmingham – der einzigen Mahlzeit, für die er Zeit hatte – Bericht. »Eine Witwe, keine nahen Verwandten, ein paar Freunde, aber die kommen zu allen Tages- und Nachtstunden. Sie ist weder sehr aktiv noch sehr kräftig. Lebensmittel und Wäsche werden gebracht. Kein Hund, mit dem man rausgehen muß. Erstaunlich, wie völlig isoliert man in einer Stadt leben kann, wenn man will. Und sie gehört zu der Sorte Menschen, die das nicht stört. Sie ist nicht einmal besonders neugierig. Sie bezieht die Zeitung nur sonntags, weil sie die Nachrichten auf moderne Art und Weise erfährt. Wir haben einen Fehler gemacht. Wir hätten das Foto gar nicht in die Zeitung setzen müssen, sondern gleich im Fernsehen zeigen sollen. Sie verfolgt alle Sendungen mit einer Art religiösen

Eifers. Aber so war es möglich, daß sie – trotz unserer Anstrengungen – nicht wußte, wie unser Mädchen aussah. Nun, sie kann uns jetzt auch nicht viel sagen, aber zumindest wissen wir jetzt, wo Annet und ihr Liebhaber die Nächte verbracht haben. Mrs. Brookes ist nicht neugierig, aber es muß in der Straße eine Person geben, die ständig durch die Gardinen späht und aufpaßt, wann jeder kommt und geht. Jemand muß die beiden gesehen haben – vielleicht noch ein altes Mädchen, das keine Zeitung liest oder das nicht in die Sache verwickelt werden wollte. Bei uns draußen gibt es solche Menschen. Ich weiß nicht, ob in Birmingham auch.«

»Doch, die gibt es bei uns auch«, versicherte ihm der Polizeichef mit finsterer Miene und machte sich weiterhin Notizen.

»Auch wenn ein alter Mensch zu blind ist, um ein Foto zu erkennen, hat er manchmal doch ein gutes Auge für Größe, Gangart und allgemeine Erscheinung seiner Mitmenschen. Jetzt fängt das Klinkenputzen in der ganzen Straße an. Gott sei Dank ist das Ihre Aufgabe, nicht meine.«

»Meine auch nicht«, sagte der Chef mit gequältem Lächeln. »Die Abneigung, mit den Beinen zu arbeiten, hat mich auf diesen Stuhl gebracht. Ich möchte noch mal alles mit Ihnen durchgehen. Also: Annet hat sich am Donnerstagabend gegen sieben Uhr den Schlüssel geholt – da war es schon dunkel. Sie hat Mrs. Brookes daran erinnert, daß ihre Freundin Mary ihr erlaubt hätte, die Wohnung mal übers Wochenende zu benutzen. Mrs. Brookes erinnerte sich und gab ihr den Schlüssel. Annet sagte, sie brauchte nichts weiter, und die alte Dame überließ sie ihrem Schicksal. Der Eingang ist separat. Im Garten könnte ein Motorrad liegen, ohne daß jemand es sieht.

Die alte Dame hat Annet ein paarmal gesehen, wenn sie vom Einkaufen kam. Nicht nur Lebensmittel, sondern auch Tüten aus einer Boutique – sehr normal für eine junge Frau. Aber immer allein. Zweimal haben sie für ein paar Minuten miteinander geplaudert, aber das war alles. Nie wurde ein Mann dort gesehen. Stimmen dringen nicht durch die Wand – das glaube ich. Diese alten Häuser sind sehr solide gebaut. Keine Erwähnung eines Mannes, aber ihre Fenster liegen auf der anderen Seite, und sie schaut ohnehin die meiste Zeit fern. Sie kann uns also nichts über einen Mann erzählen, und sie will auch von keinem Mann hören – nicht in Verbindung mit diesem engelsgleichen Mädchen. Und Sonntag war Annet Beck zum Morgengottesdienst in der Kirche der Gegend – allein. Das verstärkt Mrs. Brookes Meinung, daß wir sie völlig falsch einschätzen. Am Dienstagabend brachte sie den Schlüssel zurück, bedankte sich höflich und verschwand. Mrs. Brookes weiß nicht, mit welchem Verkehrsmittel. In diesem Fall hätten wir es lieber mit einer neugierigeren Hauswirtin zu tun gehabt«, schloß der Chef mit saurer Miene.

»Bestimmt gibt es eine Nachbarin mit plattgedrückter Nase. Die Verkäuferinnen, die Annet das Kleid und das Nachthemd verkauft haben, konnten auch nicht viel mehr sagen.«

»Sie war allein einkaufen. Jedesmal. Und dann im Supermarkt und einer Boutique in der Stadt, nicht im Tante-Emma-Laden um die Ecke. Wenn er sie begleitet hat, hat er draußen gewartet. Das machen die meisten Männer. Ja, das wär's dann. Mehr haben wir nicht. Aber zumindest hat sich etwas bewegt. Jetzt können wir weitermachen.«

»Ja, das wär's. Ich muß wieder los«, sagte George und schob die leere Tasse beiseite. »Mrs. Brookes hat mir versprochen, sie würde sich noch bemühen, sich an jedes Wort und an jede Kleinigkeit zu erinnern. Falls ihr noch etwas einfällt und sie Ihnen das mitteilt, rufen Sie mich bitte an. Ich melde mich bei Ihnen, sobald ich wieder in meinem Büro bin. Vielleicht haben wir am anderen Ende etwas Neues. Allerdings rechne ich nicht damit«, sagte er ehrlich und stellte den Mantelkragen hoch. Gegen Abend war ein kalter Wind aufgekommen.

»Noch nicht«, fügte er hinzu und ging auf den Parkplatz zu seinem Auto.

Er kam später in sein Büro in Comerbourne zurück, als er angekündigt hatte. Tom Kenyon hatte bereits einmal angerufen. Aber er hatte nur berichtet, daß alle Geographen den ganzen Tag über ziemlich chaotisch tätig gewesen seien und daß er und seine Helfer Hallowmount weiter beobachten würden, bis sie zurückgepfiffen oder abgelöst werden würden. Er wollte in einer halben Stunde wieder anrufen. Das hieß, er müßte jede Minute an der Strippe sein.

Aber als das Telefon klingelte und George abhob, tönte die Stimme des Polizeichefs aus Birmingham an sein Ohr.

»Ich habe mir gedacht, Sie müßten inzwischen dort sein«, sagte er mit Genugtuung. »Zwei Neuigkeiten. Aber viel ist es nicht. Erstens: Wir haben einen kleinen Jungen aufgetan, der drei Häuser neben Mrs. Brookes Garten wohnt und auf der Straße Fußball spielt. Er hat am Freitag morgen den Ball über die Mauer in Miss Clarksons Garten gekickt. Er wußte, daß sie weg war, und ist selbst reingegangen, um den Ball zu holen. Er sagt, da war ein Motorrad abgestellt. Eine BSA 350. Paßt das?«

»Es paßt«, sagte George. Damit hätten sie also einen gewaltigen Schritt nach vorn getan. Er hatte das Gefühl, auf einem Pferd durch einen schmalen Weg zwischen leeren Wänden dahinzupreschen. »Der Junge konnte sich nicht zufällig an die Nummer erinnern?«

»Nein, leider nicht. Ein helles Köpfchen, aber nur bei Dingen, die ihn interessieren. Bei Zahlen ist es stockdunkel. Aber wenn das Motorrad da war, werden wir jemanden finden, der es gesehen hat. Wir müssen uns nur anstrengen. Jemand muß auch den Fahrer gesehen haben. Es wird verdammt mühsam, aber wir wissen zumindest, wo wir suchen müssen. Und zweitens: Mrs. Brookes ist noch etwas eingefallen. Fragen Sie mich nicht, was es bedeutet oder ob es etwas bedeutet. Ich hätte gedacht, daß sie es erfunden hat, um ihr Bild dieses Engels, der sie besucht hat, auszuschmücken, wenn ich sie nicht bei ihren anderen Beobachtungen für absolut ehrlich und zuverlässig halten würde. Sie hat gesagt, ein Mann sei *erwähnt* worden. Als sie mit Ihnen sprach, sei es ihr nicht eingefallen, weil sie sicher gewesen sei, Sie wollten sich nach einer ganz anderen Person erkundigen. Aber später habe sie sich erinnert und geglaubt, ihre Aussage korrigieren zu müssen, ganz gleich, wie irrelevant ihre Information auch sein mochte.«

»Der Stil kommt mir bekannt vor«, sagte George.

»Gut, dann suchen Sie den Sinn. Ich sehe keinen bis jetzt. Sie sagte, daß Annet, als sie am Donnerstag den Schlüssel holte, ihr erzählt habe, sie würde am Wochenende wohl Besuch bekommen. Er hätte in Birmingham zu tun und würde bei ihr vorbeischauen ...«

»Er?« George spitzte plötzlich die Ohren. Klar, hier endete die Sackgasse, und er mußte blitzschnell bremsen, wenn er sich nicht den Schädel brechen wollte.

»Er. Der Mann, auf dessen Anwesenheit sie Mrs. Brookes offensichtlich vorbereitet hatte, falls diese ihn zufällig sehen sollte. Der einzige Mann in diesem Fall. Und wissen Sie, wer dieser Mann sein soll? Das wird Sie umwerfen! *Ihr Vater!*«

9

Pünktlich um halb sechs rief Tom Kenyon wieder an.

»Nichts Neues hier. Es war ein schöner Tag, aber es ist überhaupt nichts passiert. Genau das konnten wir erwarten, wenn wir mit zweiundvierzig Mann auf dem Berg rumkriechen. Falls es hier etwas zu finden gibt, hat heute keiner danach gesucht. Darauf können Sie Ihr Leben verwetten. Aber wir haben es auch nicht gefunden.«

»Konnten Sie denn überhaupt suchen?« fragte George. Das war gewiß nicht leicht, wenn scharfäugige Schüler jede ausgefallene Idee ihrer Altvordern kritisch unter die Lupe nahmen.

»Ein bißchen schon, aber wir wollten keine Aufmerksamkeit erregen. Deshalb haben wir nur oberflächlich bei den Felsen gesucht, wo die Schüler ausgeschwärmt waren. Wir haben uns den Baumring genauer angesehen und den alten Fußweg darunter. Aber dann haben die Jungen nach Kristallen gesucht. Wir alle haben uns die Taschen mit Janes Gesteinsproben vollgestopft. Sie hat immer den nächsten menschlichen Packesel beladen, um es für sie nach Hause zu schleppen. Frauen wissen, warum sie keine Hosentaschen haben.«

»Inzwischen haben alle den Berg verlassen, nehme ich an«, sagte George.

»Ganz ostentativ. Ich hielt es für richtig, mit so viel Lärm wie möglich zu verschwinden, falls jemand darauf wartete. Aber Mallindine und Ihr Sohn sind noch oben«, versicherte er George. »Sie sind in Deckung gegangen und behalten alles im Auge, bis ich zurückkomme. Ich gehe jetzt wieder rauf und schicke die Jungen runter, damit sie im Pub Tee trinken und etwas essen können.«

»Die anderen sind alle weg?«

»Ja, sie sind mit dem Bus nach Comerford zum Tee gefahren. Jane hat das arrangiert. Und dann weiter nach Comerbourne und nach Hause. Oben ist es jetzt totenstill.«

George spürte förmlich die Stille auf dem Hallowmount. Sie bewegte sich, wuchs und ergoß sich in der Abenddämmerung auf das Dorf, überflutete Fairford und Wastfield, ertränkte die einsame Telefonzelle am Rand. Über die dunkler werdenden Flanken des Berges flossen die Ströme des Schweigens: sanft und langsam kräuselten sie sich um die verstreuten Farmen und Scheunen. Den ganzen Tag über wartete es wie ein großes schlafendes Raubtier. Jetzt in der Dämmerung reckte und streckte sich der Bergrücken. Der trügerische

Bodenwind erhob sich und bahnte sich einen wabernden Pfad durch das hohe Gras.

»Können Sie dort ausharren, bis ich komme?«

»Ja, ich werde irgendwo in der Nähe des Gipfels sein. Ich habe schon Tee getrunken. Ich schicke die beiden Jungen dann runter und warte auf Sie.«

»Gut! Ich komme, sobald ich mit dem Chef gesprochen habe. Vielleicht schaue ich auf Fairford noch mal kurz vorbei, wenn es Ihnen nichts ausmacht, eine halbe Stunde länger zu warten.«

»Macht mir nichts aus. Ich werde da sein, wann immer Sie kommen. Erledigen Sie nur vorher alles, was sein muß.« Tom zögerte, weil er sich nicht sicher war, ob er das Recht hatte, Fragen zu stellen. Aber dann quälten sie ihn doch zu sehr. Er konnte sie nicht zurückhalten: »Sind Sie an Ihrem Ende auf irgendeinen nützlichen Hinweis gestoßen?«

»Vielleicht. Noch kann ich nichts Genaues sagen. Wir haben rausgefunden, wo sie in Birmingham gewohnt haben. Kein Hotel – sondern in einer Wohnung, die eine Freundin von Annet gemietet hat. Das Motorrad ist wieder aufgetaucht. Annet hat der alten Dame, der Besitzerin des Hauses, die um die Ecke wohnt, erzählt, daß sie einen Besucher erwartete. Sie hat behauptet, es sei ihr Vater.«

Tom sog die Luft so laut ein, als hätte ihm jemand einen Dolch in die Brust gestoßen. »Ihr *Vater*?«

»Fällt Ihnen dazu was ein?«

Tom fiel dazu viel zuviel ein. Dinge, die er nie hatte hören wollen und an die er sich nicht erinnern wollte. Möglichkeiten tauchten auf, über die er nicht nachzudenken wagte. Er schluckte den heftigen Protest hinunter, mit dem er einen Teil der Last auf Georges Schultern abgeladen hatte. Der lag ihm wie Blei im Magen.

»Das klingt, als müßten wir unsere Vorstellungen überdenken, nicht wahr?«

»Stimmt«, sagte Tom. Die Kehle war ihm wie zugeschnürt.

»Warum hat sie das erzählt? Doch nur, um den Weg zu ebnen, falls sie mit diesem Mann gesehen würde. Offenbar handelte es sich um einen Mann, den man für ihren Vater halten könnte. *Und der so alt ist.*«

»Kein durchgedrehter Teenager«, sagte Tom.

»Nicht einmal ein Jüngling zwischen zwanzig und dreißig. Eine Vaterfigur. Um sich als Annets Vater auszugeben, müßte er zumindest um die Vierzig sein, aber kaum jünger. Irgendwelche Ideen?«

»Keine«, sagte Tom heiser. Klar, das klang wenig überzeugend.

»Denken Sie mal darüber nach«, sagte George und legte ohne ein weiteres Wort den Hörer auf. – Was hieß denn das nun? Noch ein Hammer nach all den Schlägen, die ihn seit Mittag getroffen hatten. Was wußte der junge Tom Kenyon, das er – George – nicht wußte? Dachte er an einen bestimmten Mann, der nicht Annets Vater war? Und warum hatte er wie in Panik dieses Wissen runtergeschluckt, das ihm schon auf der Zunge gelegen hatte – trotz seiner Gefühle für Annet? Er mußte sich doch auch danach sehnen, die Unsicherheit zu beenden, die ihren möglichen Tod bedeuten könnte. Warum hatte er den gesunden Bürgersinn unterdrückt, alles der Polizei in die Hand zu geben und die Verantwortung los zu sein?

George schaltete das Licht im Büro aus, verschloß die Tür und ging los, um Duckett, dem Polizeichef, persönlich Bericht zu erstatten. Auf dem Weg tanzte alles in seinem Kopf durcheinander: Annets Vater, Annets angeblicher Vater, Annets Vater-Besucher und die zufälligen Intimitäten und unwillkürlichen Reaktionen auf Nähe . . .

Es war beinahe halb sechs, als George Fairford erreichte. Warum nur verspürte er den starken Drang, unbedingt dorthin zu fahren? Er hatte keinen Grund zu der Annahme, daß dort etwas Neues geschehen wäre. Mit Sicherheit hatte Annet weder ihr Schweigen bereut noch ihre Lippen entsiegelt. Er würde ihr auch dann kein Wort entlocken, wenn er ihr erzählte, was er herausgefunden hatte. Das wußte er nun nach den vielen Versuchen. Nein, er mußte sich irgendwie davon überzeugen, daß es noch eine Annet gab, ein lebendes Wesen, einen Menschen, dessen einzigartiges Leben nicht von irgendeinem anderen Wesen abhing, eine junge Frau, die noch zu retten war. Denn wenn sie jenseits aller Rettung wäre, hätte er den Hauptgrund für seine Verfolgung verloren. Der alte tote Mann hatte ein Recht auf die Justiz, aber die junge lebendige Frau lag ihm im Augenblick mehr am Herzen.

Er bog an dem von Ranken überwucherten Tor in die Dunkelheit der von den alten herbstlichen Bäumen gesäumten Zufahrt ein. Das feuchte Laub war wie ein Schwamm unter den Reifen. Hinter dem schattigen Baumtunnel blendeten ihn grelle Lichtstrahlen. Die Eingangstür des Hauses stand weit offen. Alle Lampen waren eingeschaltet, die Gardinen zurückgezogen. Jemand schlug in den Büschen, die sich zum Bach hinabzogen, wie wild um sich. Im Garten hinter dem Haus schrie jemand laut – wie ein Mutterschaf, dem man das Lamm weggenommen hatte. Erst als George den Motor ausgeschaltet hatte, konnte er die Stimmen erkennen und die Worte verstehen. Er rannte zum Haus.

»Annet, Annet!« schrie Beck und bahnte sich einen Weg durch die Büsche.

George stürmte die Stufen zur Eingangshalle hinauf. Die Polizistin Lilian Crowther steckte den Kopf aus dem Wohnzimmer. Sie hielt den Telefonhörer ans Ohr, ließ ihn aber gleich los, als sie George sah. »Gott sei Dank! Ich habe versucht, Sie zu erreichen. Sie ist weg!«

»Wann?« Er fing den pendelnden Hörer auf und legte ihn auf die Gabel. Dann packte er die Frau am Arm und zog sie ins Wohnzimmer. »Schnell! Wann? Wie lange ist es her?«

»Nicht länger als fünf Minuten. Wir haben es gerade gemerkt. Lockyer sucht sie draußen – und ihr Vater. Weit kann sie nicht sein.«

»Sie hätten sie nicht allein lassen dürfen.«

»Sie ist zusammengebrochen! Wie beim letzten Mal. Sie lag mit dem Kopf in der Nähe des Kamins. Ich konnte sie nicht allein hochheben und bin zu ihrer Mutter gelaufen . . .«

Das Fenster stand weit offen. Die Gardinen blähten sich im Abendwind. Mrs. Beck rannte wie blind hin und her. Ihr Gesicht war verzerrt, als weinte sie, aber es kamen keine Tränen und auch kein Laut. Es war, als lauere außerhalb des Lichtscheins draußen um das Haus herum der Tod, und alle hätten das gewußt – nur Annet nicht. Es war, als wäre sie auf immer verloren, sobald sie den Lichtkreis verlassen hatte, um ihre Sehnsucht zu stillen, und niemand würde sie jemals wiedersehen. Es war, als sei sie mit dem Sprung aus dem Fenster auch aus der Welt rausgesprungen.

George stieg aufs Fensterbrett. Mrs. Beck blieb bei ihm stehen und starrte ihn mit verschleierten Augen an. Dann packte sie seinen Arm.

»Sie ist weg! Ich konnte es nicht verhindern. Niemand konnte sie aufhalten. Sie wollte unbedingt weg. Niemand ist schuld daran. Was hätten wir tun können?«

»Ich mache Ihnen ja keine Vorwürfe«, sagte er und sprang auf den ungepflegten Rasen hinunter. Dann lief er durch die Bäume zum Zaun. Kein Mond. Im Licht der Sterne konnte er sehen, daß alles um Fairford herum wie steril wirkte, keinerlei Bewegung. Auf der Straße war ihm auch keine junge Frau begegnet. Annet würde sich im Schutz der Bäume halten, solange sie konnte. Er lief um das Grundstück herum. Ab und zu blieb er stehen und lauschte. Er hörte Beck am anderen Ende des Gartens rufen. Dann traf er auf Lockyer, der systematisch die Büsche absuchte.

»Kein Zeichen von ihr?«

»Nein, Sir. Ich habe Ihr Auto gehört. Crowther hat Ihnen sicher schon gesagt . . .«

»Suchen Sie weiter«, sagte George und rannte zurück zum Haus. Mrs. Beck war ebenfalls hinausgelaufen. Er zog sie mit sich ins Haus.

»So, setzen Sie sich ans Feuer, und halten Sie den Mund! Lilian, schließen Sie bitte das Fenster, und geben Sie ihr einen Drink.« Er knallte die Tür zu und lehnte sich dagegen. »So, was ist passiert?«

»Wie ich Ihnen schon sagte – sie ist zusammengebrochen und beinahe ins Feuer gefallen. Wie sollte ich wissen, daß das alles Theater war? Ich bin losgelaufen, um Mrs. Beck zu holen – sie war oben und hat mich nicht gehört, als ich gerufen habe. Als wir zurückkamen, war Annet weg.«

»Sie ist aus dem Fenster geklettert«, sagte Mrs. Beck und rang die Hände im Schoß. »Ohne Mantel – nur in den dünnen Hausschuhen!«

»Ja, ja, das weiß ich alles.« – Lockyer hatte pflichtbewußt draußen patrouilliert, aber er konnte nicht an allen Seiten des Hauses gleichzeitig sein. Annet konnte sich wie eine Katze bewegen. Es war ihr nicht schwergefallen, ihm auf dem eigenen Grundstück zu entkommen. »Aber was ist vorher passiert? Jemand muß ihr den Befehl gegeben haben. Warum heute abend? Warum jetzt? Sie hat diese Zeit gewählt. Sie hatte einen Grund. Hat sie Briefe erhalten? Telefonanrufe?«

»Nein«, erklärte Lilian Crowther entschieden. »Ich war die ganze Zeit bei ihr, bis sie umgekippt ist. Und Mrs. Beck liest ihre Briefe – aber heute sind keine gekommen.«

»Und Besucher?« fragte George. Er war wütend über die eigene Hilflosigkeit, fing aber den Blick auf, den die beiden Frauen miteinander tauschten. »Keine Besucher? Jemand war hier.«

»Ich habe ihn gebeten, herzukommen«, sagte Mrs. Beck laut. »Ich habe ihn gebeten, mit ihr zu sprechen, um ihr vielleicht zu helfen. Schließlich ist es seine Aufgabe, Menschen zu helfen, wenn sie Probleme haben. Ich dachte, er würde vielleicht etwas aus ihr rausbringen. Der Gedanke kam mir gestern abend bei der Chorprobe. Ich habe ihn angerufen und gebeten, heute herzukommen. Schaden konnte es ja nicht. Selbst Kriminellen erlaubt man, den Pfarrer zu sehen.«

»Also gut«, sagte George und tastete sich wie in Panik auf diesem unbekannten Weg weiter vor. »Der Pfarrer ist gekommen. Sonst niemand?«

»Sonst niemand. Sie müssen zugeben, daß ich das Recht hatte . . .«

»Schon gut! Sie hatten das Recht! Haben Sie den Pfarrer mit ihr allein gelassen?«

»Nein«, erklärte Lilian entrüstet. »Ich war die ganze Zeit dabei. Mrs. Beck ist ausgegangen, aber ich bin geblieben.«

»Gott sei Dank! Und Annet hatte nichts dagegen?«

»Ihr schien es völlig egal zu sein, ob ich blieb oder ging.«

Und dennoch hatte sie abgewartet und war ihnen dann kurz entschlossen entflohen. Etwas war passiert, das ungemein wichtig gewesen sein mußte. Warum hätte sie sonst gerade diesen Zeitpunkt gewählt, nachdem sie so lange so stoisch gewartet hatte? »Und was haben die beiden miteinander geredet? Sagen Sie mir alles, woran Sie sich erinnern.«

Lilian zitierte einige verlegene Platitüden. Der Pfarrer war offenbar von Mitleid geschüttelt worden, das er nicht hatte verbergen können. Er hatte ihr gegenüber wohl sein mitfühlendes Herz geöffnet. Er war trotz seines Alters ein Junge geblieben mit einem Kinderhimmel, wo die Engel beschnittene Flügel hatten – wie seine eigenen.

»Er sagte, er sollte ihr ausrichten, daß der Chor sie bei der Probe vermißt hätte und für sie beten würde. Alle würden sie Trost in dem Gedanken finden, daß sie sie um halb sieben am Altar träfen – natürlich nur im Geiste, sagte er. Und das war ungefähr alles.« Lilian zerbrach sich den Kopf nach einer weiteren, wichtigeren Bemerkung, aber vergeblich. »Mir scheint nichts dabei zu sein, was ihre plötzliche Flucht erklärt.«

Und trotzdem mußte sie irgendwie eine Botschaft empfangen haben, eine Aufforderung, woraufhin sie in die Dunkelheit hinausgelaufen war. Darin konnte er sich nicht irren. Wenn diese Botschaft nicht in den trivialen Trostworten des Pfarrers gesteckt hatte, mußte es etwas anderes sein. Etwas, das ihm bisher entgangen war ...

»Sonst war nichts? Er hat ihr keinen Brief von jemand anders übergeben?«

»Nein, ehrlich nicht. Er ist nie nahe genug an sie rangegangen, um ihr etwas zu geben. Man hätte glauben können, er hätte Angst vor ihr – ich vermute, irgendwie stimmte das auch«, sagte die Polizistin. Sie hatte mehr Beobachtungsgabe, als George ihr zugetraut hätte.

»Sie hat doch die Zeitung nicht gesehen, oder?« George hatte sie selbst noch nicht gesehen. Er wußte nicht, ob etwas drinstand, das ihr einen Hinweis gegeben hätte. Irgendwo baumelte der verlorene Faden runter und mußte wieder aufgenommen werden.

»Nein, sie hat nie danach gefragt.«

Vielleicht, dachte George, weil sie wußte, daß sie ihr die Zeitung nicht geben würden, selbst wenn sie sie hätte lesen wollen. Vielleicht, weil sie mit tödlicher Gewißheit auf die einzige Botschaft gewartet hatte, die sie brauchte, und weil sie wußte, daß die ihr nicht durch die Zeitung zukommen würde.

Aber dann blieben nur die wenigen kahlen Sätze, die der Pfarrer aus der Außenwelt zu ihr gebracht hatte. Und wenn der Hinweis nirgendwo sonst war, mußte er in diesen Worten stecken. Der Chor hatte sie vermißt – Mrs. Becks Anruf hatte den Pfarrer wohl gerade noch vor der Chorprobe erreicht. Dort hatte er sich dann das Herz erleichtert und die Last auf die anderen Chormitglieder verteilt. Und die hatten irgendwie nobel reagiert. – Hatten sie das eigentlich wirklich? Der Ton der Botschaft klang eindeutig wie der des Pfarrers oder war es eine hervorragende Parodie? Es klang, als hätte er es diktiert und sie hätten Amen dazu gesagt. Sie würden für sie beten. Sie würden Annet um halb sieben am Altar treffen. Wenn auch nur im Geiste. Um halb sieben wurde das Abendlied gesungen, das war eindeutig. Ja, aber morgen, nicht heute. Warum war sie heute abend rausgelaufen? George schwitzte Blut und Wasser. Die Erkenntnis traf ihn nicht wie ein Blitz, sondern wie tiefste Dunkelheit:

Halb sieben am Altar. Halb sieben am Altar!

Halb sieben!

Jetzt war es zwanzig vor sieben auf seiner Uhr, und Annet war irgendwo da draußen in der Dunkelheit und hatte einen Vorsprung von mindestens einer Viertelstunde. Sie keuchte sich auf dem steilen Hang das Herz aus dem Leib, um möglichst schnell zu ihrem Liebsten zu kommen ...

Er riß die Tür auf und rannte zu seinem Auto. Dann rief er Lockyer. Als er den MG auf dem engen Platz gewendet hatte, so daß die Schnauze auf die Zufahrt gerichtet war, kam der Polizist schon aus dem Gebüsch und lief zu ihm. George machte die Tür auf.

»Schnell, steigen Sie ein! Lassen Sie die Sucherei. Hier werden Sie nicht gebraucht. Ich weiß, wo wir suchen müssen.«

Lockyer ließ sich auf den Beifahrersitz fallen und zog die Tür zu. Sie brausten durchs Tor und bogen links auf die enge Straße ein.

»Wohin fahren wir?« Lockyer stemmte sich gegen das Armaturenbrett. Er schwitzte und keuchte, weil er so gerannt war.

»Auf den Hallowmount.«

»Um Himmels willen, warum will sie denn da rauf?«

»Ihren Liebsten treffen. Er hat sie rufen lassen.«

Ihr Liebster – wenn er das noch war. Schließlich jagten sie ihn seit Tagen. Ihm mußte immer mehr bewußt geworden sein, daß die Anklage gegen ihn einzig und allein von ihrer Aussage abhing. Da war es inzwischen wahrscheinlicher, daß sie nicht dem Mann, der sie liebte, sondern ihrem Mörder in die Arme lief. Einer kann schneller laufen und billiger leben als zwei. Er kann sich leichter verstecken und anonym in Sicherheit leben als zu zweit. Außerdem würde die größte Beweislast mit Annet sterben. Selbst wenn er sich entschlossen hätte zu fliehen, konnte er das nicht wagen, ehe er nicht Annet zum Schweigen gebracht hatte. Gott allein wußte, was sie von ihm erwartete. Gemeinsam bis ans Ende der Erde fliehen? Vielleicht. Das Motorrad irgendwo in den Garten werfen, per Anhalter weiter bis ans Meer und dann eine Schiffspassage nach Frankreich?

Vielleicht! Vielleicht hatte sie auch ganz andere Pläne: eigene, leidenschaftliche, die niemand auf der Welt erraten würde, weil sie zu intim waren und weil niemand in der Welt Annet gut genug kannte, um genau zu wissen, was sie tun würde. Aber George Felse kannte sie inzwischen zumindest so gut, daß er demütig wartete und zugab, daß sie ein Geheimnis war.

Hinter dem Wastfieldtor wurde der Weg holprig. Wegen der tiefen Wagenspuren wurde der MG tüchtig durchgeschüttelt. George fuhr zwischen den Weiden dahin. Zaunpfosten bildeten eine blasse Wand. Der halbe Himmel über ihnen war dunkel. Im schwachen Schimmer der Sterne traten helle Gegenstände aus dem Dunkel hervor, so wie der hohe Torpfosten, wo die Schonung begann, oder die weiße Scheunenwand im Feld gegenüber. Vor ihnen erhob sich der Hallowmount – riesig und träge, aber wachsam – und nahm den jungen Bäumen den Himmel weg.

»Aber *wie* konnte er sie verständigen? Oder hatten die beiden dies alles vorher abgesprochen?«

Abgesprochen vielleicht, allerdings dürften sie erwartet haben, ihre Fahrt in die Freiheit unter anderen Umständen anzutreten. Alles abgesprochen – bis auf den Zeitpunkt und den Ort. Letzterer könnte ihnen aufgrund alter Erfahrungen natürlich bekannt sein. Und den Zeitpunkt hatte er bestimmt. Und sie hielt die Verabredung ein. Sogar ohne Mantel, in ihren dünnen Hausschuhen.«

»Ihr Besucher hat heute nachmittag die Nachricht gebracht.«

»Ihr Besucher? Aber es war doch niemand da, nur der ...«

Geistliche waren wie Ärzte oder Briefträger oft beinahe unsichtbar. Doch jetzt tauchte vor Lockyers Augen die große, gutaussehende Gestalt des Mannes auf. Er sah das freundliche Gesicht deutlich vor sich. Angewidert schluckte er. »Was, der Pfarrer?« Er saß wie betäubt da.

Ihr Vater! Nun, der Pfarrer war alt genug, um die Rolle zu spielen, wenn auch knapp. Auf ihn würde die Beschreibung gut passen. Und niemand hatte überprüft, wo und wie er das Wochenende verbracht hatte. Warum auch? Gut, er war bei der Chorprobe an dem Abend, als Annet gefehlt hatte, und mit Sicherheit war er sonntags seinen Pflichten in der Kirche nachgekommen. Aber man kann um halb acht in Comerford in der Kirche sein und um neun Uhr – oder kurz danach – in Birmingham. Einer hatte das gekonnt.

»Aber – der Pfarrer!« bohrte Lockyer nach. Er konnte es einfach nicht fassen.

George sagte nichts. Er war damit beschäftigt, den Wagen auf dem schlechten Weg zu halten, ohne langsamer zu fahren. Jetzt wußte er Bescheid. Diesmal konnte er sich nicht irren! Und er war nicht in einer Sackgasse, wo eine leere Wand am Ende darauf wartete, daß er mit voller Geschwindigkeit dagegen führe.

Er sah, wie der Berg mit dem rauhen Gras hinter dem Zaun langsam Gestalt annahm und sich in seiner wahren Größe zeigte. Beim Tor zur zweiten Schonung fuhr er auf den Grasplatz davor und hielt. Er stieg aus und kletterte durch die Drähte des Zauns. Keuchend folgte Lockyer ihm. Mit gesenktem Kopf nahm George den ersten Hang in Angriff. Bald fand er zu seinem Rhythmus und stieg schneller auf den Hallowmount, als er in seinem ganzen Leben bisher auf einen Berg gestiegen war.

Tom Kenyon saß in einer Felsnische auf dem höchsten Punkt des Altars und blickte über den Bergkamm. Er war zum ersten Mal allein hier oben, aber er hat das seltsame Gefühl, als sei es nicht das erste Mal. Das Schweigen, das mit der Dämmerung in die Täler hinabströmte, war jetzt vollkommen. Wie ein Mantel, der sich in alle Mulden des ausgestreckten Körpers schmiegte, lag es über dem riesigen wachen Berg und den Weiden. Manchmal spürte er ein rhythmisches Beben unter sich wie tiefes und leichtes Atmen. Unwillkürlich stimmte er sein Atmen auf dasselbe Maß ein. Bisweilen verfiel er – ohne es zu merken – in eine derartige Stille, daß seine kaum sichtbaren Arme, die die Knie umschlangen, so hart wie der Fels zu sein schienen, als sei er in das Quarzgestein des Altars hineingewachsen. Aber es war nicht so, als ob er eine neue Erfahrung machte. Es kam ihm eher wie eine Erinnerung vor, die so tief aus seinem Inneren stammte, daß er ihren Ursprung nicht erforschen wollte, denn dann hätte er seine eigene Identität sezieren oder ihren Wert in Frage stellen müssen. Und das hätte bedeutet, daß er an ihr zweifelte. Er spürte die Zugkraft der vielen Generationen von Menschen, die hier gelebt hatten. Sie zog ihn hinein in die Erde, verschlang ihn und machte ihn zu einem Teil dieser ununterbrochenen Menschheitskette.

Miles hatte recht gehabt. Angst war nicht angebracht und war irrelevant. Ehrfürchtiges Staunen blieb in ihm und wuchs, aber keine Angst. Und wenn Miles darin recht gehabt hatte, dann stimmte es auch, daß es einzig und allein darum ging, dazuzugehören. Es konnte geschehen, ohne daß man es durch irgendeine Bewegung bewirkte. Plötzlich war es da, und man war eingeschlossen. Man gehörte dazu, man nahm teil und trug einen Teil dazu bei. Diese Erde und alle Schichten der Gebeine der Vorfahren nahmen einen auf. Es war eine bessere und unverbrüchlichere Sicherheit, als die Zugehörigkeit zu einem Stamm oder die Anpassung an die Gesellschaft einem geben konnte.

War es nicht eigenartig, daß man allein zu solch einem abgelegenen einsamen Ort hinaufsteigen mußte, zu diesem sprechenden Schweigen und dieser fließenden Einsamkeit, um herauszufinden, woher man kam und wohin man ging – und in welcher Gesellschaft? Ich gehöre dazu, also bin ich.

Der Bodenwind hatte nachgelassen. Die Grashalme regten sich nicht. Die kalte klare Luft war ganz still. Ohne daß das tiefere Schweigen gebrochen wurde, hörte er in der Ferne die Laute aus den Außenbezirken von Comerford, das schwache Brummen der Autos auf den Landstraßen. Ein Motorrad kroch stetig höher herauf. Leise Echos aus anderen Welten.

Und die ganze Zeit über – zugleich mit dieser unglaublichen Heiterkeit des Geistes – quälte ihn das Entsetzen, das ihn ergriffen hatte, als George Felse gesagt hatte: »Sie hat behauptet, es sei ihr Vater.«

Er vermochte nichts Neues zu denken oder zu fühlen, aber er konnte den Gedanken auch nicht ausschalten. Ständig lief er in seinem Kopf herum in einem nie endenden schmerzlichen Kreis, ohne zur Ruhe zu kommen.

Vielleicht hatte Annet lediglich von einem Mann gesprochen, der alt und stattlich genug wäre, um als ihr Vater gelten zu können, für den Fall, daß man sie zusammen sehen sollte. Aber angenommen, sie hatte die Bezeichnung viel präziser benutzt? Angenommen, sie hatte tatsächlich den Mann gemeint, den alle Welt für ihren Vater hielt?

Er hatte sich bemüht, diesen Gedanken zu verdrängen, doch es war ihm nicht gelungen. Alle die Einzelheiten, die ihn – wenn sie widersprüchlich gewesen wären – von diesem Alptraum hätten befreien können, paßten plötzlich verräterisch gut zusammen: Beck wäre das gesamte Wochenende über zu Hause gewesen? O nein, wie er selbst und seine Frau erklärt hatten, war das nicht der Fall: Am Donnerstagabend hatte er die Feldwege und die Straßen von Comerford abgesucht, aber danach war er mit dem Bus zu seiner Schwester nach Ledbury und zu seinem Vetter ins Temetal gefahren, falls Annet dort auftauchen sollte. Er war erst am Montagabend zurückgekommen. Niemand hatte seine Aussagen überprüft. Warum auch? Nicht einmal seine Frau. Niemand wußte, daß er in Wahrheit nicht Annets Vater war – niemand außer Mrs. Beck und – Tom Kenyon.

Es sei denn, Annet wußte es auch. Das war der springende Punkt. *Wußte* Annet es? Und wenn, seit wann? Tom zermarterte sich den Kopf. Er konnte die Angst davor nicht abschütteln, daß sie es vielleicht wußte, und zwar seit langem. Das erklärte nur allzu logisch ihre Unzugänglichkeit, ihre Entfremdung von beiden – von Beck als ihrem Vater. Aber Beck als Mann?

War dieser Gedanke zu weit hergeholt? Es wäre eine scheußliche Tragödie, aber nicht undenkbar. Erbarmungslos drängte sich noch ein schlimmerer Gedanke auf: Beck hatte ihm die Wahrheit gesagt, weil er Annet nicht die Gefühle eines Vaters zu seiner Tochter entgegenbringen konnte, da er wußte, daß sie es nicht war, und sein Gewissen ihn nicht hatte ruhen lassen, bis er eine Beichte abgelegt hatte. Auf seine umständliche Art war er ein hartnäckiger Verfechter der Wahrheit und pflichtbewußt. Vielleicht hatte er nur das Beste beabsichtigt?

Und Annet – wie konnte er bei ihr sicher sein? Vielleicht hatte sie mit Wärme, Unmut und Zärtlichkeit reagiert, aber von dort ist der schlüpfrige Pfad zur Liebe nicht mehr weit. Wenn man nun von dieser Möglichkeit ausginge, waren die beiden in einer verzweifelten und bedauernswerten Situation gefangen. Flucht, Raub, Mord war ihnen vielleicht als einziger Ausweg erschienen, da sich kein anderer anbot.

Tom wünschte sich jetzt, er hätte George alles erzählt, und gelobte sich feierlich, ihm alles zu sagen, sobald er käme. Aber tief im Herzen wußte er, daß er es nicht tun würde. Er konnte nicht das wiederholen, was er von einem betrunkenen und völlig überdrehten Mann erfahren hatte. Er hatte kein Recht, diesen schmerzlichen Vertrauensbeweis zu mißbrauchen.

Jedesmal wenn er an das Ende dieser Überlegungen kam und alles noch einmal kritisch betrachtete, war er überzeugt, daß er den Verstand verloren hätte, daß es unmöglich wäre und daß er eine abwegige Phantasie hätte. Aber sobald er die Details wieder überprüfte – in der Hoffnung, sie dann über Bord werfen zu können, wußte er, daß es möglich war, daß derartige Dinge passierten und daß es auch in einer normalen Welt keine Immunität gegen das Abnormale gab, und daß man sich nirgends vor der Liebe verstecken konnte, wenn sie einen heimsuchte. Er brauchte sich nur seinen eigenen Fall vor Augen zu führen! Hatte er sie je lieben wollen? Will überhaupt jemand ins Feuer laufen?

Er blickte auf die Uhr. Halb sieben. Die winzigen leuchtenden Punkte der Zahlen waren das einzige Helle in dieser ruhigen, uralten geheimen Dunkelheit. In der Kälte hatten sich seine Beine verkrampft. Er rutschte von seinem Hochsitz hinab ins Gras. George müßte bald kommen. Und die beiden Jungen würden mit Sicherheit nach dem Tee nicht nach Hause gehen, wie er ihnen gesagt hatte, sondern darauf beharren, zurückzukommen, um den Rest seiner Wache mit ihm zu teilen. Wahrscheinlich würde auch Jane kommen, nachdem sie ihre Schüler in der Obhut von ein paar Aufsichtspersonen in den Bus nach Comerford gesetzt hätte. Sie würde wissen wollen, wie es ihm ergangen wäre. Lange konnte es nicht mehr dauern.

Beinahe tat es ihm leid, seine Einsamkeit wieder mit lebenden Menschen teilen zu müssen. Mit den unzähligen Generationen der Toten aus grauer Urzeit, noch ehe die Römer herkamen, um Blei zu gewinnen, noch ehe in Middlehope Feuerstein zu Werkzeug behauen wurde – mit denen allen brauchte er keine Sprache, um sich auszutauschen. Denen mußte er keine langen Erklärungen abgeben. Er war eins mit ihnen – ohne Anstrengungen, ohne Riten oder Rituale.

Regina hatte bestimmt recht. Es gab keine Hexen auf dem Hallowmount – und hatte es nie gegeben. Sie wären hier unpassend, lächerlich, überflüssig, fremd und falsch gewesen. Beschwörungen waren etwas für Außenstehende.

Ich werde durch das Alleinsein schrullig und fange an zu spinnen, dachte er. Irgendwo da draußen gibt es ein zwanzigstes Jahrhundert, und wir stecken mittendrin in Schwierigkeiten, und ich sehe keinen Ausweg.

In diesem Augenblick drang das leise Geräusch, das seit Minuten gegen seine Sinne hämmerte, ohne daß er es wahrgenommen hatte, in sein Bewußtsein ein. Und damit kehrten Zeit und Streß zurück und die unausweichliche Erinnerung an Annet, die mit stummem Herzen ihrem rührenden Traum vom Glück nachhing, obwohl alles um sie herum in Scherben lag. Er verließ den Felsenring, um besser zu hören.

Ein Motor summte regelmäßig und eifrig, während das Geräusch immer näher kam, aber nicht von der Fairforder Seite, sondern von Middlehope her. Auf der Westseite des Bergs konnte man es nicht hören. Hier oben auf dem Kamm jedoch war es ganz deutlich. Tom trat an den Hang heran und blickte in die flache Talschüssel hinunter. Da sah er den Scheinwerfer eines Motorrads wie ein Glühwürmchen auf dem Schafspfad von Abbot's Bale heraufkriechen. Licht und Geräusch kamen immer näher. Jetzt hatten sie das Moor hinter sich gelassen und die trockene Weide erreicht, wo der Pfad sich wie eine Rauchfahne am hellen Himmel auflöste. Dicht unter dem Altar blieb das Motorrad stehen, und der Motor verstummte.

Wie ein aufgescheuchter Vogelschwarm flog das Schweigen auf, kreiste und ließ sich wieder nieder. Das winzige Licht verlosch. Eine kleine dunkle Gestalt stieg vom Sattel und machte sich an den Aufstieg.

10

Tom kletterte schnell wieder in seine Felsennische über dem Altar zurück. Sein Herz schlug wie verrückt. Die Vergangenheit fiel von ihm ab. Das Knirschen der Steine unter seinen Sohlen klang wie Steinschlag. Mit den Fußspitzen tastete er nach Grasflecken, wo kein Geräusch entstand. Endlich hatte er die schützende Nische in der Dunkelheit erreicht. Er legte die Wange gegen den kalten Stein. Von hier aus konnte er zwischen den Felsvorsprüngen den hellen Streifen des Himmels über dem Aufstieg von Middlehope sehen. Falls er den Eindringling übersähe, würde er ihn mit Sicherheit hören.

Ein Motorrad, ein einsamer Fahrer, der nachts zielsicher zu diesem einsamen Platz heraufstieg! Sie hatten mit ihren Vermutungen gar nicht so sehr danebengelegen. Sie hatten den Tag nicht vergeudet. Und jetzt saß er hier – allein – und konnte nichts anderes tun, als zu beobachten und zu identifizieren. Vor allem identifizieren! Das mußte er schaffen, ganz gleich, was es kostete. Es konnte kein Zufall sein. Nein, der Mann, der den Berg hinaufstieg, war Jacob Worralls Mörder.

Wie lange brauchte man vom Ende des Wegs am Bach nach oben? Nicht lange. Tom wartete mit angehaltenem Atem, aber das Pochen des Blutes in seinen Ohren verdrängte alle Laute in der Ferne. Es wehte auch kein Wind, der Geräusche von unten herauftragen konnte. Die Minuten verrannen so langsam wie die Schweißtropfen, die ihm zwischen den Schultern über den Rücken flossen. Immer noch nichts! Er glaubte schon, der Mann sei abgebogen und ginge unterhalb des Altars zu den Bäumen.

Dann hörte er, wie ein Stein sich unter einer Sohle gelöst hatte und nach unten rollte. Jemand holte tief Luft. Beide Geräusche waren beängstigend nahe. Er erstarrte in seiner Nische und preßte die Wange noch dichter an den Fels. Seine Augen waren auf die Stelle geheftet, wo Himmel und Erde sich trafen.

Ein Kopf und Schultern, beim Steigen vornübergebeugt, lösten sich von der dunklen Erde und zeichneten sich vor dem blauschwarzen Himmel ab. Keuchend erreichte die schemenhafte Gestalt den Kamm und richtete sich mit einem Seufzer der Erleichterung auf, als der Boden eben war. Gegen den Himmel zeichneten sich langgezogene Umrisse ab, vor den Felsen war die Gestalt beinahe unsichtbar. Sie bewegte sich schnell und schien genau zu wissen, wohin sie ging, und glaubte zweifellos, ganz allein zu sein.

Tom hörte die Schritte durchs Gras schleifen und die tiefen pfeifenden Atemzüge. Er keuchte nach dem anstrengenden Aufstieg noch immer. Er ging diagonal über die Fläche zwischen den Felsen, in einigem Abstand zu Toms Versteck. Er war mehr zu hören als zu sehen, als er pfeilgerade auf die zerklüfteten Flußspatgesichter der Altarbasis zuschritt.

Tom reckte den Hals und spitzte die Ohren, um den Mann zu erkennen. Sobald er einen Hinweis zu haben glaubte, zweifelte er den sogleich wieder an. Das meiste war blinde Raterei. Jetzt wurde der Schemen kleiner. Er schrumpfte. Aus dem unterdrückten Ächzen schloß Tom, daß der Mann nicht mehr ganz jung wäre. Das paßte, nachdem die Frau in Birmingham ihnen den Hinweis auf den Vater gegeben hatte. Der Mann kniete dicht vor den Felsblöcken, die den Altar stützten. Scheinbar kopflos beugte sich der Schemen vor und griff mit beiden Armen in eine Felsspalte. Der schwere Atem wurde regelmäßig. Das leise Pfeifen am Ende eines jeden Atemzugs schwang wie ein Pendel durch die Luft.

Dann ein unterdrückter Fluch, Kratzen. Dann rieb Stein gegen Stein, als zöge man einen schweren Stöpsel aus einer Keramikflasche. Jetzt richtete der Mann sich auf. Tom sah den Kopf. Er legte etwas neben sich ins Gras. Dann beugte er sich wieder vor und holte etwas aus der Spalte heraus. Mit dankbarem Seufzer drehte er sich um und betrachtete seinen Schatz.

Tom schlug das Herz heftig und unregelmäßig. Das war doch nicht Beck! Das Motorrad wäre kein Hinderungsgrund gewesen. Zwar besaß Beck kein Motorrad, aber man konnte diese Maschinen auch mieten oder heimlich kaufen und verstecken. Obwohl die Vorstellung dieses etwas engstirnigen, weltfremden, sanften Gelehrtentyps auf einem Motorrad absolut grotesk war, gab es ja viele Männer, die älter als er waren und deren Charakter es noch unwahrscheinlicher machte, die dennoch Motorrad fuhren. Nein, es war nicht Beck – aber eigentlich nur, weil Tom sich verzweifelt wünschte, daß er es nicht sein möge. Aber jetzt versteifte er sich darauf.

Zwischen dem vornübergebeugten Körper und den Felsen fiel plötzlich ein dünner Lichtstrahl aufs Gras. Von dem kleinen hellen Fleck schloß Tom, daß es sich um eine Taschenlampe in Form eines Bleistifts handelte. Trotzdem schirmte der Mann das Licht mit der Hand ab, weil er wohl nicht riskieren durfte, daß man um diese Zeit oben auf dem Hallowmount Licht sähe. Aber anscheinend brauchte er für seinen Schatz die Taschenlampe für ein paar Augenblicke.

Jetzt fiel der Lichtstrahl auf eine kleine lederne Aktentasche. Der Mann hielt sie gegen ein Knie gepreßt. Mit der freien Hand drehte er den kleinen Schlüssel im Schloß um. Dann öffnete er die Aktentasche und tastete darin herum. Er mußte sich wohl vergewissern, daß sein Schatz unangetastet war. Schließlich war er sein gesamtes Vermögen, seine Hoffnung zu entkommen, die einzige Zukunft, die er hatte. Er brauchte zwei Hände und beugte sich zur Seite, um die Taschenlampe in eine Spalte zu stecken. Als Blendschutz legte er ein Taschentuch darüber.

Wenn er jetzt nur den Kopf drehen würde! Wenn nur ein Windstoß käme und das Taschentuch fortwehte! Dann würde der feine Lichtstrahl auf sein Gesicht fallen. Aber es war absolut windstill. Die Luft war nur erfüllt von Gleichgültigkeit und Schweigen.

Fieberhaft untersuchte er den Inhalt der Tasche. Er stieß sich das Knie an der scharfen Kante des Steins, den er wie einen Stöpsel aus dem Spalt gezogen hatte. Er zuckte zusammen und rang nach Luft. Aber weder das Zischen der eingesogenen Luft noch der unterdrückte Schmerzenslaut verrieten die Stimme.

Offenbar kannten sie diesen Spalt seit langem und hatten ihn bereits früher als Briefkasten oder Schließfach benutzt. Aber mit Sicherheit hatte darin noch nie Schmuck für zweitausend Pfund gelegen. Paßte in solch eine kleine Tasche so viel Schmuck rein? Offensichtlich ja. Das meiste waren Ringe gewesen, dazu noch Diamanten und Saphire und ein paar Uhren. Das nahm nicht viel Platz ein.

In der Aktentasche hatte anscheinend nicht nur der gestohlene Schmuck Platz, sondern noch etwas anderes. Hastig holte der Mann den Gegenstand heraus und hielt ihn einen Moment lang in den Lichtstrahl. Tom sah den kurzen Lauf einer Pistole.

Es war eine kleine kompakte Waffe. Eine Kleinkaliberpistole. Tom verstand nichts von Waffen, hatte auch noch nie eine in der Hand gehabt. Doch dieser Mann schon. Er ging mit der Pistole so gekonnt um, daß man auf lange Übung schließen konnte. Seine Finger umschlossen sie automatisch, als sei er in Gedanken ganz weit weg. Aber Männer, die alt genug waren, um Annets Vater zu sein, hatten im letzten Krieg fast alle Uniform getragen, und geübte Hände vergessen nichts. Viele Männer hatten nach Kriegsende ihre Waffen mit nach Hause genommen und sie trotz Aufforderung der Polizei nicht abgeliefert.

Jetzt war der Mann zufrieden. Mit tiefem Seufzer setzte er sich auf die Fersen und legte die Pistole zurück in die Aktentasche. Seine Hand war bis zum Handgelenk darin verschwunden, als ein Windstoß plötzlich ein Geräusch von der Fairforder Seite her über den Kamm trug. Vielleicht hatte das Geräusch schon eine Minute lang an ihr Bewußtsein gepocht, doch sie waren zu konzentriert gewesen, um es zu bemerken; denn jetzt war es erstaunlich nahe und deutlich. Jemand stieg eilig durch das dürre Gras herauf. Man hörte, wie er ausrutschte, sich wieder fing und weiterhastete.

Der kniende Mann hörte es und drehte sich in Panik um. Schnell holte er die Pistole wieder aus der Aktentasche. Dabei fegte er mit der Schulter die Taschenlampe samt Taschentuch weg. Fluchend griff er nach der über den Boden rollenden Stablampe und schaltete sie hastig aus. Doch für einen Augenblick hatte der Lichtstrahl sein angespanntes, angstvolles Gesicht getroffen.

Tom zitterte vor Erregung in seiner Nische. Immer noch tanzte das Oval des Gesichts in der Dunkelheit vor seinen Augen. Nicht Beck! Keiner der jungen Angeber in Lederjacken, die sich an der Ecke des Platzes in Comerbourne trafen, um ihre schweren lauten Maschinen, ihre armseligen Statussymbole miteinander zu vergleichen. Auch nicht der junge Stockwood. Auch kein Fremder, den man gnädig hätte vergessen können. Nein, es war Peter Blacklock, Verwalter eines großen Besitzes, Gatte einer der reichsten Frauen in West-Midshire, Sekretär eines halben Dutzends ehrenwerter Gesellschaften, die unter ihrem Schatten tätig waren, Chorleiter, Organist, Mann für alles im Dorf und Prinzgemahl auf Cwm Hall ...

Mit dem Gesicht fand alles schlagartig seinen Platz. Tom sah die Zusammenhänge mit unfehlbarer Sicherheit – blitzschnell, noch ehe der Lichtstrahl verlosch –, und er bemerkte, daß er halb hysterisch eine Felsspitze umklammerte.

Ihr Vater – ja, Blacklock könnte sich ohne weiteres für Annets Vater ausgeben. Bedenkenlos hätte sie ihn Mrs. Brookes vorstellen können. Anfang Vierzig, freundlich und charmant, sanft, manchmal von einem Hauch Melancholie umgeben – in den Augen ihrer Eltern eine Art Onkel. Wer hätte diese Rolle besser spielen können? Aber es sprach noch viel mehr für ihn: die Qualitäten, die er nicht besaß, die leeren Räume, die sie hätte füllen dürfen. Er war ebenso unvermeidlich wie unmöglich.

Wer sonst hatte solch einen engen Kontakt mit ihr gehabt? Viele Stunden in Reginas Haus, zusammengezwungen durch Reginas gnadenlose Arbeit bei unzähligen Komitees, war es leicht für die beiden, sich in den Abgrund der Liebe zu stürzen, darin zu ertrinken – und zu sterben. Eigentlich hatten sie gar keine Wahl gehabt. Und dann war der Zeitpunkt gekommen, als sie es nicht länger ertragen konnten. Sie mußten fliehen, mußten aus Reginas Schatten heraus und woanders zusammensein. Und wie konnten sie diese verzweifelte Ekstase vergessen, nachdem sie einmal davon gekostet hatten? Auch der Gelegenheitsraub, der auf den ersten Blick unverständlich erschien, war jetzt leicht zu erklären. *Denn Peter Blacklock besaß keinen Penny!*

Es war kaum zu fassen, aber es stimmte. Was besaß er denn schon? Seit er Regina geheiratet hatte, war er nur damit beschäftigt gewesen, ihren Besitz zu verwalten. Und wozu brauchte er einen Beruf, wenn sie ihm doch mit Freuden alles gab, was er wollte? Nur das eine nicht, nach dem er sich verzehrte und worum er sie nicht bitten konnte. Das mußte er sich selbst verschaffen.

Armer Teufel!

All diese Gedanken zuckten wie das Flackern einer Kerze in den Sekunden durch Toms Kopf, während er den schnellen Schritten lauschte, die er sofort erkannt hatte. Er wollte ihr zurufen, sie möge umkehren, solange es noch Zeit wäre, aber er zögerte zu lange. Dann war es zu spät. Annets zarte Gestalt zeichnete sich gegen den Himmel ab. Ihr Haar wehte im Wind.

Blacklock hatte die Pistole sinken lassen. Jetzt erkannte er sie und lief ihr mit ausgebreiteten Armen entgegen. Aber die eigentliche Triebkraft, welche die beiden in eine wilde, leidenschaftliche Umarmung riß, ging von Annet aus – und war immer von ihr ausgegangen. Sie war nicht sein Opfer. Er war ihres. Sie hatte ihn durch ihre Liebe zerstört. Hätte sie in ihm nur einen Mann mittleren Alters gesehen, eine Vaterfigur, hätte er seine Gefühle für sie bezwungen. Aber sie hatte sich ihm geöffnet, sie hatte ihn geliebt. Danach war er gezwungen gewesen, Sehnsucht und Träume in die Tat umzusetzen. Nein, Annet war niemandes Opfer. Sie hatte getan, was sie beschlossen hatte. Sie hatte ihn genommen, weil er der schwächste, der hilfloseste, der untüchtigste und der unglücklichste Mann war, den es gab. Alles gute Gründe. Und jetzt konnten die beiden nicht mehr zurück.

»Annet!« sagte Blacklock, wie ein Verdurstender »Wasser« gesagt hätte. Er hatte die Arme um sie geschlungen. Die Pistole, die er immer noch in der Hand hielt, gegen ihren Rücken gepreßt. Und dann herrschte Schweigen, während die beiden sich küßten. Tom litt Höllenqualen.

»Ich hatte Angst, du würdest nicht kommen!«

»Ich bin losgelaufen, sobald ich konnte. Du wußtest doch, daß ich komme!« Wieder eine kurze, schmerzliche Stille. »Liebster! Liebster!« Ihre tiefe, kehlige Stimme voller verzweifelter Zärtlichkeit, in der die Wärme streichelnder Hände mitschwang, der bewußte, sein Verlangen stillende Druck ihres Körpers, der ihn tröstete, liebkoste und schützte ...

»Ja, ich habe es gewußt! Wenn du kannst, würdest du kommen! Aber ich hatte trotzdem Angst. Wir müssen uns beeilen«, sagte er. »Das Motorrad steht unten. Wenn wir eine Stunde Vorsprung schaffen, können wir sie abschütteln. Sie werden nicht nach Westen hin suchen. Und von Irland aus ...«

Er brach ab, um sie genauer zu betrachten. »Du hast ja keinen Mantel angezogen! Wir müssen dir morgen irgendwo einen kaufen. Heute abend kannst du meine Windjacke nehmen.« Er bückte sich, um die Aktentasche aufzuheben. Dann packte er Annet am Handgelenk. »Komm, schnell! Sie werden bald hinter uns her sein.«

Sie würden jetzt gehen. Er würde Annet, die bisher kein Verbrechen begangen hatte, den Berg hinabziehen und gleichzeitig in sein Verbrechen hinein. Das war mehr, als Tom ertragen konnte. Das durfte nicht geschehen! Sie durfte sich nicht zur Komplizin machen, zu einer Gesetzlosen und Schwerverbrecherin – nicht einmal aus Liebe. Es war wert zu sterben, um sie davon abzuhalten.

Ehe ihm bewußt wurde, was er tat, war es bereits geschehen. Schreiend kam er aus seinem Versteck im Schatten hervor und sprang zwischen die beiden und den Rand des Berges.

»Annet! Hören Sie nicht auf ihn! Gehen Sie nicht mit! Machen Sie sich nicht zur Mörderin! Sie ...«

Blacklock stieß einen leisen verzweifelten Schrei aus und ließ Annets Arm los. Er preßte die Aktentasche an sich und feuerte blindlings auf die Person los, die er in der Dunkelheit nicht deutlich sehen konnte. Eigentlich schoß er mehr auf die schreiende Bedrohung als auf einen Gegner aus Fleisch und Blut.

Die Kugel traf Tom. Er taumelte nach hinten und drehte sich halb um die eigene Achse, ehe er zu Boden stürzte.

Er tastete den Boden ab. Er war verblüfft, aber bei klarem Verstand. Er hatte keine Schmerzen ... Für einen Augenblick verwirrten ihn die am Himmel kreisenden Sterne. Dann fühlte er, wie kalt und hart der Boden war. Und dann kamen die Schmerzen. Eine Sekunde nach dem Einschlag hatte er das Gefühl, als hätte ihm jemand ein Messer in die Schulter gestoßen. Er stieß einen lauten Wut- und Schmerzensschrei aus. Himmel und Erde verstummten. Er lag vor Annets Füßen und spürte, wie sie vor Entsetzen erstarrt war. Dann faßte er sich an die linke Schulter. Warmes, klebriges Blut. Als er versuchte, sich auf den Ellbogen zu stützen, sank er kläglich wieder ins Gras zurück.

Dunkelheit verschlang ihn, zog sich zurück und hüllte ihn wiederum ein. Er wehrte sich dagegen und hob eigensinnig den Kopf hoch, Annets unsichtbarem, erstarrtem Gesicht entgegen.

»Geh nicht! Laß dich nicht von ihm zwingen!« Seine Stimme klang matt und weit entfernt. Sie verklang wie ein schwaches Radiosignal. Er glaubte, er hätte mehr Worte herausgewürgt, als er gehört hatte. Sie mußten verlorengegangen sein ... Aber er gab nicht auf, sondern versuchte es noch einmal. Mehr konnte er für sie jetzt nicht tun. »Du hast niemanden umgebracht ..., du hast nicht gestohlen ... Laß dich von ihm nicht zu dem machen, was er ist.«

Es gab nur eine Möglichkeit, ihn zum Schweigen zu bringen! Zitternd und schwitzend und halbblind wischte sich Blacklock mit dem Unterarm über die Augen, um besser sehen zu können, und stieß Annet mit der Aktentasche beiseite.

»Annet, lauf los!«

Peter zielte mit dem Revolver auf den dunklen stammelnden Haufen auf dem Boden. Seine Finger schlossen sich krampfhaft um den Abzug. Die Stimme *mußte* aufhören! Sie war wie eine Barriere zwischen ihnen und der Freiheit. Es gab kein Entkommen, bis sie zum Schweigen gebracht wäre.

Annet erwachte aus ihrer Erstarrung.

»Nein, nicht!« Mit ausgebreiteten Armen warf sie sich zwischen die Männer.

»Annet, bitte!« rief er verzweifelt und ließ die Aktentasche fallen, packte sie am Arm und zerrte sie aus dem Weg.

Sie riß sich von ihm los, legte sich auf Tom und schlang die Arme um ihn. Sie preßte ihre Wange gegen sein Gesicht. Kühl legte sich ihr seidenes Haar ihm auf Stirn und Augen. Warm, Brust an Brust, ihr Kinn auf seiner Schulter, schützte sie ihn vor der Gefahr.

»Annet!«

»Nein, du wirst nicht schießen! Ich werde es nicht zulassen.«

Dabei empfand sie doch nichts für ihn, überhaupt nichts! Das war schlimmer als der Blutverlust seiner brennenden Schulter, schlimmer als der Schrecken des Todes. Sie empfand nichts für ihn. All ihre Qual und Entschlossenheit war nur darauf gerichtet, ihren Liebsten davor zu bewahren, noch mehr Schuld auf sich zu laden – einen zweiten und diesmal klar beabsichtigten Mord ...

Tom war übel; er fühlte sich schwach und zitterte. Gerade hatte er eine neue Seite an Annet kennengelernt. Sie hatte ihn nie gebraucht, damit er ihr zeigte, was ihre Pflicht sei. Das hätte er wissen müssen. Sie war zu diesem Stelldichein sogar ohne Mantel gelaufen, ohne auch nur ein Taschentuch als Gepäck mitzunehmen. *Sie wollte nie fliehen!* Sie war aus einem ganz anderen Grund gekommen. Und was hatte er mit seiner Einmischerei und seinem grauenvollen Wunsch zu verstehen erreicht? Bestenfalls setzte er sich ihrem beschämenden Mitleid aus, schlimmstenfalls hatte er sich zerstört. Lebendig oder tot – nur dies jetzt war die einzige Möglichkeit, je in ihren Armen zu liegen.

Kraftlos stemmte er sich mit seinem heilen Arm gegen ihre Schulter und versuchte, sie wegzuschieben. Nein, nur ihrer

Mildtätigkeit wollte er sich nicht ausliefern, ausgeschlossen aus ihrem Herzen! So zart sie war, so zäh hielt sie sich fest. Er war zu schwach, um selbst ihr geringes Gewicht abzuschütteln. Er konnte sich nicht einmal aus ihrer Umarmung lösen. Er spürte, wie ihm die Tränen aus den Augen schossen und ihre Wangen benetzten. Doch sie schien es nicht zu merken. Er konnte nicht einmal den Kopf zur Seite drehen, um ihr den Anblick seiner Erniedrigung und seines Kummers zu ersparen. Er vermochte seine beschämende Lage nicht zu ändern. Er mußte sich fügen; er mußte den letzten Streit der beiden mit anhören.

»Steh auf, Annet. Wir haben keine Zeit mehr . . .« Blacklock war kurz davor, loszuheulen.

»Nein! Du wirst ihn nicht anrühren! Ich lasse es nicht zu. Diesmal nicht!«

»Gut, laß ihn leben. Mir ist es egal. Alles, was du willst, aber bitte komm jetzt! Steh auf. Ich werde ihm nicht weh tun. Ich werde ihn nicht anfassen. Aber komm jetzt. Wir haben höchstens noch ein paar Stunden.«

Behutsam löste sie ihre Arme von Tom und richtete sich auf. Mit ausgebreiteten Armen verharrte sie zwischen dem Verletzten und der Pistole, bereit, beim ersten falschen Wort oder der ersten falschen Bewegung ihn wieder mit ihrem Körper zu schützen. Langsam stand sie auf und blickte ihren Geliebten ernst an.

»Nein«, sagte sie deutlich, »ich komme nicht mit.«

Er konnte es nicht fassen und starrte sie an. Seine Hand zitterte. Er ließ die Waffe sinken. *»Annet!«*

»Peter, geh nicht! Komm mit mir zurück. Das ist die einzige Möglichkeit. Du mußt dich stellen. Oh, warum hast du das getan? *Warum?* Ich wollte doch nichts außer dich. Das mußt du doch gewußt haben. Und jetzt können wir nichts anderes tun, als gemeinsam zurückgehen. Verstehst du das nicht?«

»Annet!« wiederholte er wimmernd, war vor Angst und Entsetzen wie erstarrt.

»Ich halte zu dir. Du brauchst keine Angst zu haben.« Sie ging zu ihm und wollte ihn berühren, aber er wich vor ihr zurück wie vor einem Feuer. »Ich bleibe bei dir, solange man mich läßt. Ich werde dich nicht im Stich lassen. Aber lauf nicht weg, und versteck dich nicht oder töte noch jemanden. Das würdest du aber müssen, wenn du fliehst. Hör jetzt auf! – *Der arme alte Mann*«, sagte sie verzweifelt. »Komm mit mir zurück und stell dich. Liebster, vertrau mir und komm mit! Alles andere könnte ich nicht ertragen. Es ist zu grauenvoll.«

Er konnte es nicht glauben. Er holte tief Luft und ging schluchzend auf sie zu. Dann blieb er stehen und wollte wieder zurück. »Du mußt mitkommen! Du hast gesagt, du würdest mitkommen! O mein Gott! Annet, du kannst mich nicht verlassen!« Seine Stimme war kaum lauter als die Brise, die so spät gekommen war. Und hilflos mußte Tom das mit anhören.

»Ich verlasse dich nicht. Ich bin hier – bei dir. Solange man mich läßt, werde ich bei dir bleiben. Immer, überall. Aber ich werde nicht mit dir davonlaufen. Was wir getan haben, haben wir getan. Jetzt müssen wir dazu stehen. Komm mit mir zurück!«

Auf dem Boden liegend – sein Blut versickerte im Gras – schloß Tom die Augen und Ohren und bot seine gesamte Willenskraft auf, um sie nicht mehr zu hören, sondern in der Dunkelheit zu versinken. Aber es gab kein Entrinnen. Er wollte den Kopf wegdrehen und griff mit der heilen Hand nach einem Grasbüschel, um sich daran weiterzuziehen. Aber er kam nur zentimeterweise vorwärts. Es gab keinen Ort, wo er sich hätte verstecken können.

Wo war seine hohe Auffassung von Liebe geblieben – angesichts dieser quälenden Leidenschaft? Sie hatten ihn völlig vergessen. Nur der andere existierte: Er flehte sie an, mit ihm zu fliehen, und weigerte sich verzweifelt, mit ihr zurückzugehen. Sie war unbeugsam entschlossen, ihn vor einem weiteren Verbrechen zu bewahren, und bat ihn inständig, sich freiwillig zu stellen und damit einen Schritt zu tun auf dem Weg zu Buße und Rettung.

»Du willst, daß sie mich fangen? Willst du, daß sie mich hängen?«

»Du weißt, daß ich das nicht will. Ich möchte dich unversehrt. Ich will, daß du frei bist. Es nützt alles nichts, wenn du es nicht freiwillig tust.«

Wie konnte er eine Entscheidung treffen? Er war viel zu schwach und verängstigt dazu.

»Du liebst mich nicht«, stöhnte er, nicht imstande, zu bleiben oder zu gehen.

»Nein, ich sage das, *weil* ich dich liebe.«

»Dann mußt du mit mir kommen. Du *mußt* mitkommen«, rief er in äußerster Verzweiflung. »Sonst bring' ich dich um. Lieber töte ich dich, als daß ich dich hier zurücklasse.«

»Ja!« Es war unglaublich. Sie sah darin die Lösung für ihre tiefsten Ängste. Ihre Stimme klang fröhlich. Feurig und zuversichtlich ging sie auf den Geliebten zu. »Ja, bring mich um! Das wäre das Beste! Töte mich! Ich will, daß du es tust.«

Sie trat zwei schnelle Schritte auf ihn zu. Dann nahm sie die Hand mit der Pistole und richtete sie langsam auf ihre Brust – behutsam, um ihn nicht zu erschrecken. Ihre langen Finger umschlossen sein Handgelenk wie eine Liebkosung.

»Ja, bring mich um, Peter. Ich meine es ernst. Dann werde ich dort auf dich warten, und du wirst nicht allein sein und mußt auch keine Angst haben. Fürchte dich nicht, ich werde dich nicht verlassen. Ich liebe dich! Töte mich!«

Leidenschaftlich, ernsthaft und überzeugend sprach sie auf ihn ein. Sicher und bestimmend führte sie seine Hand. O Gott! O Gott, sie meinte es tatsächlich ernst! Es gab nichts, was sie nicht für ihn tun würde. Sterben war nicht einmal das größte Geschenk, das sie ihm anbot. Das Nachher hatte sie in der anderen Hand, geduldige Begleitung durch das Fegefeuer, die Hälfte seiner Schuld auf ihren Schultern und keine Vergebung für sie, bis ihm vergeben worden wäre ...

Tom rollte sich aufs Gesicht und stemmte sich mit dem gesunden Arm vom Boden ab. Er mußte zu ihnen! Es war kein anderer da. Er schrie – oder glaubte zu schreien. Doch sie schienen nichts zu hören. Rotglühende Zangen gruben sich in seine linke Schulter. Der Arm baumelte herab und störte sein Gleichgewicht. Als er endlich einen Fuß auf den Boden stellte, rollte der Boden davon, und er fiel wieder aufs Gesicht. Er schluchzte vor Schmerzen und Verzweiflung. Aber da stieß seine ausgestreckte Hand gegen einen Felsvorsprung. Ganz langsam zog er sich daran hoch, erst auf die Knie, dann auf die Beine. Taumelnd hielt er sich am Felsen fest. Mit letzter Kraft wandte er sich zu den beiden um, die nicht einmal wußten, daß er da war.

Mit der rechten Hand packte er seine blutende Schulter, stieß sich vom Felsen ab und stolperte kopfüber auf die beiden zu. Dann wurde es schwarz um ihn; die Dunkelheit würgte ihn und zwang ihn zu Boden. Einen Moment lang sah und hörte er nichts, fühlte nur noch den Schmerz in den Fingerspitzen, die sich an dem dürren Gras wundgerieben hatten.

Daher sah er nicht, wie Annet die Mündung der Pistole gegen ihre Brust drückte und lächelnd – allerdings hatte die Dunkelheit ihm ihr wunderschönes, seltsames Lächeln verborgen – auf ihr Herz richtete.

Sein Gehör kam mit einem Knall zurück; donnerndes Getöse traf seine erschreckten Ohren wie Bombeneinschläge. Plötzlich trennten sich die Donnerschläge und kamen regelmäßig. Sekundenlang ergaben sie keinen Sinn, weil er nicht die Kraft hatte, den Kopf zu drehen. Er glaubte eine Stimme zu hören, die sehr eindringlich sprach. Das mußte Annet sein. Eine andere Stimme widersprach. Sie klang hilflos und entsetzt, aber so wenig überzeugend, daß ihm klar war, daß sie nicht mehr lange widersprechen würde. Dann kam ein Schlag, ein scharfer Schrei. Dann ein Fall.

Zwei Dinge stürzten zu Boden. Eines prallte gegen die Felsen und rollte dann bis zu seiner ausgestreckten Hand. Er schloß die Finger darum. Es war hart und schwer und schmiegte sich in seine Handfläche. Ein Stein, den jemand geworfen hatte? Aber kein gewöhnlicher Stein, wie er an der Schwere und Beschaffenheit merkte. Eine von Janes Galenitproben. Einer der Schüler mußte ihn in der Tasche gehabt haben. Aber hier oben gab es keinen Galenit. Er stammte von unten, aus der Nähe der alten Bleivorkommen.

Einer der Jungen! Das riß ihn voll ins Bewußtsein zurück. Mit schwerem Kopf kam er auf die Knie und strengte die Augen an. Das Schattenpaar unter dem Altar war auseinandergerissen worden. Ein kleiner metallischer Gegenstand war gegen die Felsen geprallt. Die Pistole war Blacklock aus der Hand geschlagen worden, lag knapp drei Meter entfernt im Gras. Der bleistiftdünne Lichtstrahl der Taschenlampe suchte und fand sie. Von allen Seiten liefen Schemen herbei. Die Schritte bildeten einen Kreis und legten sich um ihn wie eine Kette, als er sich auf die Pistole stürzte und sie aufhob.

Er richtete sich wieder auf, als ihn ein anderer Lichtstrahl traf und blendete. Jemand war um den Altar herumgelaufen, stand jetzt da und richtete eine starke Taschenlampe auf ihn. Geblendet zuckte er zusammen. Seine Augen waren geweitet und leer wie Glas. Sein Gesicht vor Verzweiflung und Qual verzerrt, aber reglos.

Er hätte in das Licht schießen können. Er hätte zumindest einen dieser sich nähernden Schemen mit sich aus dieser Welt nehmen können. Jetzt waren sie überall um ihn. Sie kannten ihn. Es gab kein Entrinnen. Er wußte, daß es vorbei war. Sein Ende nahte, starrte schon in die tragische Maske, die sein

Gesicht war. Er hatte es akzeptiert. Dann blickte er noch einmal ins Licht und setzte die Pistole an seine Schläfe und – drückte ab.

Der Schuß und Annets kurzer, herzerweichender Schrei brachen sich an den Felsen und verhallten in unendlich weiter Ferne. Der Lichtstrahl zuckte in der zitternden Hand und fiel neben dem zusammenbrechenden Körper ins Gras.

George Felse erreichte den Tatort eine halbe Minute später – Lockyer dicht auf seinen Fersen –, und Jane Darrill kam mit weichen Knien heran, die baumelnde Taschenlampe in der zitternden Hand. Sichtlich erschüttert standen die beiden Jungen hinter ihr. Dominic hielt immer noch ein Stück Schwerspat in der Hand. Annet saß im niedergetrampelten Gras, ihren Liebsten im Arm. Sie preßte die Wange an seinen Kopf; ihr dunkles Haar verbarg das kleine kreisrunde Loch mit den Schmauchspuren in der Schläfe. Sie hatte die Arme, ja den ganzen Körper, um ihn geschlungen, als wolle sie ihn nie wieder loslassen, sich nie wieder von ihm trennen. Sie bewegte sich nicht, als sie zu ihr traten. Sie sprach nicht oder zeigte in irgendeiner Weise, daß sie sie bemerkt hätte.

Eine Ohnmacht senkte sich wie ein Vorhang aus Samt zwischen Toms Augen und den Gestalten herab, die sich von beiden Seiten näherten. Stimmfetzen drangen zu ihm. Er hörte, wie George zu jemandem sagte, er solle sich um Tom kümmern. Dann spürte er behutsame Hände, die ihn auf den Rücken drehten und seine steifen Finger von den Grasbüscheln lösten, an denen er sich vorwärts gezogen hatte. Jemand hob ihn ein wenig hoch und lehnte ihn gegen ein Knie. Durch seine Dunkelheit drang ein Lichtstrahl, der auf ihn gerichtet war. Die Hände, die sich an seiner blutenden Schulter zu schaffen machten, gehörten einem Mann. Aber die Hände, die seinen Kopf stützten, waren Frauenhände. Er machte die Augen auf und blickte in Janes Gesicht, das von unten beleuchtet wurde. Ihre Augen waren vor Schreck geweitet.

Das Pendel des Bewußtseins schlug gleichmäßiger aus, das Licht wurde heller. Mit Mühe hob er den Kopf und blickte über Janes stützenden Arm hinweg. Jemand stand zwischen ihm und Annet: die Silhouette eines jungen hochgewachsenen Mannes, der aus ehrfürchtigem Staunen vor dem Tod wie erstarrt war.

»Dom, lauf runter und ruf von der Telefonzelle aus an«, sagte Georges Stimme. »Ruf in der Polizeistation an und sage ihnen, daß wir einen Krankenwagen brauchen – dringend. Dann ruf Duckett an und erzähl ihm, was passiert ist. Und dann gehst du nach Hause. Kapiert?«

»Ja«, sagte Dominic leise, ohne zu widersprechen. Er löste die Finger von dem Stück Schwerspat, das er nun nicht mehr werfen mußte, und ließ es zu Boden fallen. Dann fiel ihm ein, daß Jane es hatte haben wollen. Er hob es wieder auf und steckte es in die Tasche. Er wühlte mit den klammen Fingern nach Münzen, die er aber nur als kalte Scheibchen fühlte. Er löste den Blick von Annet und ging mit den steifen Schritten, die für einen Schock so typisch waren, zum Rand des westlichen Abhangs. Gleich darauf kam er zu sich und sprang wie ein Hase den Hang hinunter.

Nachdem er weg war, wurde der Blick auf die beiden Gestalten, die unauflöslich ineinander verschlungen waren, wieder frei. Annet hatte sich nicht bewegt. Sie hatte sich eingepuppt in das versiegelte Schweigen der Trauer. Tom hielt die Augen mit aller Kraft auf sie gerichtet. Seine eigenen Schmerzen waren nur eine lästige Störung, die ihn ablenkte, ohne ihm Erleichterung zu bringen, eine Bedrohung, daß ihm die Sicht durch eine Ohnmacht geraubt würde, obgleich er sich doch so sehnlichst wünschte, dort hinzuschauen. Er stöhnte, als sie den Mantel von der Wunde lösten. Aber er schüttelte die nahende Dunkelheit ab und blickte weiter zu Annet hin – wie einer, der kurz vor dem Verhungern war.

George kniete neben den beiden reglosen, wie verschmolzen daliegenden Liebenden nieder und strich behutsam den schwarzen Vorhang ihrer Haare zurück, der ihre Gesichter verhüllte, um die Wunde näher zu betrachten, die sie beide zu Boden gestreckt hatte. Aber was sollte er zu Annet sagen? Sie wußte ja, daß Peter Blacklock tot war. Niemand brauchte ihr diese Nachricht zu überbringen. Es gab keinen Aspekt dieses Todes und dieses Überlebens, den sie nicht bereits kannte. Und George hatte nichts zu sagen. Ohne viel Gewese – wie einer, der tat, was zu tun war – hob er ihren Kopf an und löste ganz sanft ihre verkrampften Finger aus der starren Umklammerung. Dann nahm er die Leiche aus ihren Armen und legte sie ins Gras. Danach ergriff er Annet bei den Händen und zog sie hoch.

Und sie wandte sich zu ihm hin, nicht weg von ihm! Freiwillig lehnte sie sich an seine Schulter und seufzte tief auf. Er hielt sie eine Zeitlang fest – freundlich, aber unpersönlich. Als sie den Kopf hob und einen Schritt zurücktrat, nahm er langsam seine Arme fort und ließ sie allein stehen.

»Miles!«

Er hatte bis jetzt kein Wort gesagt und sich nicht bewegt, nur reglos ein Stück entfernt in der Dunkelheit der Felsen gestanden und abgewartet. Tom hatte ihn vergessen, bis er ihn mit ruhiger Stimme sagen hörte: »Hier bin ich.«

»Bring Annet nach unten zu meinem Wagen und fahre sie nach Hause. Sie wird jetzt mit dir gehen.«

11

Er tauchte aus einem Brunnenschacht der Schwäche und des leichten Fiebers auf. Noch nicht ganz wach, nahm er wahr, daß sich in einem kahlen weißen Raum Gesichter über ihn beugten. Er war im Cottage Hospital, allerdings erfuhr er das erst später. Er sprach sofort laut das aus, was ihm am meisten am Herzen lag und was er aus den unruhigen Träumen ins Bewußtsein mitgenommen hatte, ohne zu wissen, wie oft er die Worte schon hervorgestoßen hatte.

»Annet hat es nicht gewußt. Sie war keine Komplizin. Sie wußte nichts von dem Raub – oder dem Mord.«

Die Gesichter zeigten keine Überraschung. Sie beruhigten ihn schnell. »Schon gut. Wir wissen. Niemand gibt Annet die Schuld.«

»Sie ist nur gekommen, um ihn zu überreden, mit ihr zurückzugehen und sich zu stellen.«

»Ja, machen Sie sich keine Sorgen. Wir wissen.«

»Sie hat ihm gesagt, es würde nichts nützen, wenn er es nicht freiwillig täte. Sie hat sich geweigert, mit ihm wegzugehen. Sie wollte . . .«

»Ja, das haben Sie uns gesagt. Es ist alles in Ordnung, wir wissen alles.«

Er versuchte zu sagen, daß Annet gewollt hatte, daß er sie tötete, aber die Worte blieben ihm im Hals stecken, und wieder überwältigte ihn die bleierne Last des Schmerzes und zog ihn wieder in die Tiefen seiner Einsamkeit hinab. Keiner dieser Menschen hatte gehört, was er gehört hatte, und auch nicht durchlitten, was er durchlitten hatte. Sie konnten Annet wieder ins Gesicht blicken und ihre Berührung und ihren Anblick ertragen. Er jedoch niemals. Er fragte nicht einmal nach ihr. Es war sinnlos. Für ihn gab es dort nichts. Sein einziges Recht an ihr war das, sie für unbefleckt zu erklären. Und das tat er jedesmal, wenn er das Bewußtsein für kurze Zeit wiedererlangte. Dann erleichterte er seine gequälte Seele und verströmte seine unerwiderte Liebe, nur um ihre Unschuld zu bezeugen.

»Niemand darf Annet die Schuld geben. Sie hat nichts getan . . .«

»Nein, nein. Machen Sie sich keine Sorgen. Annet wird nichts geschehen.«

Als es ihm später etwas besserging und er mit verbundener Schulter, auf Kissen gestützt, aufrecht sitzen konnte, kamen alle, um ihn zu besuchen. Sie brachten ihm Bruchstücke, die nicht nur kleine Puzzleteile waren, sondern Steine, mit denen man einen Steinmann errichten konnte, ein Monument, um an eine Katastrophe oder einen Tod zu erinnern – oder vielleicht an eine Leistung oder eine Entdeckung. Zum Beispiel die seiner eigenen Grenzen, wie ein Kind entdeckt – unangenehm, aber heilsam –, daß Feuer brennt oder daß man ertrinken kann, wenn man sich zu weit ins tiefe Wasser vorwagt.

George Felse brachte ihm die wenigen Teile, die ihm noch im Puzzle fehlten: den neugierigen kleinen Jungen, der das Motorrad in Mrs. Brookes Hof bemerkt hatte, die Botschaft, die der Pfarrer überbracht hatte, und den wahren Grund für Annets Flucht von Fairford.

»Das Motorrad schien auf Stockwood hinzuweisen, der sich eine der schweren Maschinen der Blacklocks fürs Wochenende ausgeliehen hatte. Er konnte nicht der Bursche gewesen sein, der vor sechs Monaten mit Annet hatte durchbrennen wollen, aber das schloß ihn nicht völlig aus. Man war sich nicht sicher, ob es sich beide Male um denselben Mann gehandelt hatte. Er hatte sich selbst verdächtig gemacht, weil er zuerst über seine Aktivitäten am Wochenende gelogen und dann behauptet hatte, das Wochenende mit einer Frau verbracht zu haben, ohne deren Namen preiszugeben.«

George erwähnte nicht, daß er die kaum vertretbare Theorie entwickelt hatte, daß Regina Blacklock diese Frau gewesen sein konnte. Gott sei Dank hatte er diese Theorie nie überprüfen müssen!

»Außerdem hatte er eine Zeitlang im Gefängnis gesessen. Ein Jahr wegen Raub. Ein Mädchen hat ihn da reingezogen, und seine Frau reichte die Scheidung ein. Es war durchaus eine Möglichkeit. Aber als Mrs. Brookes in ihrer Aussage Annets *Vater* ins Spiel brachte, war Stockwood aus dem Schneider.

Er war bei weitem nicht alt genug, um ihren Vater zu spielen. Als ich mit Ihnen telefonierte, hatte ich den Eindruck, Sie wüßten etwas, daß Sie mir aber nicht gerade aufdrängen wollten – etwas, das ins Bild zu passen schien.«

»Stimmt«, sagte Tom und erinnerte sich daran, als wäre es unendlich weit weg und nicht wirklich. »Ich dachte, ich wüßte etwas. Aber es spielt jetzt keine Rolle mehr. Außerdem hatte ich mich geirrt. Sie mußten also nicht rauskriegen, wer diese Frau war, bei der Stockwood gewesen ist.«

»Nein, das mußten wir nicht, aber es kam dann doch heraus. Der Polizeichef ließ seinen Namen in den Handzettel einfließen, der mit der Samstagszeitung verteilt wurde. Sie kam mit fliegenden Fahnen angerannt, um zu erklären, daß er bei ihr gewesen sei. Es war seine Frau, verstehen Sie. Sie *ist* seine Frau«, verbesserte er sich lächelnd. »Kein Schaden, wo nicht auch ein Nutzen ist. Dieser Bloome-Street-Fall hat diese Scheidung ein für allemal aus der Welt geschafft.«

Tom, der durch dieses seltsame Nebenprodukt eines Mordes von seinem tiefen Schmerz, der schon an Besessenheit grenzte, abgelenkt wurde, fragte mit wachsender Verwunderung: »Aber warum hat er es nicht gesagt, wenn es doch seine Frau war?«

»Weil er Monate gebraucht hatte, sie dazu zu bringen, auch nur mit ihm zu sprechen. Er wollte sie zurückhaben und hatte sie gerade kurz vor der Kapitulation. Für ihn war es ein Triumph, daß er so große Fortschritte gemacht hatte, daß sie ihn die paar Tage bei sich wohnen ließ. Aber er wußte, daß er immer noch auf Bewährung war, und hatte furchtbare Angst, sie könnte denken, er wollte sie unter Druck setzen und zwingen, die Scheidung zurückzunehmen, wenn er preisgäbe, daß er bei ihr gewesen war. Er kannte ihr Temperament, und beim ersten Mal war sie sehr verletzt. Sie hätte ihn sehr wohl zur Hölle schicken können, wenn sie sich ausgenutzt fühlte. Als sie aber hörte, daß sich die Polizei für ihn interessierte, kam sie wie eine Furie angestürmt, um ihn zu beschützen. Wenigstens ein Happy-End, auch wenn es rein zufällig dazu gekommen ist.«

»Ich bin froh, daß wenigstens etwas Gutes dabei herausgekommen ist«, sagte Tom.

»Wir hatten also ein Motorrad, das eines der drei von Cwm Hall sein könnte; aber es mußte nicht so sein. Und die Vorstellung von einem Mann, den man für Annets Vater halten könnte. Als sich herausstellte, daß der Pfarrer Annet am Abend die Botschaft überbracht hatte, schien ihn das auf den ersten Blick verdächtig zu machen. Aber er verbrachte den ganzen Sonntag in Comerford – er feierte die heilige Kommunion und hielt zwei Gottesdienste. Hinterher läßt er sich immer noch im Kindergottesdienst sehen. Außerdem mußten wir sofort noch andere Überlegungen anstellen: Die Botschaft stammte vom Chor – so hat er gesagt. Aber praktisch hieß das: vom Chorleiter Peter Blacklock. Nun, wer – außer ihm – hatte solch einen leichten Zugang zu Annet? Er konnte jederzeit – und tat es auch – mit einer BSA-350 durch die Schonungen und über den Besitz brausen. Er konnte also jederzeit ein Motorrad nehmen, um kein Aufsehen zu erregen, und er konnte sich als Annets Vater ausgeben. Anfangs schien der Gedanke beinahe abwegig – aber nicht sehr lange.«

»Aber er war doch auch in der Kirche und bei der Chorprobe Freitag abend. Und hinterher hat er angerufen und gefragt, warum Annet nicht gekommen sei – ob sie krank sei.«

»Das gehörte zum Schlachtplan. Er mußte ja herausfinden, ob die Eltern irgendwelche Schritte unternommen hatten – zum Beispiel, ob sie zur Polizei gegangen waren. Annet war sicher, daß sie das nicht tun würden, aber er war nicht beruhigt. Er wollte es genau wissen. Er hat seine Zeit minutiös eingeteilt. Am Donnerstag hat er Annet nach Birmingham gefahren. Am Freitag ließ er sie gegen Abend allein dort und fuhr zur Chorprobe. Danach spielte er am Telefon den Besorgten, fragte sogar, ob er sie besuchen dürfte. Dann fuhr er zu ihr zurück und blieb bis Sonntag morgen bei ihr. Was Samstag abend passiert ist, wissen Sie. Ich bin sicher, daß es nicht geplant war. Es geschah aus Verzweiflung und weil sich die Gelegenheit bot. Er hatte keinen Mord vorgehabt, aber er brauchte Geld. Und das dringend. Und dann lag es verlokkend in Reichweite – nur der alte Mann war im Weg. Er schenkte Annet den Ehering – weder sie noch wir werden je genau wissen, warum. Vielleicht war es nur, um seine Tat zu vertuschen. Oder der Ring war der wahre Grund, daß er den Laden betreten hat – weil er ihn für sie kaufen wollte, als Symbol der Dauerhaftigkeit ihrer Liebe und der geheimen Traumehe; denn etwas anderes würden sie nie miteinander erleben können. Das Verbrechen geschah vielleicht aus einem schrecklichen Impuls heraus, weil Zeit und Umstände so günstig waren und er die Sehnsucht nach ihr nicht länger zu ertragen vermochte. Ich weiß es nicht. In mancher Hinsicht habe ich ihn unterschätzt. Vielleicht sollte ich überhaupt keine Mutmaßungen wagen.

Also, das war Samstag. Am Sonntag kam er zum Morgengottesdienst nach Comerford – um sich zu zeigen und sich durch die Meinung der Leute, daß *er* normal sei, darin bestärken zu lassen, daß alles andere auch normal sei. Er wußte nicht, daß der alte Mann tot war. Das erfuhr er erst, als er wieder zurückfuhr. Er bat seinen Stellvertreter, am Sonntagabend für ihn die Orgel zu spielen. Das kam manchmal vor, und keiner dachte sich etwas dabei. Und er kam erst am Dienstagabend zurück, nachdem er Annet auf der Rückseite des Hallowmount abgesetzt hatte.«

»Dann hat Annet also die Aktentasche versteckt?«

»Ja, das war Annet. Sie hat sie am alten Platz versteckt und ging dann über den Kamm nach Hause, wo Sie und ihr Vater ihr begegnet sind.«

Mühsam, das Gesicht abgewandt, brachte Tom die Worte heraus: »Hat sie Ihnen das erzählt?«

»Ja, das hat sie uns erzählt. Jetzt gibt es ja keinen Grund mehr, es zu verschweigen.«

»Aber sie hat nicht gewußt, was in der Tasche drin war. Das kann er ihr nicht gesagt haben.«

»Sie wußte nur, daß ihre gemeinsamen Ersparnisse in der Tasche waren, alles, was sie besaßen, und das sollte an einem Platz aufbewahrt werden, wo sie es jederzeit holen könnten, wenn sie bald – das hatten sie fest beschlossen – für immer weggehen würden.«

Tom wehrte sich gegen diesen Gedanken, weil er ihn noch zu sehr schmerzte. »Ich kann mir vorstellen, daß es wegen der Dienerschaft im Haus nicht ganz leicht war. Aber es gab ja auch keinen Grund, seine Aktivitäten genau unter die Lupe zu nehmen. Aber wenn Sie nachgefragt hätten, hätte man Ihnen sicher gesagt, daß er in der fraglichen Zeit nicht zu Hause war.«

»Welche Dienerschaft?« fragte George und lächelte. »Die Tage der Dienerschaft sind längst vorbei – auch auf Cwm Hall. Haben Sie das nicht gewußt? Na ja, warum sollten Sie auch, wenn ich es mir recht überlege. Heutzutage hat niemand mehr Bedienstete, die im Haus leben, sondern eine Putzfrau, die morgens kommt und saubermacht, und – wenn man Glück hat – noch eine Köchin. Und am Wochenende haben beide frei. Dann kocht die Herrin persönlich, und wenn sie nicht zu Hause ist, ißt ihr Gatte auswärts. Stockwood hatte frei und war hochbeglückt zu seiner Frau gefahren. Mrs. Bell hatte Bescheid gesagt, daß sie zum Wochenende Besuch von ihrer Tochter und deren Baby erwartete und nicht aushelfen könnte. Blacklock hatte gesagt, daß er sich schon behelfen würde. Die Putzfrau, die jeden Morgen kam, hatte einen Schlüssel und sah ihn auch sonst nicht immer. Die einzige Schwierigkeit waren die Chorprobe und der Gottesdienst.

Ansonsten hielt jeder sein Wochenende für ganz normal und war überzeugt, er hätte es zu Hause verbracht.«

»Ich vermute«, sagte Tom und starrte auf den steifen Saum des Lakens, »das ging schon eine ganze Weile – zwischen ihm und Annet.«

»Das hängt davon ab, was Sie damit meinen. Ich glaube, daß er sich vom ersten Augenblick an in sie verliebt hat, als sie anfing, für seine Frau zu arbeiten. Mit Sicherheit kurz danach.«

Kurz danach! Wie konnte er auch anders! Er war verheiratet mit dieser geschäftigen öffentlichen Person, deren Kapazität an menschlicher Wärme er vor langer Zeit ausgeschöpft hatte. Und dann kam er täglich in Berührung mit diesem strahlenden, heißblütigen Geschöpf, dessen Potential an Schönheit und Leidenschaft noch unversehrt war, dessen Unerschöpflichkeit für ihn wie eine Quelle in der Wüste gewesen sein mußte.

»Ich habe keine Ahnung, wann er den tödlichen Fehler beging, ihr seine Liebe zu gestehen«, sagte George. »Wahrscheinlich kurz vor dem ersten Mal, als sie durchbrennen wollten. Ich glaube, daß es damals eine völlig neue Entdekkung war. Meiner Meinung nach mußte sie reagieren, sobald sie es erfuhr. Und als sie seine Liebe dann erwiderte«, – es war, als ob er die bedeutungsvollen Worte langsam, eines nach dem anderen, auf ein Grabmal fallen ließ –, »war er erledigt. Ihm blieb keine andere Wahl. Sie war die Stärkere von beiden.«

»Aber *sie* hat ihn nicht zum Mörder gemacht«, sagte Tom empört. »Ich glaube nicht, daß irgend jemand Annet die Schuld geben kann.«

»*Ich* gebe Ihnen völlig recht. Und wohl die meisten Menschen, wahrscheinlich alle«, sagte George. »Aber Annet nicht. Als es zu spät war, wußte sie, was sie getan hatte. Sie *wußte* es. Hätte sie ihn nicht erhört, wäre er mit dem zufrieden gewesen, was er hatte: Blicke, ihre Nähe, ihre Gesellschaft, das Vergnügen der gemeinsamen Arbeit. Im Lauf der Zeit hätten sich seine Drüsen beruhigt, und alles wäre zu einer netten Vater-Tochter-Beziehung geworden. Sie hat den Fehler begangen, ihn beim Wort zu nehmen. Von da an war es nur ein kleiner Schritt, bis sie ihn liebte. Und danach war *sie* die Dominierende. Sie hat ihn unwissentlich in eine Situation hineingezogen, die sie überblicken, er jedoch nicht ertragen konnte. Für sie war die Liebe nichts Passives. Und nachdem sie ihn erhört hatte, konnte er nicht mehr nur verliebt von ihr träumen, sondern war gezwungen, zu handeln. Der erste Versuch war ein Fehlschlag, aber der zweite – diesmal mit viel mehr Vorsicht und eigentlich nur die Generalprobe – war erfolgreich. Als die beiden an jenem Samstagabend an Woralls Geschäft vorbeikamen, hatten sie nur zwei gemeinsame Nächte vor sich, und die Welt brannte lichterloh. Nachdem er das gekostet hatte, konnte er nicht mehr darauf verzichten, oder? Sie mußten fortgehen, diesmal für immer. Alles andere genügte ihnen nicht mehr. Aber dazu brauchte er Geld, ziemlich viel Geld, nicht die zwanzig Pfund oder so, die er von Reginas Gnaden zum Tanken oder als Taschengeld kriegte. Er brauchte eine beträchtliche Summe, um irgendwo neu anzufangen. Aber solch eine Summe besaß er nicht – beinahe das einzige, was er nicht besaß.«

»Ich weiß«, sagte Tom leise. »Aber es dauert ein bißchen, bis einem das klar wird. Die Autos, die Kleidung – und alles.«

»Früher war er ein recht guter Anwalt, aber nach der Heirat beanspruchte die Verwaltung ihres Besitzes seine gesamte Zeit. Ihr ist nie der Gedanke gekommen, ihm etwas dafür zu zahlen, da ja alles, was ihr gehörte, auch seins war. Er brauchte nur etwas zu bewundern oder zu mögen – gar nicht mal zu wollen –, schon hat sie es ihm gekauft. Es gab nichts, was sie ihm nicht geschenkt hätte – abgesehen von einem soliden Gehalt für seine Arbeit. Sie saß nicht auf ihrem Geld. Ihr ist nur nie der Gedanke gekommen, er könnte sich beengt und gedemütigt fühlen, weil er sie um das bitten mußte, was sie ihm dann großzügig gab. Vielleicht fühlte er sich auch nicht schlecht, bis er etwas wollte, um das er sie nicht bitten konnte, weil sie es ihm nicht kaufen konnte. Verzweifelt wie ein pubertierender Jugendlicher nahm er die Abkürzung des zwanzigsten Jahrhunderts: ein schneller Schlag über den Kopf und die besten Stücke aus den Vitrinen eingesteckt. Aber wie jeder Halbwüchsige war er bei seiner ersten Gewalttat schier verrückt vor Angst und hat zu kräftig zugeschlagen. Und diesmal ging es um mehr als Kopfschmerzen oder etwas, dessen Schaden die Versicherung schon ersetzen würde. Nein, er hatte keine große Chance – im Vergleich zu ihr. Aber Annet besaß die Ehrlichkeit und den Mut, die Rolle zu erkennen, die sie bei dem Ganzen gespielt hatte, und nahm mehr als ihren Teil der Schuld auf sich. Sie war bereit, ihr Leben zu geben, um ihn vor noch Schlimmerem zu bewahren – als eine Art Wiedergutmachung für ihn und die Welt. Regina ist tief verletzt – und wird es ewig bleiben –, aber sie trifft keine Schuld.«

»Ja, für sie war er immer der Größte«, sagte Tom, ehrlich erstaunt. »Und sie *ist* eine gute Frau.«

»Eine gute Frau, aber keine gute Ehefrau! Sie war freundlich, aber nicht einfühlsam«, sagte George nachdenklich. »Sie war verschwenderisch, aber nicht großzügig, intelligent, aber ohne Phantasie.«

Tom hatte das Gefühl, die Sätze droschen wie Knüppelschläge auf ihn ein. »Das klingt wie eine Grabinschrift.«

»Es ist auch eine Grabinschrift«, sagte George, »aber nicht für sie.«

Miles und Dominic brachten ihm Obst und Zigaretten und pflichtschuldig die Grüße ihrer Eltern. Sie setzten sich an Toms Bett und machten eine halbe Stunde lang mühsam Konversation. Sie plauderten über alltägliche Dinge: Neuigkeiten in der Schule und harmlose Ereignisse aus dem Dorfleben. Pedantisch sagten sie ständig »Sir« und bemühten sich krampfhaft, keine Schuljungenausdrücke zu verwenden. Jetzt verstand er sofort – früher hatte er es nicht verstanden –, daß sie auf diese feinfühlige Art die Distanz zwischen ihnen wiederherstellen wollten, die ihm das Leben erleichtern würde.

Er reagierte darauf entsprechend zurückhaltend-freundlich und war ihnen dankbar – früher wäre er das nicht gewesen.

Die Becks kamen, Seite an Seite. Sie hatten einen stummen Waffenstillstand miteinander geschlossen; die Katastrophe, die über sie hereingebrochen war, hatte sie geeint. Ob Mrs. Beck gelogen oder die Wahrheit gesagt hatte, war unwichtig, denn Annet gehörte zu beiden. Um ihretwillen mußten sie an einem Strang ziehen. Sie erzählten ihm, daß sie ihr und sich einen neuen Anfang ermöglichen und deshalb in den Süden umziehen wollten. Sie hätten in einem Dorf in der Nähe von Cambridge ein kleines Haus gefunden. Mrs. Beck sei in dieser Gegend geboren worden. Annet könnte dort eine neue Stelle antreten. Sie würde wieder Freunde finden und sich in der neuen Umgebung und unter den neuen Lebensumständen auch wieder erholen. Natürlich sollte er zu ihnen zurückkommen, wenn man ihn in der nächsten Woche aus dem Krankenhaus entließe. Sie würden noch mehrere Wochen auf Fairford bleiben, und er brauchte ja eine Zeitlang, um eine neue Unterkunft zu finden.

Tom atmete auf, als er erfuhr, daß sie fortziehen würden; denn sonst hätte er kündigen und sich woanders eine Stelle suchen müssen. Es wäre ihm unmöglich gewesen, täglich Kontakt mit ihr zu haben – nach dem, was er so hautnah miterlebt hatte. Es gab Dinge, bei denen es keine Zeugen geben durfte.

Er fragte nach Annet – es war eine Qual für ihn. Eigentlich brauchte er ihre Antworten gar nicht: Er sah sie deutlich vor sich, wie sie ihre sonnenlosen Tage verbrachte. Es war nur Annets Hülse – stumm, verschlossen, tief im Unglück versunken, den Verlust nur überlebend, weil sie mußte, das Leben konnte nicht einfach aufhören. Ihre Eltern malten ein freundlicheres Bild. Sie richteten ihm mit leicht traurigem Lächeln sogar Grüße von ihr aus. Er glaubte ihnen nicht, aber er wußte auch keinen Grund, warum sie sich das hätten ausdenken sollen.

Erst nachdem sie gegangen waren, kam ihm der Gedanke, daß sie ihn vielleicht für eine heilsame Chance hielten: Er würde gut für Annet sein und ihr gefährdetes Kind zähmen und zu einer geachteten Lehrersgattin machen. Sie wollten, daß er sie ihnen abnähme und ihr den Heiligenschein eines echten Traurings verschaffte.

O nein, dachte er. Nicht ich! Ich habe mich wieder zurückgezogen. Ich habe aufgegeben. Ich weiß, wann ich verloren habe. Annets Vorstellung von Liebe können nur sehr wenige Männer mit Würde erfüllen. Und – Gott steh mir bei! – ich gehöre nicht dazu.

Und Jane kam. Jane besuchte ihn am häufigsten. Sie war ungezwungen wie immer und machte auch nicht viel Getue um ihn und versuchte nicht, ihm einzureden, daß er eine Heldentat vollbracht hätte. Er wußte genau, daß er eine Riesendummheit begangen hatte, für die er sich schämte. Sie erzählte ihm, daß Regina in ihrer Ehrbarkeit unendlich tief verletzt sei, aber auch in ihrem Herzen; denn unter der Kruste der Last ihrer vielen Ämter hatte sie ein Herz. Sie sei jetzt für eine Weile ins Ausland gereist.

»Und die Becks haben irgendwo im Süden – Cambridgeshire, glaube ich – ein Häuschen gekauft. Sie hoffen, Weihnachten schon umgezogen zu sein.«

»Ich weiß«, sagte er. »Sie haben es mir erzählt. Das ist das Beste, was sie tun konnten – für Annet und für sich.« Er zögerte, die Frage zu stellen, die ihm am meisten am Herzen lag, aber sie kam wie von selbst aus seinem Mund: »Haben Sie Annet gesehen?«

»Ja«, sagte Jane und warf ihm einen der Blicke zu, die ihn zum Grübeln darüber brachten, ob sie Absichten auf ihn hätte oder nicht. Aber jetzt bedeutete das wohl nur, daß sie Nachsicht mit ihm hatte.

»Sie wird leben«, sagte sie kurz, ehe er weiterfragen konnte. Dann – über ihren schroffen Ton wohl selbst erschrocken: »Ich habe das nicht spöttisch gemeint. Ich meine das buchstäblich: Sie *wird* leben: hundertprozentig – eines schönen Tages. Na ja, sagen wir neunzigprozentig. Das ist mehr, als viele Leute schaffen. Sie ist viel zu positiv und zu lebendig, nachdem sie sterben wollte, weil sie ihrer Meinung nach Schuld auf sich geladen hatte, für die sie zu büßen hätte. Wenn Sie glauben, daß das Zeug, das in ihr steckt, durch diesen Schicksalsschlag oder einen anderen aus der Fasson gerät, dann haben Sie sich geirrt, mein Guter. Machen Sie sich wegen Annet keine Sorgen. Sie braucht Ihnen auch nicht leid zu tun. Aber machen Sie sich auch keine Hoffnungen, daß Sie sie je bekommen«, fügte sie hinzu. »Denn ich glaube nicht, daß das passieren wird. Tut mir leid, aber so ist es nun mal.«

Er sagte nicht, daß er mit ihr übereinstimmte oder daß er sich bereits vom Schlachtfeld zurückgezogen und sich seine Niederlage eingestanden hätte. Er sagte auch nicht, daß er sich langsam mit dem Gedanken tröstete, eines Tages ein anderes Ziel – kein so unvergleichbares – ins Auge zu fassen. Aber in seiner neuen Demut war er bereit, auf die leise Stimme in seinem Innern zu hören, die ihm sagte, er könnte sich verdammt glücklich schätzen, wenn er eines Tages jemanden wie Jane bekäme.

Es war bereits November, als er aus dem Krankenhaus entlassen wurde und nach Fairford zurückkehrte. Morgens und abends zog sich der Hallowmount in Nebelschleier zurück, die den Altar und den Ring der Bäume bedeckten. Er fragte sich, ob der unerklärliche Bodenwind wohl bis zum nächsten Frühjahr verschwunden wäre und erst dann seinen nächtlichen Aufstieg über die alten Pfade zu den Orten wieder aufnehmen würde, wo Annet für eine kurze Zeit in ihre geheime Welt entschwunden gewesen war, oder ob das Nachbeben ihrer Tragödie schon aufgenommen war wie das vergossene Blut vom bereits gesättigten Boden.

Er hatte in Comerford eine neue Unterkunft gefunden und begann mit dem Packen für den Umzug. Eines abends war er in der Eingangshalle und holte seine Windjacke und die Kletterschuhe aus dem Wandschrank, als der Türklopfer einen Besucher ankündigte.

Tom ließ seine Stiefel fallen und ging zur Tür. Es war Miles Mallindine, der ihm – mit einem Strauß der letzten Rosen in der Hand – gefaßt und würdig entgegenblickte. In dem geschützten Garten am Fluß blühten sie bis Weihnachten, wenn man sie ließ.

Nicht jeder begriff es, wenn er verloren hatte. Nicht jeder vermochte es zu erkennen, wenn er sich übernommen hatte. Er mußte – mußte er wirklich? – ihn aus reiner Herzensgüte warnen . . .

»Darf ich reinkommen? Mrs. Beck hat gesagt, ich dürfte heute abend mal reinschauen.«

Er war bereits eingetreten. Er bewegte sich stets sehr unauffällig, kam aber immer dorthin, wohin er wollte – auch gegen Widerstände. Dabei wirkt er nie aggressiv oder auffällig entschlossen. Er hielt die Rosen in der Hand wie jemand, dem es nicht peinlich war, seine Absichten offenzulegen. Er lächelte nicht. Belagerungen, wie er sie plante, waren kein Scherz.

»Oh, selbstverständlich! Annet ist in der Bibliothek. Sie tippt etwas für ihren Vater, glaube ich.« Sie war noch nie so nachsichtig mit dessen angeblichen Forschungen gewesen und hatte sich noch nie so gern hinter der Schreibmaschine verschanzt, um seine endlosen Notizen abzutippen.

Er ließ Miles halb durch die Halle gehen. Doch dann hielt er ihn zurück. Der Junge marschierte in voller Rüstung tapfer in seinen Untergang.

»Miles . . .«

Der blieb stehen und drehte sich um. Er blickte Tom überrascht aus seinen großen braunen, wachsamen Augen an. Die geschwungenen Wimpern reichten beinahe bis an die Brauen. Seine Wangen erröteten. Er sah wie seine Mutter aus: Eve, entwaffnend jung und offensichtlich verletzlich, aber – und das stand außer Zweifel – bereits sehr gefährlich.

»Miles, ich würde es nicht tun, wenn ich Sie wäre. Für Sie ist nichts mehr übrig. Das Beste ist schon weg.«

»Ich weiß«, sagte Miles, ohne einen Schritt zurückzuweichen.

Er machte es völlig falsch, aber jetzt konnte er nicht mehr zurück. Die Distanz, die die Jungen so rücksichtsvoll wieder aufgebaut hatten, war in Gefahr, aber diesmal wenigstens nur zwischen ihm und Miles, Mann gegen Mann, ohne Zeugen.

»Sie wird noch ziemlich lange keinen Mann ansehen. Und wenn sie es je tut – was hat sie dann noch zu bieten . . .?«

»Ich weiß«, sagte Miles ehrlich, reumütig, ja sogar dankbar, doch ohne auch nur den kleinsten Hinweis zu geben, daß ihm das etwas ausmachte.

In seiner Stimme schwang ein Ton mit, bei dem Tom stockte. Er hatte Geduld und Nachsicht herausgehört. Und plötzlich sah er sich selbst in Miles. Wieder das alte Lied, dachte er: Du wolltest Annet retten, nicht wahr? Du, ohne einen blassen Schimmer davon zu haben, was in ihr vorginge oder wozu sie fähig wäre. Jetzt willst du Miles retten, der deine Hilfe wahrscheinlich ebensowenig nötig hat, weil er durchaus imstande ist, seine Kämpfe selbst auszutragen. Woher weißt du, was in ihm steckt? Nur weil du mehr abgebissen hast, als du runterschlucken kannst, muß er nicht auch aufgeben, oder? Wach auf und mache dich auf einen Schock gefaßt: Es gibt Besseres als dich!

Er hüllte sich in achtungsvolles Schweigen und betrachtete die ganze Situation noch einmal. Welche Zukunft gäbe es? Nächste Woche zog Annet mit ihren Eltern nach Cambridgeshire, und eines war gewiß: Sie würde nie nach Comerford zurückkehren.

Na ja, nächstes Jahr würde Miles aufs Queen's College in Cambridge gehen. Hing nicht oft alles von diesen kleinen glücklichen Zufällen ab? Er betrachtete das höfliche Gesicht des Jungen. Nein, für ihn – Tom Kenyon – gab es nichts mehr zu holen. Aber vielleicht für Miles Mallindine? Eines Tages, wenn seine Geduld ausreichte . . .

Für Miles mußte es etwas geben! Denn er hatte nicht die Absicht, jemals aufzugeben. Er wußte, was er wollte und hatte vor, es sich zu holen. Das Ganze – oder die Hälfte – oder was auch immer zu holen war. Er würde sich nie mit einem Ersatz zufriedengeben.

Und Annet war immer noch ein Schatz – heil oder zerbrochen, krank oder auf dem Weg zur Genesung. Früher oder später würde sie erkennen, was ihr da angeboten wurde.

»Schon gut, vergessen Sie es«, sagte Tom. »Gehen Sie Ihren eigenen Weg. Ich wünsche Ihnen viel Glück.«

»Danke«, sagte Miles. Würde er noch ein »Sir« hinzufügen? Es lag ihm auf der Zunge, aber er hielt es zurück. Dann schenkte er Tom das anziehende unverschämte Lächeln, das er von Eve geerbt hatte, machte geduldig, stur und unendlich selbstsicher kehrt und ging mit seinen Rosen zu Annet.